一本反映作者人生经历与心灵感悟的散文集

高陶 著

华文出版社
SINO-CULTURE PRESS

图书在版编目（CIP）数据

爱真诚 / 高陶著. -- 北京 ：华文出版社，2024.
10. -- ISBN 978-7-5075-5762-6
Ⅰ. Ⅰ217.2
中国国家版本馆CIP数据核字第2024XT2150号

爱真诚

著　　者：高　陶
责任编辑：雷　平
出版发行：华文出版社
地　　址：北京市西城区广外大街305号8区2号楼
邮政编码：100055
电　　话：总 编 室 010 - 58336239　发 行 部 010 - 58336270
　　　　　责任编辑 010 - 58336254
经　　销：新华书店
印　　刷：三河市航远印刷有限公司
开　　本：710×1000　1/16
印　　张：19.75
字　　数：289 千字
版　　次：2024 年 10 月第 1 版
印　　次：2024 年 10 月第 1 次印刷
标准书号：ISBN 978 - 7 - 5075 - 5762 - 6
定　　价：68.00 元

版权所有，侵权必究

自序

我爱你，人们！因为有了你，这世界才如此光鲜、伟大！因为有了你，人类才如此智慧、神圣！也正因为有了你，才会有渺小的我，和我的那些不腆的"著作"！

我爱你，生活！你使我懂得了生命中最重要的是为人类做贡献，忘掉那些卑劣与琐屑！不要去计较金钱物质，不要用尊严去换取罪恶！因为有了生活，我才有可能在退休的岁月里，结识那么多共和国卓越的科学家、院士、外交家……因为有了他们的鞭策与教诲，才会有"半盲兼骨折"的我卧床写作出版的二十几本书！

我爱你，人世间的真诚！因为有了你，一切都是本色，没有了装饰、虚假、欺骗与防范……人们将生活得更加自然与幸福！

感恩之情表述不尽。现在，我从几十年来散发在报纸杂志上的文章中，摘取几片叶子，加之被我废掉的散文集《我的莫斯科房东》中的部分文章，一并献给我珍惜、怀念的生活与人！

当我埋头在堆积如山的旧报、杂乱无章的杂志里寻找，寻找十年，甚至几十年前早已陌生的、刊载着我的一些旧文的报纸杂志，而且还必须把它们从纸质版变成电子文件，但我不会时，我的心情立即焦急起来……

此刻，我遇到自己的随笔《爱玩儿》和长篇小说《爱锁桥》的责编——负责又能干的年轻编辑雷平。她告诉我：打算把已出版的两本书，加上正在整理的、曾散发在各大报纸杂志上的散文《爱真诚》，一并集成三本"爱"的丛书，做成"一个系列"献给读者时，我的心不由得又快活地跳动起来……

在我不算长的写作、编辑生涯里遇到了很多合作伙伴。雷平，她差不多是最年轻的一位。刚合作时我担心她太年轻，但她很快打破了我的疑虑……她的敬业、认真、一字不苟，包括她不熟悉的俄文字母，也一个不放过。她对人热情真诚，这样的编辑，你能不信任和喜欢吗？

遗憾的是，几十年来写给亲人与朋友的散文，丢失了不少，也有许多难查发表的出处。一些论文、杂文等则不在此书之列。

几十年日月星辰的更替，脚步深深浅浅的体验，生活坎坎坷坷的流逝，让人流连！但我不遗憾，一切丑陋、渺小、卑劣的手段与灵魂早已离开我的视野，记忆留下来的只有纯洁、真诚与深厚的爱，亲人的、同事的、友人的真挚永恒的爱！

现在，我用双手将拙著奉献给您，请指教！

2023 年国庆节　北京

目录

散文诗篇 / 001

1. 我和你 / 003
2. 蓝桥 / 005
3. 不要回首 / 006
4. 离异 / 007
5. 隐私 / 008
6. 断枝 / 009
7. 我寻找 / 010
8. 赠 / 013
9. 末班车 / 014
10. 跌 / 015
11. 寂寞 / 016
12. 玻璃 / 017
13. 月亮 / 018
14. 最初　最后 / 019
15. 松林 / 020
16. 小飞虫 / 021
17. 音乐喷泉 / 022
18. 现代和尚
　　——参观新加坡寺庙有感 / 023

19. 飞禽公园 / 024

20. 枫叹 / 025

21. 山叹 / 026

22. 站桩功 / 028

23. 蜜蜂：献给我所有的朋友 / 029

24. 敬礼了，石经 / 031

25. 欧罗巴情丝 / 033

散文篇 / 037

26. 知遇之恩　涌泉难报 / 039

27. "中国大百科全书之父"姜椿芳 / 042

28. 《神童之路——幼儿艺术素质的培养》后记 / 055

29. 有谁知道他 / 057

30. 海的思念——悼萧三 / 060

31. 初识俄国汉学家李福清 / 064

32. 回望李福清 / 069

33. 东风吹梦到长安
　　——痛悼著名波兰女作家、社会活动家、好友胡佩方 / 077

34. 许世旭，你忘了咱俩的"约定"了 / 082

35. 小晤叶夫图申科 / 090

36. 何处相逢非故人
　　——莫斯科"挨刀"记 / 095

37. 造访阿尔巴特街53号 / 104

38. 布达佩斯神学校见闻 / 110

39. 柴泽民大使和他的母亲 / 114

40. 一个"家资万贯"的"穷艺术家" / 119

41. 壮哉，戴安澜将军 / 128

42. 八月星洲 / 133

43. 才女张兆和 / 137

44. 我的莫斯科房东万尼亚 / 141

45. 帷幕拉开之后 / 148

46. 吹捧
    ——记中央歌剧院一级演员沈振翮 / 151

47. 白衣少女
    ——记一段偶然而又短暂的友谊 / 156

48. 激情王一桃 / 160

49. 我国第一位民主推举的大学女校长、十五大代表吴启迪 / 166

50. 中国心，中国芯
    ——怀念战略型科学家江上舟 / 179

51. 江上舟的爱情 / 190

52. 发生在德园酒店里的故事 / 200

53. 与夏利亚宾对话 / 205

54. 邂逅的怀念 / 211

55. 东欧五国看戏 / 216

56. 圣彼得堡白夜梦呓 / 223

57. 七月，在俄罗斯丢失了什么 / 228

58. 瞬间华沙 / 232

59. 在那高高的白桦树下
    ——在莫斯科大剧院看意大利歌剧《梦游女》 / 237

60. 从《日出》到《马路天使》
    ——小记作曲家金复载的音乐剧历程 / 241

61. 音乐剧《英雄》出手不凡 / 250

62. 一个老帕迷的回忆 / 253

63. 我给歌剧《维特》跑龙套 / 258

64. 莫斯科郊外的婚礼 / 262

65. 《国际歌》歌词的汉译始末 / 265

66. 上海人，请接受一个北京人的敬意！/ 277

67. 死的体验 / 280

68. 水之恋 / 285

69. 对不起，亲爱的冰心先生！/ 288

70. 高峥，你是怎样的一支歌？/ 292

71. 我是谁？/ 297

后记 / 305

散文诗篇

 我和你

歌词一

我是一片云朵，你是一条小河。

你照着我的身影，我的泪珠在你的河面洒落。无论微风把我送往何处，总追逐着生命的长河。

我是一片云朵，你是一条小河。

我漂泊不定，你难以捕捉。你我遥遥相望，也许在激流深处汇合。

我是一片云朵，你是一条小河。

你把我从天上采摘下来，沉沉的雾拥抱着我。我枕着你炽热的浪花，倾听你唱一支美丽的歌。

歌词二

我是轻轻的云，你是淡淡的星。

微风送我们一程又一程。

彩霞就是你和我，点缀着人生的梦。

我是绿绿的水，你是青青的松。

你我长相忆，风风雨雨中。

浪花就是你和我，夜有静时曲无终。

> **爱真诚**

我是家乡的草,你是故里的风。

何处不为家,一岁一枯荣。

希望联结着你和我,芳草无涯绿色浓。

1986年1月于新源里

发表在1986年第6期《歌词》上

中央音乐学院梁茂春教授谱曲

 蓝桥

那一天我走累了,靠着你靠着你靠着你。

你讨来一杯清水,从一家陌生人的门洞里。

没有烈日没有灌木丛也没有拥挤,只听见你轻轻地
轻轻地叹息,叹息中夹杂着快意。

我憔悴我胆怯我衰弱我昏迷,你强大你温柔你深沉你有力,你双臂托起我的头,把滴滴清水送到我嘴里。

你把这称作幸福,你抚慰我服侍我崇拜我五体投地。

有一天我老了,白发苍苍皱纹满面步履蹒跚。

宴席已散客人走尽华灯熄灭,喝干了美酒,吃光了佳肴,也没有了红樱桃。

留下孤独的家,孤独的我,我的孤独。

那时候,

牵动我梦魂的只有没有走完的小巷

和那迂回高耸的蓝桥,桥的尽头站着你。

1988年6月于新源里

发表在1988年第17期《散文诗报》上

3 不要回首

不要回首，当你不得不告别的时候。

又何必回首，你走得那样匆忙，说是去寻找失落在河畔的音符。

霏霏细雨的街头，期待着那温热的一眸。雨丝穿起的那串泪珠，被轮下的尘埃匆匆卷走，一步一回首。

我知道，桌上的那些日历，半生的沧桑，不是你撕掉的，是风，是风的叹息，把它们翻乱，又交给了杨柳。

何需回首。路，总是伸向远方。希望系在常青藤的一端。白云来去。心，却留在那块地方，那块充满尘埃、日照很短的角落。不曾带走，不肯带走。

走吧，朋友，不要回首，当你不得不告别的时候。

1987 年 1 月于新源里
发表在 1988 年第 17 期《散文诗报》上

注：1988 年 8 月，我在新加坡开会，新加坡广播电台邀请我朗诵了此散文诗，并配以凄美的音乐。好朋友 D 听了这段配乐朗诵后，认真地说，将来我离世的时候就放这段音乐和朗诵！说定了啊！可是突然有一天听说他走了，我还没来得及给他复制磁带呢，真是抱歉！但愿在天国里，他能听到为他专放的这段录音。

4 离异

黑夜还没有到来,余下的旅程便不再继续。
甜蜜的梦已经疲倦,只留下一声叹息。
一本人生的书没来得及读完,旦旦信誓便随风而去,刹那间捧出一颗湿漉漉的酸杏儿。
不要问,那片得意的风帆驰向何方。
反正它,
不再泊在你的港湾。

发表在1988年第33期《散文诗报》上

 隐私

我不愿你是大海,望不到彼岸的绿,喝不完苦涩的水。

却容纳着那么多人的崇拜和向往。

我愿你是海的一隅,没有漩涡,没有风暴。轻轻的浪舔着我那疲惫的、累累伤痕的船身。

我不愿你是阳光,廉价地把你的温暖给世界均分。

我愿你是一束电,每一次闪光,都因为碰到了我的眼睛。

我不愿你是医生,公开着我的热度和心律。

我愿你是一只候鸟,冬天衔走我的爱。归来时加倍还我,在一个初春的早晨。

我不愿你是辉煌的大厦。台阶上簇拥着左顾右盼的人群。

我愿你是圆明园的残垣,当我痛苦时能伏在你历史的断臂上,发泄悲恸。

我不愿你是一面镜子,清晰地照出我的皱纹。

我愿你是梦,淡化我的弱点,洗去我心头的风尘。

而且,每晚都在我的窗前出现。

1987 年 5 月于新源里

发表在 1988 年第 8 期《散文诗报》上

注:1988 年 8 月新加坡电台邀请我朗诵了此诗,并配乐播放。

6 断枝

生命的一大半已被折断，停止了，绿的交响诗。

剥离了婆娑的翼，失落了伸展之梦。

过于坦率地敞开了你的胸怀，招来风和雨的妒忌。

鸟儿不再拜访，恋人不再偎依，就连孩子的手也不再抚摸。

阳光和雨露多属于别人，谁还会抱怨和猜疑你？

干裂的外衣下裹着一颗不死的心。

根，还在土里，埋住了委屈。半截躯干吮着有限的光和水。

心，仍然留恋着人流的飞闪和那蓝色的

辽阔。

1987 年 5 月于新源里

发表在 1987 年第 10 期《太湖》上

爱真诚

7 我寻找

（一）

我寻找。我始于寻找，终于另一个寻找。

呵，真理，美丽羞怯的少女！为什么只能无休止地追求，却永远占有不了你！

呵，生命，从冥冥中走来，再向冥冥中走去。多渴望再得到一次，无论在人间还是在炼狱。

我寻找。

（二）

心灵，一个伟大永恒的斯芬克司之谜，即使终身猜测，也不能猜破。

人生，一个空旷、旋转的升降舞台，短暂又认真的世界。生生死死、真真假假、善善恶恶的殊死搏斗都在此展开。记住，你既是演员，又是看客。

我寻找。

（三）

鲲鹏渴望蓝天的鼓励，高山渴望白云的衬托。

海水渴望浪花的碰撞，大地渴望青草的抚摸。

眼睛渴望另一个窗口，灵魂渴望灵魂的寄托。

人心渴望人心的理解，

亚当和夏娃永远渴望伊甸园的智慧之果。

我寻找。

（四）

不掺沙子的友谊是心心相印的一线晨曦。

曲线是感情的浪费，直爽是两点之间表达线的最短距离。

我寻找。

（五）

望着最初的星辰，走自己漫长的路，唱自己编织的歌。

只能照搬，是不会生育的智慧，是残疾人的脚，

思想是智慧与无限的对话，是生命之火。谁忍受的折磨愈深，谁收获的成果愈多。

我寻找。

（六）

小鸟唱累的时候，市场愈加活跃。

而商品价值决不因小贩的叫卖声大而抬高。

我寻找。

（七）

我是一条无名小径。

不要说地球非我不转，也不要怜惜自己孤独的身影，"太极图"因相互补充而和谐完整。

小溪不会因我倒流，大厦不会因我倾覆，无名小径，任知己者往返的脚步匆匆。

我寻找。

（八）

青春美是大自然的恩赐，成熟美是自己塑造的成绩。

成熟是深沉思考后的顿悟。没有思想的盲动，只能是愚昧。

小树大抵相似，只有老树才展示出不同于别个的风采与经历。

年轮是不完美的圆，而皱纹却具有它成熟的美丽。

我寻找。

（九）

那天，我穿了一身绿，你穿了一身蓝。

我不喜欢你穿蓝，蓝很深，深不可测。

你不喜欢我着绿，绿显老，老气横秋。

你说，没有蓝，哪里有夜的神秘，海的深沉，天的辽阔和那人心的无限！

我讲，没有绿，地球将不复存在，到哪儿去寻找这个世界与相知的你和我呢！

我寻找。

（十）

每个人都埋葬过，埋葬过垂暮的亲人，

埋葬过襁褓、童年，埋葬过才智、幸福、青春。

唯有一样不要埋葬，那就是真诚和良心！

发表在1992年第1期《散文诗世界》上

 赠

  记不清你是怎样向我走来，是唱着那支忧郁的歌么？就这样，你铸成了一个永久的错误。

  记不清你是怎样亲手种植那苦藤树的，是热烈而又执着么？

  最终，你守候着一个没有收获的秋天。

  为什么心房如此震颤，是因为相知得太深么？

  为什么眼眶里总充满泪水，是因为相望得太久么？

  路，走了很远，走白了这头青丝，走皱了那张华颜。

  云，老了，投下一片湿润的影子。

  树，老了，记述着一个苍凉的故事。

  若有一天，人们说我远你而去，请不要相信。

  原谅我无权再为你祝福，并赠予你一个梦境般的春天。

1986 年 4 月于柳芳南里

发表在 1988 年第 17 期《散文诗报》上

 末班车

无声的语言,已经铺满了那片走熟了的草地。

记住吧,青青小山岗上,留着你的足印,还有我的。

临别,你握住我的手说,噢!求求你,不要急于回家,能不能再同行一程,坐末班车回去?

柳絮漫天,漫天柳絮,呵,谁说柳絮只属于他们,那些花枝招展的小朋友,它不同样也抚摸我们吗?你试试是否仍旧温情依依?

来得及的,朋友!就坐末班车回去!看,塘边月亮已经升起,你眼角上的皱纹已被夜色洗掉,你仍旧快乐,仍旧美丽。飞驰的车轮将载着空谷最后的回声,一路上诉说着久违的诗,诉说着昨日的记忆。只等着最后一扇门打开,让我们相挽着走出去。

1988年10月于新源里

发表在1988年第33期《散文诗报》上

⑩ 跌

无数次摔倒，无数的伤痕，多次的骨折……驿站与驿站在身上打下了无数的烙印。每每阴天下雨时复习着一页页陈旧的痛楚。

摔就摔吧，持杖也好，石膏也好，我并不悔，因为我不希望任何一条该走的路把我省略。

什么时候打上句号？在一个秋风萧瑟的深夜，还是在冰雪如注的傍晚？那时候我再摔倒，将永不爬起。

我仍不悔，因为作为一个人，我曾认真地走过。

但是，小声说，别再摔了啊！

1988 年 10 月于新源里

发表在 1988 年第 33 期《散文诗报》上

寂寞

  一只空桶，一双深陷的眼睛，久久地期盼着，仰慕着：云、风、雨、雪。渴望着来自另一个方向的理解，渴望着水之交响。

  然而，桶还是空的，那一滴水，终于没有落下来。

  龙头冻紧了。水，滞留在另一个世界。不再流下来。

  桶寂寞，水也寂寞。只有春鸟，才能使它们重新对话。

1988年10月于新源里
发表在1988年第33期《散文诗报》上

 玻璃

请不要对我狂奏,那一段疯癫的乐章。我说过了:我不妨碍任何人。阳光可以穿过,歌声可以共鸣。即使遥遥相望,也能把秋波传送。

请不要挤压我,因为,我谦卑、我柔弱,我真真的脆弱呀!

你看,我没有庇护,赤裸裸地向世界宣布着我的真诚。不信,把我敲碎了看。每一个细胞都透着坦率和晶莹。

1987年6月于新源里
发表在1987年第10期《太湖》上

爱真诚

13 月亮

什么时候你失落了，母亲苍白的泪珠，清晨鸟儿的歌唱，

都一起跌跌滚滚，落进了我的心房。

风不爱你的高洁，无端地把你摇碎。

摇碎在海鸥常去的地方。

云的衣裙、雨的长帘、醉的潮雾、疯狂的雪叶，都争相把你的潇洒遮挡。

你从她那儿淡淡地走来，等待在那个老地方。

茫茫的人海之中，一眼就能看出，只有你不寻常。

你从我这儿淡淡地离去，悄悄地走进另一个世界。

年年月月，风来雨去，潮落潮涨。

你可曾知道，有多少遐思遗落在这荒凉的沙滩上？

1988 年 8 月于新源里

发表在 1988 年第 17 期《散文诗报》上

 最初　最后

人生有几多蹉跎，就有几多伤心事。

有多少个最初，也会有多少的最后。也许二者同时发生，让人们感觉到奇妙。初试被淘汰，初会成永诀，初生即夭折，初次相识却永生不再相逢。

人生的重复几乎没有，就连地球的旋转也并不总围绕着同一个圆周。

你和他擦肩而过，甚至来不及为失之交臂而懊恼。

你有你的方向，他有他的轨迹，可那深沉的一瞥今世再难遇到。

当你寻找又寻找，当生活把你嘲笑，你都会想起那难忘的一瞬。那漫漫秋波，再唤起你剧烈的心跳。

不要轻易地放弃"最初"，也不要任意把"最后"抛掉，机遇是给"准备好了的人"，也许成功就在那关键的一秒！

1988年8月于新源里

发表在1988年第17期《散文诗报》上

15 松林

幽幽的黑色深处

藏匿着一个梦境

沿着小径

踏着快乐和泥泞

松林的缝隙中

伸出幻想的枝杈

树梢上挂着的

是叫喊还是笑声

沾湿衣角的怕不是露珠吧

轻点　黄鹂鸟

别把孩子的梦惊醒

发表在 1986 年第 1 期《女作家》上

 # 小飞虫

你这般小,所有的人都忽略你。连你的鸣叫,也不在人们可接受的声频之内。

可你竟是这般莽撞,急匆匆地闯进我的视野,在我正寻觅方块字中,落下了娇弱的翅膀。

于是我从容地把书一合,了却了你的薄命、短暂的一生——一个完整的标本固定在这里。

也曾有过婆娑飞舞,也曾有过追逐嬉戏,也曾有过美丽斑纹的双翼。现在,你作为一个褐色的斑点,在此化作永恒。

当我老了,再打开这本书,也许会忆起这里埋葬着一丝忧欢、一片纯真,还有那早逝的防范。

1988 年 5 月于新源里

发表在 1988 年第 33 期《散文诗报》上

爱真诚

音乐喷泉

8月21日，新加坡诗人贺兰宁先生驱车带我们观赏音乐喷泉，五彩缤纷，雄伟壮观，犹如新加坡的一个缩影。

牵着八月不疲倦的黄昏，翩然而落。

希望在七彩幕帘中，反复地呼唤着温柔和力量，骄傲和谦恭。击碎万古洪荒之愚昧，礼赞填海造屋之大成。

借来太阳的颜色，配上缪斯的歌声。托起五千年之澎湃，光之潮，火之潮，人心之潮，涌占着所有。按下快门，这庄严的时刻将成为永久。

像一个好表现的少女，尽在世人面前盛妆艳抹，千姿百态，亲吻着一个伟大，拥抱着一个憧憬。眨眼间，历史和未来之媾和在声与光的迷宫里顷刻间完成。

湿透的目光去寻找白日的困惑，忧郁早已褪色。也许不久，也许遥远，再看一次飞瀑，黄昏把酒瓶装满，来冲洗你的泪眼。

你是她的一片笑纹，是她感情释放的闸门。一个隐约的暗示：爱，已经流入跋涉者的心。

1988年12月于新源里

发表在1989年第33期《散文诗报》上，被收入《中国散文诗大系·北京卷》中

 现代和尚
——参观新加坡寺庙有感

寺庙历来与世无争。红檐绿瓦深深地凹陷在摩天大楼的峡谷中。

牛皮凉鞋,再多跨一步,便是组屋的叠叠重重。

金丝眼镜,实实在在的顾盼,望苍穹的辽阔,读长长的佛经。

标准的英语,时代的柔情:

"Welcome, glad to meet you!"

电脑里的合唱名单,加上咖啡又热又浓。

巴士"丰田"送来花花绿绿的邮票。超级市场走一遭。

门内,小心翼翼的世界。电冰箱、空调器、电烤箱、电视机,一一热情地挤进去。

尝尝中国台北的面包,喝喝泰国的文化。石英钟,勿忘提醒云游日程。

不了解你的字典跟我的有何不同,只知道你对诗很痴情、痴情。

1988 年 12 月于新源里

发表在 1989 年第 33 期《散文诗报》上,被收入《中国散文诗大系·北京卷》中

19 飞禽公园

新加坡诗人王润华博士导游时讲:"养鸟的人抛出一张恢恢的天网……制造了一个假的自由。"

你的床,那恢恢天网,铺着鲜花、果树、空气和阳光,还铺着你的梦,一朝醒来,重唱你的家乡在他方。钻进来的那些面孔,飘来浮去,点燃着你翅翼上的惊恐。

你的名字,夹在人们翻印的书页里。伴着情侣们漂泊不定的旅程。

短浅的眼波,锁住的欢乐,不要去追求那毫无指望的婚外恋,安于这人造的美丽的寂寞!

世界是属于他人的。

天有多高,海有多咸,沙有多暖,少数人有多坏?你去问这张网!

……

那么,就不要再去想它了!

1988年12月于新源里

发表在1989年第33期《散文诗报》上,被收入《中国散文诗大系·北京卷》中

# 枫叹

白云缀着你的赤诚。你用胸中滴出的血,诉说着十月的爱情。

是谁把你带来,是风是雨还是霜天的梦?

挂着夕阳的枝杈,网起一丝柔情,是属于往昔,是属于未来,还是属于遥远的星?

年轮经历了一层层悲欢,躯干期待出一双双眼睛。

在历史的山岗上,岁岁默读着游人的神韵,燃尽思慕的火种。

你为迷惘者引路,完成一次又一次伤感的旅行。

辉煌是短暂的,今日默默地睡去,留住明日的憧憬。

既然你是大自然的奴隶,何必去捕捉人间心事重重。

崇拜者把对你永远的初恋,写进他酿浓的诗格里。从此,相遇在每一个预约的黎明。

感谢你的慷慨,把你那美丽的孤寂,滴洒到我的文字中。

呵,枫!

1988年10月于新源里
发表在新加坡1991年第2期《锡山文艺》上

 山叹

  天之一涯，水之一角，一团冷却的火，等待了多少岁月。

  五千年的寂寞，五千年的不肯忏悔，一任野性的姿势，毫不忸怩地和天空一起伫立在往日的世界。

  修饰是多余的。时装，从夏穿到冬，从古穿到今，总是文化。

  多少世纪的风雨，凝固在此，镌刻出光怪陆离的传说和这千古不老的故事。

  要做梦吗？需翻过几重苍茫，在阳光折叠在一起的绿顶，天，刚刚睡醒。你放肆地大叫一声，四方重复着你不入调的呼喊，又一次抓住童年！于是你便骄傲成一株常青树。

  一缕瀑布，温柔成一条条扯不断的白线，从上到下系着无瑕的爱情。

  那座断魂桥，但丁的地狱之门，郁郁人生的句号。影子掉进深谷，一了百了。可一千次轮回的决心，都无法抗拒生的诱惑。

  何劳峡谷倾顶，何须地壳移动，只要它的几粒微尘，区区生命连同那些卑劣、妒忌、倾轧、欺骗、虚伪和那些乔装打扮的红男绿女，将一并成为化石，无情地宣告着人的渺小，提醒着应当净化的心灵。

  固执、清高、真实和伟大，属于你这不同于其他的亘古不死的永恒！

啊，山！

1991年5月于柳芳南里

发表在新加坡1991年第2期《锡山文艺》（原题《张家界》）以及1991年6月的《散文诗报》上，在1991年6月30日中央人民广播电台"庆祝七一文艺晚会"上由专业演员朗诵

22 站桩功

听而不闻，视而不见，忘记了自己的年龄，不知道今天属于哪一个世纪、哪一天。千古惆怅，丢失在一瞬间。

清心寡欲，前不思古人，后不念来者，单单埋葬了悔恨和遗憾。

摘一片云朵，投入海底深渊。手上每一条纹路都栖着风和雨。地球，也休想逃离我的掌心，从丹田抽出的丝一般细的《道德经》，懂不懂先咽一咽。

荒草野径中飞来的香味，不是奇葩异卉的，那是一株淡淡的雪莲。

任山崩海枯，任横眉冷对，我脚下自有一抔净土。你试试，能否把它霸占？

不考虑今朝，不迎接未来，也不追念往昔，没有压迫感。

不爱、不恨，也把既往的那一缕情愫扯断。

灵魂自头颅升腾而去，在无穷无极中流连。一无所有，却把整个宇宙独占。

23 蜜蜂：献给我所有的朋友

我是蜜蜂，是人类身躯几千分之一的小小生灵。

请不要记恨我，曾惊扰过你儿时天真的梦，我蜇伤过你，那是因为我们沟通不够，你闯入了我的小小误区，为此我的战友，付出了宝贵生命。

我没有旗帜，没有宣言，只有一颗燃烧的心，一腔亘古不变的豪情。我是个英勇、勤奋的小兵。

我一无所有，就住在苍茫蓝天下，住在那个自造的逍遥又美丽的巢穴中。

任岁月的清风萧瑟，任时光的河水叮咚。洋洋亿万年，我们古老的家族就在这片广袤的土地上繁衍。

谁给我喂食？谁给我盖房？谁给我唱歌？谁给我挡风？都不需要！我只要竭尽全力去滋养人类和农作物的生命！

天空是我的胸怀，大地是我的眼睛，太阳给了我金色的翅翼，花蕊给了我曼妙的歌声。我永远劳作，天下的花朵在哪一天绽放，哪里就有我忙碌的身影。我不知疲倦，日出东方就出工，从不盼望有一个节假日，我是永远的义工。

我用声音和舞姿来创作那迷人的"作品"——金色浆液，它将源源不断地流进你的身体中。

我用我全部的爱，为人类创造最美的词汇——"甜蜜"。人们用它来判断生活质量，赞扬美好事物，表达高尚感情。

爱真诚

　　无论是"老佛爷"，还是"行宫"里的士兵，无论是打工仔，还是IT产业的白领，只要啜饮了我制作的琼浆，那生活品位、愉悦和智慧肯定相同。

　　人类的伟大都有限度，没有比渴望生命的压力更大，没有比维护健康的问题更重要。我愿意为你付出我的所有。

　　啊，人们，我是诗，是你的知音，是你亿万年的朋友，愿我的辛劳给你带来温馨，愿我的"作品"使你的生命更加年轻！

　　如果有一天，我不幸在黎明前死去，不要悲伤，那不过是从天上，飘落下一个微型的图腾。

　　请记住，我是你的朋友，蜜蜂！是人类身躯几千分之一的小小生灵。

24 敬礼了，石经

北京房山云居寺为佛教圣地之一，内有珍藏石刻佛教大藏经（简称房山石经）。始刻于隋朝大业年间，终于明末，延绵达千年之久，刻经1000余部，3500余卷，是我国现存规模最大的、唯一的石刻佛经，也是世界上最古老、最大的一座石刻图书馆。

不是神话。面对着沉甸甸的14278块石板，思虑比茫茫黑夜还长。钢笔，比青石板还重。

那是你吗，静琬法师？

跪着，弯曲的身躯，镌刻着虔诚。背负着日出日落，一个神圣的姿势，一座活的雕像，承担着叠叠岁月的期待和忧欢。

那是你，法师，石经的祭献！

无边的忧郁，像一口永不溢满的井。两次"废法灭佛"的惨剧，倒置的世界，空荡的庙宇，破碎的佛经，倾圮的古塔，燃起你胸中不死的火。于是，在层层寂静的尘埃里，你开始了漫长、痛苦又庄严的使命。卷帙浩繁的经文被搬上了石头。

从青丝到白发，从徒弟到师傅，整整16代，上下千余年。一个神圣的姿势，一座活的雕塑，承担着叠叠岁月的期待和忧欢。

生命的图腾，石头才明白的歌。朝朝暮暮，春夏秋冬，一腔热血都凝聚在这万余块不会说话的坚固上。

　　石经，泡咸了。石经，染红了。石经早已把残缺的岁月磨破。石经的名字叫奉献。

　　火、水、日寇的弹片。无知的"小将"……80多代王朝的兴衰，刀光剑影，都没有毁灭这个伟大、这个顽固、这个血肉镌刻出来的文字长城！石经终逃劫难，今安在。

　　要歌唱长城吗？要礼赞运河吗？要在华表前摄影留念吗？那么，你应该同时记住它，这绵延20公里长的房山石经！

　　敬礼了，石经！

发表在1989年第36期《散文诗报》上

25 欧罗巴情丝

一 邂逅

轻轻地拉着我的手,命运的弦在指尖颤抖。

忧郁从你的眼睛里逃出,落进我的双眸。

影子伴着秋叶,遗失在静寂的欧罗巴街头。

我是个孤独的旅人,你在为漂泊奋斗。世界真不大,想不到你我在异国他乡,还有这般温柔的邂逅。

忘记了再握一次手,多想把这炙热存留。

孤独时再复习属于我的这片云,还有那独特的感受。

那一瞬多奇妙,没有音乐,没有喧闹,没有烟雾,没有年龄,也没有杜松子酒,地球只在你我脚下,旋转很久,停滞很久。

因为太美好。在一起时,只有默默地相望,谁也不开口。

分开时,读着天花板。梦,落在枕上,不曾流走。

那一个小小的夜晚,不能重复,不会重复。

把你的青春和你那美丽的微笑,夹在我心灵的书页里。

把你那怯生生的发丝留在我的肩头。

总有一天,彼此的容貌和姓名会失落。

那时候,请翻出这首诗,再拾起短短的这几行温柔。

二　一分钟

欧罗巴的许多站都有过我的最后一分钟。

那里浓缩着我欠的还不清的情。

那目不转睛地望着友人远去的送行者，那刻骨铭心地想把对方眼睛埋葬在灵魂深渊的贪婪，那躯壳随车远去心却留下的流浪人，那忍得住唏嘘却忍不住热泪的男子汉（连德国男人也落泪的）……都伴随着我。

一分钟来不及流连。华沙的大教堂，克拉科夫的古城，柏林的大剧院，布拉格的乡间小路，布达佩斯的山巅灯火，索非亚的秋菊，莫斯科的红场观礼台，列宁格勒的涅瓦河，乌克兰的美丽图案……无一不缠绕在这一分钟。一分钟要想的太多，思绪不肯停。

然而，一分钟却来不及抚摸颊上最后的吻，一分钟来不及掏出手帕，清理视线，摄下那强装的苦涩的笑，一分钟来不及打开车窗把头探出去，再接受一个飞吻……一分钟像一秒钟那样转瞬即逝，谁有力量留下这一分钟？

一分钟随着车轮滚动，思念的缰绳愈抽愈紧。于是车轮把一颗心撕成两半，一半攒在你手里，一半却扔在月台上。世界就在这一分钟里完成了人类最伟大、最崇高的悲剧。呵，这可憎的一分钟！

人生是一分钟一分钟的总和。生离死别都最终在一分钟里完成。

呵，欧罗巴神圣的一分钟，断肠的一分钟，使人留恋不已、怀思到老的一分钟！多少欢乐，多少痛苦，多少期盼，多少回忆，都因为有了这一分钟！

一分钟太吝啬，要求人们付出的感情太多，偿还给人们的太少。

呵，欧罗巴，我体验过的各自不同的一分钟，请你们慷慨地镌刻在人们心中。

三　用我的吻粘上这封信……

用我的吻粘上这封信，并不寄出。

我知道你盼望了很久。

信封里满装着思念。思念超重，漫漫天涯路，载不动那么多忧伤与哀愁。

用我的吻粘上这封信，并不寄出。

我知道你曾经盼望过很久。不知道为什么信写了又揉，揉碎了再写，还是没有寄出。

也许它该属于期待，也许它该属于遗忘，也许它该成为化石，伫立在老地方。美丽得永久，辉煌得永久。

用我的吻粘上这封信，并不寄出。

我知道你不再盼望，我也不再期待你的盼望。

这些信将尘封到那一天，生活里你再也想不起我是谁，想不起曾有过如此短暂的朋友。

当你忘却到不再忘却的时候，我也许会寄出这封信，让你再笑一笑欧罗巴的故事，和那仅属于我俩的这一段邂逅。

1990 年 5 月于苏联莫斯科

发表在 1990 年第 4 期《八小时之外》上，同年《读者文摘》《青年文摘》《中国散文诗会刊》转载。被译成俄语、波兰语，后获《中国作家》杂志金秋笔会"一等奖"。作品被收入《中国作家创作书系（2010 卷）》

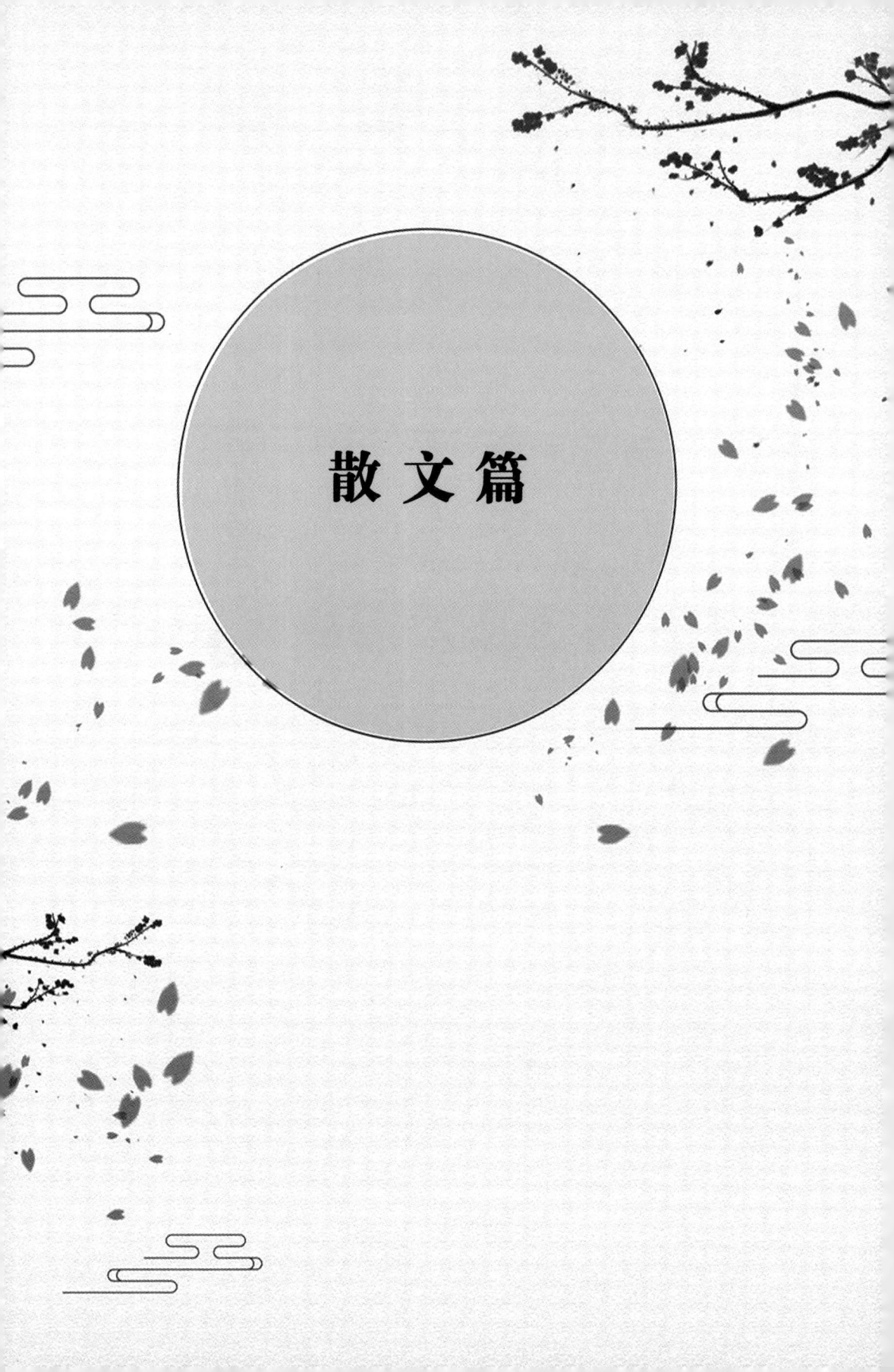

散 文 篇

㉖ 知遇之恩　涌泉难报

我很渺小，我知道。我更知道，人生最最珍贵的礼物不是金钱，不是权利，而是无法回报的"知遇之恩"！就在这滚滚红尘中我遇到过几位改变我人生足迹的"贵人"，遗憾的是，此厚重的"恩泽"，涌泉难报！

诗人萧三

萧三，无产阶级革命家、社会活动家，国际著名诗人，《国际歌》的主要译者。作为他亲自选定的"助手"——我在他的关心、调教与影响之下，翻译他的著作、介绍他和与他相关的历史资料，填补了一点文学和历史的空白。他对我从写作翻译到工作调动到我家人的健康，事事关心，细致入微……恩师给我写过一些信，也给别人写过推荐我的信，信中有一些话分量之重、信任之深令我羞愧："高陶为人诚恳、忠实、聪明，有文学才能，有从俄文翻成中文的技术，我看过她的许多作品……""我认为她译得好。""经过几年选择，还是高陶最得心应手……"

他真诚地给我写道："你译得好，连赵朴初都说好。""请你把我丢失了中文的俄文诗都找出来，译成中文发表！"他还有些焦急地对我说："请你把我写的所有文章整理成书，还有一些俄文文章，你设法托俄国朋友找找看，然后把它们翻译出来一同发表！只是辛苦你了！"我恳切地回答道："我会帮您，帮到底的！"他笑了，是那种感激又欣慰的笑。后来我又利用了几乎所有的业余时间为他工作,直到基本上完成了恩师的嘱托。

萧三在做事为人上,对我也有着潜移默化的影响,比如他的不考虑做官,只考虑做事。我像萧三,从大百科调入作协时,大百科以"高陶是我们的骨干力量"为由,决不肯放我,磋商了一年半后才满足了萧三的要求。作协主管领导朱子奇先生不止一次地对我许诺了副处的"官位",可惜我完全把这"许诺"忘了,我想的是如何完成重托,回报知遇之恩。萧老的另一位秘书调入作协后,成了比我高两级的"处长"。而我和萧老就从来没有想到过职称待遇等问题,更没有想到过稿费金钱等事。

他关心我撰写和翻译的文字质量,我有过大约百万字的撰写与翻译文字,凡他读到的,他一律逐字逐句仔细阅读批改,从中我受益许多。他对我的鼓励、表扬、赞赏有很多,给我增添了更加奋发图强的力量。

"百科之父"姜椿芳

1981年至1983年,我在中国大百科全书出版社工作。两年,在一个人生命长河里算什么?不过是随波漂走的一片叶子罢了!然而对于如今老迈衰弱的我来说,那块"领地"依旧是我顶礼膜拜的地方,那段岁月依旧像一曲回旋在灵魂深处的美丽老歌。

《中国大百科全书》伟大事业的奠基人、著名学者、卓越的翻译家姜椿芳和著名学者、翻译家阎明复同志,经过对我的一番考核之后,接受我"带了条件上班"(每周两个半天去萧三家工作)。萧三是他们的老朋友,后来已是年迈多病,多次恳请要求调我至中国作协,他们出于对老友萧三的关怀与同情,终于在磋商一年半后,同意把我调入作协。姜老视力很差,可他在我离开大百科的一年中,曾给我写过好几封信,关心体贴、谆谆教导、热情鼓励、细致周到。他在信里鼓励我道:"你的写作计划……是令人兴奋,要善于安排时间,抓好主次,不要蹉跎时日……"他还在视力极差的情况下,应我之请,为我主编的《神童之路——幼儿艺术素质的培养》一书亲笔写了序言……还有一次,他趁在我家附近开会之机,爬四楼(70多岁的人呵)来看望我。萧三去世之后,他立即通知我可以去办调回大百科的手续了,并诚恳地询问我对于回大百科的要求和希望……但我却使他失望了。无论何时,一想起姜老，我总是不免心酸与自责！

俄罗斯的几位汉学家

鲍里斯·李福清——俄罗斯两院院士、国际著名汉学家，是我最要好的国外朋友之一。他深信我能够快速恢复多年不用的俄语，给了我许多帮助。我在短期内取得的一点点成绩，多来自这位智者的知遇之恩。自从我们1986年在中国当代文学国际讨论会上认识，他回到莫斯科之后，便不停地给我寄或托人带来新出版的俄国文学资料、萧三的俄文版著作（他给我的俄文复印资料多得都快"等身"了）。我基本上不负友人厚望，大多数都及时翻译发表出来，像新"出炉"的《蒋经国在苏联》在北京连载后，中国台湾学者读到后大呼："资料太珍贵、太好了。"李福清甚至去苏联东方研究所"挖掘"出1934年萧三在苏联杂志上刊载的很长的俄文论文。论文经我译出发表后，许多朋友都赞叹它"非常难得"。李福清带来复印好的刚出版的《切尔诺贝利核爆炸真相》一书，我与友人连夜赶译出来之后，出版社竟给弄丢了，我因一直在忙，没有时间去追究。当时为了赶速度，译文没有留底稿……就这样，我真对不起原作者与李福清！

李福清院士和苏联外交部原副部长费德林，还有几位我认识的汉学家，向苏联作家协会郑重推荐了我，苏联作协两次邀请我访问苏联……于是就诞生了：我作为嘉宾登上红场观礼台，我经过口试受聘于莫斯科大学讲学并获得好评，我两次接受俄罗斯电台采访，嗣后接受波兰作协、德国作协、保加利亚作协、洪堡大学的讲学邀请以及捷克、匈牙利学者们安排的文学交流访问等，其中也有着他们的关心相助……还有俄卫生部特批给我免费做了眼科手术、胆囊切除手术，迅速地恢复、强化了俄语……所有的这一切几乎都有好友李福清的关注。我早已在一些书里文里歌颂赞誉过他。这是一位用一切美丽的语言赞美他都不为过的卓越人士。他也是我的贵人！

岁月、往事、友人俱往矣，俱往矣！唯卓越的榜样永生，灵魂深处的感恩与爱戴永存，永存！

爱真诚

27 "中国大百科全书之父"姜椿芳

也许在漫漫岁月的流变中,在写满日月光华年轮沧桑的书页上,在枝叶葳蕤流光四溢的风景里,在灿烂的星空下,当你的目光和他这个人相接时,时间将戛然而止。

他是谁?幽深、静穆、清纯、潇洒、朦胧、神圣……它是碑!它是一座无形的碑,丰碑,矗立在人们的心上。

不,它是有"形"的,是镌刻在中国文化编年史上、镌刻在珍贵的《中国大百科全书》书页上的一个不朽的名字——姜椿芳。

当人们向生活表层的愚昧浮华宣战时,当人们向永恒的知识憧憬与膜拜时,你一定会遇上他——著名翻译家、"中国大百科全书之父"姜椿芳。

让我们把记忆的长丝拉出来——三十几年前:

有时候,一本书由于你对它的喜爱,它可能跟你一辈子,无论生活经历怎样的迁徙搬移,都不会丢失。有时候,由于一个人的厚德载物,尽管与他相处时间很短,但无论工作几多调动,唯有他使你怀念终生……白云千里万里,明月前溪后溪,人生就是那么奇怪。

书柜里有本陈旧的书,挂满了岁月的风尘,纸张早已发黄,封面也由橘红色变成斑驳的深棕。它是我先生于1956年,还是穷学生时攒下钱在上海买的,书名叫《演员自我修养》(上卷,斯坦尼斯拉夫斯基著),译者是林陵、史敏徒。后来我有幸成为林陵的一个"兵",与他相处了短暂又难忘的时日。

其实，他就是姜椿芳。

20世纪70年代末，我想努力结束近20年"牛郎织女生活"往北京调动时，不断地碰壁。工作单位说："你有了北京户口我们就接受。"人事单位说："你有了工作单位就办户口。"整个的"22条军规"！我又气愤又失望。

这时萧三（当时我已在协助他工作）对我说："试试姜椿芳那里吧！姜椿芳，知道他吗？"

我说："当然。学俄语的都知道他。我读过他的不少译作，普希金的《鲍里斯·戈都诺夫》、奥斯特洛夫斯基的《智者千虑必有一失》、高尔基的《小市民》、屠格涅夫的《贵族之家》，还有一些诗歌，等等。他用得最多的笔名好像就是'林陵'。"

萧老点头说："嗯，我们是老朋友了，马列翻译局的头头。我俩同病相怜，都蹲了7年秦城监狱，但脑子都没闲着。我不停地写诗，他却一直在琢磨为什么中国会发生'文化革命'这样的闹剧？没有文化！中国需要狄德罗，需要启蒙文化。他说一定要在中国编辑出版自己的大百科全书，可他没想想，狄德罗开始编大百科时才36岁，他自己是倒过来——63岁了哇。总之，他抓了件了不起的大事啊！他一出狱立即打报告，中央很快就批了。他得到自由后的第一天大百科的车轮就转起来了。老头很快拉起人马、不顾自己视力极差，甩开膀子就干。高效率！"

我说一直都很喜欢姜老翻译的那本《演员自我修养》。"我那个演员老公一直当宝贝一样，时常翻读啊！说实在的，斯坦尼斯拉夫斯基写得精彩生动，翻译得也流畅易懂，没想到一个非艺术工作者译得这么精准呢。"

萧老听了笑了起来："这你就不知道了，姜椿芳可是真正的大'杂家'呢，他不仅能出色地完成党的地下工作，掩护过杨靖宇等好多同志，还对古典诗词、话剧、京剧、昆曲都有研究，甚至歌剧、舞剧都有介入呢……他在上海，话剧《雷雨》也被他译成了俄文；他搞'话剧小剧场'，跟俄侨作曲家经常切磋中国民族音乐、京剧、歌剧、舞剧；他参与过不少音乐歌舞方面的演出呢……他可是'全才'呢。"

可不是吗，孤陋寡闻的我一直到20世纪80年代末，中国开始流行美国音乐剧时，才听老公说："中国最早搞音乐剧的人是姜椿芳，1943年他和俄侨音乐家阿甫夏洛穆夫一起搞的音乐剧《孟姜女》在上海公演，当时很轰动，可惜中国很少有人知道这段历史。"

当天，萧三就为我给姜老写了推荐信："首先向您报喜，我们的问题基本解决……高和其丈夫沈（歌剧演员）是我们患难中唯一的朋友。……她又无偿地帮了我很多忙，以至于在医院里完成了——整理了一些旧作交给出版社出版的工作。高陶为人诚恳、忠实、聪明，有文学才能，有从俄文翻成中文的技术，我看过她的许多作品。我认为您处正需要这种人才，所以才冒昧介绍给您……"（见1979年9月5日《日记》）

与此同时，我大学时的老师梁达教授也给姜老和阎明复同志分别写了恳切的推荐信，南汉臣的儿子南新宙给他的大百科朋友邢院生郑重地打了电话……由于我受"'文化大革命'后仍然没有返回原单位工作"（小儿病重及医疗事故致残）"劣迹"的影响，大百科人事部门不敢接收我。我经过了自己并不知道的"考试"（写一封信、写一个电影剧本的评论），经姜老、阎明复同志同意，破格"先斩后奏"在大百科上班了。后来出版社对我的工作能力、工作态度都打了高分，并不肯放我调往作协……知遇之恩终生难忘。

我很珍惜在姜椿芳、阎明复同志手下工作的那些时日。那是怎样灿烂怎样宝贵的岁月啊！姜老以自己无私的奉献精神、渊博学识、宽阔的胸怀、高尚的道德情操，团结了一批精干的编辑队伍、网罗了各个学术领域里的顶尖专家学者，"群贤毕至，少长咸集"。那种热烈、奔放、瑰丽又坚定的信念，那种不讲工作待遇，不讲上班条件，自觉地为大百科"卖命"的精神，那种"日出江花红胜火，春来江水绿如蓝"的氛围，让人怀思到老！

姜老从不显示自己的光荣过去——在地下工作、新闻、翻译、编辑出版、电影宣传、话剧、戏曲、音乐歌舞、统战等多个领域里的光辉成就，更不夸耀自己高质量、高速度地编辑出版《中国大百科全书》的不平凡成果——那是在他生命力喷发的最后十年中做出的卓越贡献。

多年来，姜老处于半盲状态，但他坚持亲自上门给每一个学科的主编赠送聘书，坚持参加每一个重要的编辑会议。每会必讲话，讲话必不要稿子，肆意汪洋、从古到今、高瞻远瞩、通观全局、层次分明、逻辑严谨、引人入胜、有问必答、当机立断……姜老讲话有时寓意深邃，有时才情横溢，给人一种知识的、人格魅力的享受。所有需要告诉大家的进度、数字、人物、纲要等全都在那记忆力超凡的脑子里，能不佩服吗！

1986年2月20日，姜椿芳"大百科全书总编辑"的职务被解除，改做"顾问"。这是我至今搞不明白的一个心结：一个以人类文化事业为生命的人，他那骨子里的事业、血液里的事业、整个生命里攀缘着的事业之根，何以被生生掐断？这个人可以承受无端的否定与嘲弄，可以承受肉体的摧残与折磨，但他承受不了神圣事业的戛然而止。我想，"关爱"需要，"理解"更重要。这个"解除"肯定是他心灵圣土的滴血殇歌……

历史早已证明："立大事者，不惟有超世之才，亦必有坚忍不拔之志。"嗣后他仍旧坚持参与了诸多方面的工作，如政协、中华诗词学会、民间文艺研究会、昆曲协会、中国翻译工作者协会……他的心灵与肉体都透支了。他用生命中最宝贵、最美丽的东西充实了这个心爱的世界。

现在，我把珍藏了几十年的几封私信公布于下，我很想让人们看到，这位已经"退休"了的七十三四岁的老人，还具有怎样的逻辑思维、学识、涵养、威望、人格、凝聚力，他那一气呵成的文字，尤其他那对人性的体谅与理解，曾经给"离他而去"的晚辈带来何等的温暖、慰藉与力量。

高陶同志：

年前收到你精美的贺卡和颇有内容的信。在作家代表会议期间想见到你，一打听你在外事部门工作，不在京西宾馆。会议昨已结束，写回信给你，你可在机关收到了。

要明白一条真理，往往需要很长时间才会恍然大悟。职业与事业之间的矛盾，你认为是好不容易想通了的事，这是一个进步。自己喜爱的，认为是有意义的工作，不一定就是日常所做的职业范围内的工作。但也有许多人能把两者结合起来。你现在所做的工作，还是接近自己事业性的工作的。有许多人一面做繁重的体力劳动，业余时间还坚持，坚持另一个领域的学习或工作。我想你还得把那些似乎是"挣扎"的工作，意识到也是分内的有意义的工作，不要以"挣扎"为苦事。尽可以把事业和职业拉近、靠近。你编书、译书的成绩是可观的。

爱真诚

祝你在新的一年里有新的成果。Pomm 其人（原信如此——笔者注），不知道。要到图书馆去挖掘资料。向肝病患者致意。孩子都大了吧？向你拜个晚年！

姜椿芳 1985.1.6

信中"肝病患者"指我先生，那时他染上甲肝。信头上的空白处姜老又写了一行字："眼睛不好写信潦草，写完也不能重读一遍。"

本来只想向他说几句心里话（每天都在"挣扎"：下班后需忙完当天及第二天家务之后，才开始翻译与写作。从来没有在 24 点之前睡过觉……），知道他写字困难，并不希望他复信。看了这"盲写"的满满一页纸，深深浅浅的墨迹，关爱备至的话语，热泪潸然而下。记得收信时已是傍晚，夕阳把这一页纸抹上柔柔的金色，那漾于心海的所有的恩怨得失全部释然，疲劳烦恼顿消，只有宁静与温馨。20 多年后再重读它，依旧是心潮起伏……

一个月后，同年 2 月 13 日又收到姜老来信：

双目半明的老姜于岁寒迎新之际，致书与高陶同？（此处姜老打了个问号，估计是他看不见自己写的这个字——笔者注）欢，祝虎年新春，霍霍有声，写出鸿文——

高陶同志：

接到你情深意切、语词美丽的信，甚为高兴。在人生长长的岁月中用"年"来划分阶段，在阶段交接之时，来封继往开来的信，表示一下祝贺，谈谈来年的计划，谈谈过去的总结，也可算是聊以慰藉的时机，否则就使人们更加疏远和寂寞了。

你能安排出明年写作的具体计划，是令人兴奋的。不能只有预告，没有步步抓紧的实践。要善于安排时间，抓好主次，不要蹉跎时日。这是老话，新人仍应警惕。否则，还是一句老生常谈：不要闲白了少年头。像我这样不能读书报，写信也不能自校一遍的半瞎子，就徒自伤悲了。怅忆过去的一年，慨叹未来的一年，在此一夜连双岁之际，还是应该振作起来，做些力所能及的事！祝新岁！（下面没有署名与日期，这页纸已经写满了——笔者注）

来信的邮戳是：1985年2月13日。

久久地捧着这封信，感慨万端：那个几十年贡献卓著的"一代宗师"，那个在如今充满功利的时代，依然坚守文化品格不受蒙昧愚钝浸染忘我奋斗的人，那个人品学养堪称"汪汪如万顷之陂，澄之不清，扰之不浊，其器深广，难测量也"的人，谈何"像我这样……就徒自伤悲了"！

质朴率真、积淀着人生智慧与道德高度的信函，早已融进我的漫漫人生之途。我常扪心自问：我辜负姜老的期望了吗？时至笔者年迈多病的今日，依然记得姜老顽强工作的身影，他那铿锵的"不要蹉跎时日"的话语犹在耳边……

1986年夏，我主编《神童之路——幼儿艺术素质的培养》一书，邀请了艺术界的各方著名专家撰稿。姜老学富五车、知识渊博、涉猎广泛，给这本书写序再合适不过。我私下里还想：通过这本书的形式，请姜老给我留一个永久的纪念。于是，我就给他打了个电话，产生了下面姜老的这封来信。

高陶同志：

芳名高报，由于耳机噪声太甚，一时未能听清，甚歉！

序言写得不像序言，勉强完成，实际上是完而不成。觉得长了一些，有些地方有重复，有些地方可能触及主管机关和人员的固有看法；我写的字是开无轨电车，写出又不能校读一遍，错漏不在少数（把"贻"字写成"遗"字等，不及改正），一切都交给你全权处理，可重新调整安排，也可以删削，实在不行，也可重写。麻烦你了，改后重抄一遍，改后让我重读一下。

匆匆，即祝笔健辑利！

姜椿芳 1986.6.2 夜

出人意料的是，姜老墨宝很快寄来，字迹清晰——这是刻意一笔一画写的；行距不整——这是视力模糊所致。序言构思严谨、逻辑缜密、内涵深邃，语言深入浅出，循循善诱，亲切易懂，字里行间有真功夫，一个字也不需要改动。我非常高兴，这份宝贵的手稿，我一直珍藏至今。

爱真诚

在陈年旧事里,还有一个小插曲。

一个意想不到的机遇,使我加深了对于姜椿芳的了解。改革开放后,我开始了业余的翻译工作,自然是迟到的"献身"。

1982年2月的某一天,我开始到作协上班。我刚发表了一点翻译作品,著名俄语翻译家叶水夫把我叫到他家里,他就住在东厂北巷3号,沙滩美术馆附近,离我们作协机关较近,徒步几分钟的路程。

叶老慈眉善目,声音柔和地笑着对我说:"我把你'发展'成我们'翻译工作者协会'成员,不反对吧?"接着他递给我一份《翻译工作者协会章程》、一张入会申请表,"看看,愿意就填个表。"

我知道叶老当时是社科院外文所所长,中国翻译工作者协会发起人、领导人之一,更重要的是我对这位老前辈非常尊敬。他翻译的《青年近卫军》一书,感动过我们这一代中国青年;他翻译的上下两卷《苏联文学史》(1956年),我曾当作工具书来使用过;后来他主持翻译的《教育诗》我也读过。应当说,叶老是让我对俄罗斯文学文化加深了解的重要前辈之一。

叶老为人和蔼,一点架子也没有,和他谈话很随意。听了叶老的话,我赶忙回答道:"成为您麾下的一员,当然不胜荣幸呵!"于是接过表马上就填了。

叶老眯着眼睛慢条斯理地说:"其实我也有私心,想拉一些有潜力的青年人嘛。"我赶忙说:"我可不敢当。"

叶老说:"这个会的核心人物是姜椿芳,他是会长。姜椿芳,知道吗?"

我开心地笑了:"何止知道,还在他手下当过两年的'兵'哩。"

"是嘛!我20世纪四五十年代在他的领导下,在时代出版社工作了10年。他主编的《时代日报》,是突破敌人封锁、传播正义声音的重要阵地。我们亲眼目睹了他是怎样机智勇敢地对付日本人,坚持做党的地下工作的,让人无比钦佩。他在编译局主持翻译了马恩列斯的几大全集……'文化大革命'时,他被投入秦城监狱7年之久,可老人家一出狱递给中央的不是什么申诉书,什么鸣冤信,而是一份关于编辑出版《中国大百科全书》的建议书!这是一般人想不到做不到的事。他心胸宽阔,目光高远,了不起!"

1989年年底,也是碰巧,苏联作协安排我和叶水夫、李又然(毛泽东的俄文翻译)父女,一同去莫斯科郊外参观扎格尔斯克大修道院。那时天气已经较冷,阴霾,房舍和地上铺了一层雪。

记得当时叶老说,回到北京后,要我一定去他家玩,还敦促我:"抓紧时间,再多翻译些东西,你基础很不错。"我叹口气说:"俄语已经荒疏了二三十年,年头太久了。"他乐滋滋地说:"你要是真的留到莫大教书,很快就恢复啦。"一个月后我真的被莫大亚非学院选中留下任教了。俄语确实有了大长进,可惜姜老没有看到。

叶老还说,民盟用他的地皮盖幢小楼,然后给他几个单元。他叹了口气说:"舍不得那个小四合院,那是我用5000元稿费买下的……"我感叹原来文人值钱,稿费高,一本书就能买个四合院:"将来我恐怕写10本书也买不了一个四合院,当然我也写不了10本……"说完我还对叶老做了个鬼脸。此话不幸言中,我后来陆续出了20多本书(可惜姜老也没有看到),但四合院还是远远不敢想的!

大修道院很漂亮,白雪映着白色的建筑使它显得更加庄严神圣。我和叶老都很开心。叶老谈兴很高,又议论起这个"翻译工作者协会"和姜老,当时他说:"姜椿芳也一直觉得叫'翻译工作者协会',不叫'翻译家协会'更好,虽然有些地方已经自己改为'翻译家协会'了。姜说要多团结一些人,现在还是经费问题。咋办呢,你也帮助想想办法呵……姜椿芳走得太早了,可惜啊!他的俄文非常好,他没有上过正式大学,16岁时在哈尔滨跟一个俄侨学的俄语,后来他是在工作实践中,像在塔斯社、《时代》杂志、《苏联文艺》等当编辑和主编,在许多场合,在上海的电影系统都搞过口译笔译。他还给宋庆龄做过翻译,上海的外国语大学就是他当年创建的'俄语学校'打下的基础。老头人好、脑子好。"

在扎格尔斯克大修道院前我脱下毛大衣拍照。叶水夫就对李又然笑我:"哼,这些女孩子,是要美不要命的。"什么"女孩子",我已经50岁了!然后叶水夫就从我身旁走过,人家就把他拍了上去,他的背弯弯的,好像是想赶快过去,不幸被人家抢拍着了。我后来指着照片对他说:"你看,叶水夫像个小偷,正想溜走,被抓住了,铁证如山啊。"叶老哈哈大笑起来:"这是哪个傻瓜拍的?该不是李又然吧?"我笑道:"就是他呀。怎么,找人家算账？这照片一定要登出来的！"叶老向我伸了伸手指头说："就你这脱了大衣拍照此举，有的人就会批你'小资意识'，甚至上更高的纲。不过你要在姜椿芳手下，任何时候都是不会挨整的！姜宽厚、善良、仁爱，从不整人。人往往是这样，越是有文化底蕴有教养，越是不会整人、越是常被整。相反的人，既可悲又可恨，又可怕。话又说回来，既然萧三去世后，姜椿芳、阎明复让你回去，你为啥不回去呢？"

我叹了一口气说："其实，萧三的'未了之事'，我完全可以利用业余时间和节假日完成。不回去的主要原因是听了些对二老不利的'风言风语'，怕给两位主要领导带来压力。我便主动去信表示不回去了。"

"姜椿芳这个人最大的优点是尊重知识，尊重人，对后学晚辈更加宽容理解，充满仁厚与关心。阎明复同志也是大好人，跟姜是一个类型的。高陶我可告诉你，遇上这样的好领导不易啊，你傻啊！"我皱着眉头说："谁说不是呢，我深有体会啦。可是……"

叶老又笑道："当年我们外国文学卷一开会大家就笑，你看，咱们可都让老姜'一网打尽'了呢！真的，各国文学领域里的专家全都让他'搂'来了……哈哈。岂止这样？哪个学科不都被他'一网打尽'？钱学森、钱伟长、华罗庚、周扬、季羡林、于光远、夏衍、茅以升……我不是夸大，换一个人试试，能不能'网'到这么多、这么大的'鱼'还是问题哩。这全靠人格魅力与凝聚力呢。"

写到此，一种深深的负疚感压迫着我。这种愧疚和遗憾一直伴着我三十几年。我对不起姜老。当我好不容易调进大百科出版社工作后不久，受尽"四人帮"折磨、年迈多病的萧三同志提出：批准我每周抽三个上午去他那里帮他工作。善良的姜老、明复同志答应了。不久，萧老病重多次住院抢救，又多次给姜老打电话、多次请作协人事部门出面洽谈要求调我去作协，后来又向姜老去函：

椿芳同志：

　　听说您近来身体不大好，旨意为念！窃望您多多保重不要过于劳累，争取为党和人民多做若干年的事，至要至要！

我每天还是继续写作,想尽力把我所知道和掌握的东西留给后人,但我年迈气喘,力不从心。去年下半年以来,承您同意让高陶同志来协助我,她比较勤勉也有文学修养,在有限的时间里完成了一些工作,但要做的事情实在太多太多,因此请您继续慷慨应允,让高陶同志再予协助工作一个时期,至深感激!盼复。即致共产主义敬礼!

萧三 1982.1.7

出版社仍然不放。后来萧三再给姜椿芳写信:"经多年选择,还是高陶最得心应手。"姜老又心软了。我于1982年2月调到了中国作协,可惜萧老只坚持了一年,1983年2月4日他便撒手人寰。

1982年2月2日,我回大百科办理调入作协手续时,副总编辑林盛然对我说:"你调出的消息全社都轰动了,大家都觉得可惜……"阎明复同志送我到大门口握别时说:"大百科的大门永远向你开着,很遗憾我们不能共事了。"我感到既对不起大百科以及姜老、明复同志和关心我的朋友,又对不起萧三——他的许多成就我没能让他在生前看到……总之,"功难成而易毁"。也许这就是命运。

记得我离开大百科后,和姜老又见过三次面。他永远是那么儒雅,永远是那么从容大度,永远是那么体谅理解别人,永远给人一种"莫道桑榆晚,为霞尚满天"的顽强与自信感。

第一次是1982年9月13日。姜老到作协简陋的会议室开会,我在外面等他散会。姜老一如既往温和又亲切地问我生活工作情况,问萧三、叶华的情况,并对身边的同志说:"又见高陶在报上发表了许多文章,大百科有这么个'贤'人,不是忙闲的'闲'字呵……"我说:"姜老别逗我了。"接着姜老笑着叹了口气说:"留不住哇!"我心里一震,挺伤感的。最后姜老又嘱咐我,"好好写,多写些好文章!"

还有一次,姜老在我住处附近音乐研究所开编委会。会议结束他亲自爬四楼来寒舍看我,和我聊家常,问我祖籍何方、工作情况,说:"前些日子有人听到过北京广播电台'连播'你的文章,还配有音乐,很好听。你哪儿来这么多资料?"我说是每个星期天都到北图去查阅苏联杂志。"偷来的呵。"我笑说。

姜老也笑了："继续努力，写出更多更好的文章！"我送他下楼，一方面高兴感动，一方面看他视力这么不好还上这么高的楼，心一酸，差点掉下泪来。

说起电台"连播"文章一事，也应当感谢大百科。一天明复同志对我说："北京广播电台记者来采访，高陶你去接待一下吧。"当时电台小巫同志听了我的瞎侃，错以为我知识蛮丰富的，便约我写一篇知识性小品，交稿后小巫很满意地说："文笔好，有诗意。请为我们这个专栏写下去，好吗？"于是就诞生了拙作的"配乐连播"，差不多有两个多月。我不会忘记，这是大百科给我的机会。

第三次见面是在1983年2月10日，在北京医院与萧三遗体告别时遇到姜老。姜老厉声对我说："你干什么了？怎么没把他照顾好？让他这么早就死了？"我说："我有什么办法？医生都没有办法，何况我？"我的心在流泪，在自责：我真的没有照顾好他，一天到晚谈工作工作，我真笨呀！姜老说："那你今后到哪里？"我说："我还能到哪里？"姜老："你要喜欢作协就留作协，要不就回来！"我说："我当然喜欢娘家。"姜老说："娘家也好婆家也好。"我说："我回去还要我？"姜老说："怎么能不要？"我说："等我把萧老的事料理完了。"姜老说："那是，那是。"我说："我调入作协之前阎明复同志对我说过，调出大百科的没有一个再准许调回来的，你是一个特例。"姜老说："是这样的。"（1983年2月10日《日记》）目送姜老上车时，看到车窗里他高大的背影和温和的笑脸，心想，什么时候能再相见？不料和姜老最后一次晤面，竟是在一个刚刚离世人的灵前！

后来姜老又曾给我写过一封信：

高陶同志：

那天本来和林盛然同志（大百科社长）说好，他和你谈一下工作问题，不知怎么没有联系上，你走了。你留的电话我再没有找到（因为眼睛不好这类事可多了），几天来要找信也无从找起。只得写此信。电影卷现由杨小凯负责，不知他是否能和你合作，要摸一下。你这几天可随时来找林盛然同志，有时我也在。电话：（略）

附表（填好后）请交秘书处。问好！

姜椿芳 1986.1.17 晨

像所有的信件一样,虽行距不整,但字迹绝对清楚、标点符号全部准确无误。即使今天再重读这封为我"回大百科工作"考虑得如此细致周全的信,依然是心潮起浮,感慨万端。尽管大百科有些领导也有真诚地希望我回去的表示,可我还是没能回去。后来姜老又给我写过两张明信片,都是谈有关我回大百科工作的事情。

不回大百科的理由只有一个:当我听到"为什么离开百科的人,谁都不能回来,为什么只有高陶说回来就能回来"的传言后,就决定不回去了。高陶何德何能,为什么要无端地给领导增加压力和负担,为什么要在群众中造成不和呢!更何况我对大百科还没有什么贡献。

1986年2月5日,我给姜老正式去信表示"我已决定不回大百科了"。尽管这是考虑已久的决定,但写这几个字的时候,心,还是颤抖的。

萧老去世之后,我又坚持(大部分是业余时间)自愿地为他工作了一些时日。我于20世纪80年代将萧老一生绝大多数诗歌、文章编完出版,而我翻译的那些丢失了原文的萧三俄文诗,也于2010年由中国现代文学馆全部出版(见《萧三佚事逸品》)。这都和姜老的鼓励分不开。

姜老1987年辞世时已有近30卷《中国大百科全书》问世。他主持翻译的《不列颠大百科全书·简编》《苏联百科全书》也已出版。这些都是对"中国大百科全书之父"姜椿芳同志最好的纪念。

一座碑,一座摧不垮、毁不掉、压不碎、打不烂的丰碑,它与历史同在,与世纪同存。"中国大百科全书之父"姜椿芳永远矗立在人们的心里。

每每想到存放在我记忆中那些美好的时日,想到姜老高尚伟大、无须粉饰的人格,想到与姜老有关的人与事,想到永远不再也无法寻觅的过往,不禁发出深长、悠远的叹息。又到了姜老生命走向尽头的那个季节,"萧萧北风劲,抚事煎百虑",我珍惜这些永不复返的岁月。在此仅取姜老伟大品德之"一瓢",望能"一叶知秋",以示笔者对历史的一份尊重、对著名翻译家、"中国大百科全书之父"姜椿芳的一份永久的崇敬、爱戴、缅怀与思念。

附:姜椿芳简介

姜椿芳,1912年7月28日—1987年12月18日,生于江苏常州,1928

年在哈尔滨读书，1931年开始从事党的地下工作，先后任共青团哈尔滨市宣传部部长、共青团满洲省委宣传部部长，曾在哈尔滨英亚电讯社，上海《时代》《苏联文艺》《时代日报》任翻译、编辑、总编辑。中华人民共和国成立后创建俄文学校并任校长，上海文化局对外文化联络处处长、中宣部斯大林翻译室主任、中共中央马恩列斯编译局副局长。他不仅积极参与《马克思恩格斯全集》《列宁全集》《斯大林全集》三大全集翻译工程的组织领导，还承担译文的校审工作，他还为俄文版的《毛泽东选集》《论共产党员的修养》等和中央重要文件外文版的翻译出版做出了很大贡献。后任全国政协第五、六届常委，中国大百科全书出版社社长、总编辑、顾问，中国翻译工作者协会会长等职。曾以林陵、蔡云、什之等笔名翻译过普希金、奥斯特洛夫斯基、高尔基、吉洪诺夫、西蒙诺夫、斯坦尼斯拉夫斯基等人的著名作品。

2014年冬于北京翰乐斋

28 《神童之路——幼儿艺术素质的培养》后记

我们这一代人的童年，充满了战乱的辛酸。儿时的欢乐和梦境，都淹没在不尽颠簸的漫长路途之中，更谈不到受什么像样的培养和教育了。记得自己很小时，常伫立在一位陌生人的窗下，葱绿的藤蔓绕过那堵小小的墙。悠长、悲凉的箫声曾使我幼小的心灵为之震颤。我依稀感到人生的苍凉与浩渺……就是现在回想起来，似乎那幽深的箫声还在耳畔回旋。从此，我便梦想将来能够吹箫。12岁那年，我在镇江的一个小小水乡，部队文工团偶然中发现了我，要我去他们那里跳舞，我高兴得像鸟儿一样飞到母亲身边，然而得到的却是迅速、果断的反对声。后来，美术老师建议我去学画，高中毕业自己想上戏剧学院……一概都被母亲"顶"了回去！她认为靠这些"歪才"，是不能"吃一辈子"的。后来，我在远离故乡的地方浪迹了几十年，始终没有步入我理想中的艺术殿堂，为此我嗟叹过、惆怅过……再后来，我的两个孩子，由于种种原因，也都没有走上艺术的道路。为此我惆怅过、愧疚过。

但是，我欣慰，历史的长河，无论经过几多迂回，毕竟东流去。值得骄傲的新一代在远比自己祖辈丰厚的精神、物质条件下生活。怀着像我母亲那样偏见的父母基本上没有了。每当我看到那些年轻的家长毕恭毕敬地坐在自己子女的教师身边，诚惶诚恐地陪伴子女学琴、学画、学舞、写字……并为子女们做着详细的笔记时，我真为他们高兴！他们把有限的收入用来买提琴、买钢琴、买画具、付学费……他们在爱的原野上辛勤地开拓着……这些亲切的镜头深深感动着我，于是，我在感动与激情的驱使下，诞生了编写这本书的愿望。我想为孩子们的父母写几句话，有了他们的不懈努力，有了良好的愿望和教育的热忱还远远不够，还需要知识，需要拥有科学的态度与方法，也需要成功！

契诃夫说过："人的一切都应该是美丽的——面貌、心灵、衣裳。"艺术是美的化身。

没有人敢说，经过艺术培养的孩子一定能成为"神童"或"大艺术家"。但我们敢说通过艺术的培养，人们可以得到更多的思维空间、得到更丰富的想象力和创造力，会更聪明！任何一类"自学成材"者一旦经过了学习培养，就等于增添了双翼，会飞得更高更远！

有一次，我在莫斯科应邀参加一个区体育俱乐部的联欢活动，出席者全都是区的业余体育爱好者，男女几十人。他们轮番坐在钢琴前弹奏，其他人随之即兴舞蹈或歌唱，唯独我一个不会弹琴。可想而知，当时我是何等无地自容！艺术的基本素养，本来就应该每一个人都有机会从幼儿时期开始培养，得到多元文化的熏陶与教育，人人都能思维更加敏捷、想象更加丰富、智力更加发达、才情得以发挥，人人都更加聪明！

古往今来，多少人经历了几多沧桑，甚至无数失败之教训后，都曾发出过生命短暂的浩叹。一个人很小，小若稍纵即逝的微尘。但是，人类又很伟大，伟大在于她绵延不断的子孙们永远不满现状，永远有所学习、有所前进、有所发展。历史之所以永不停顿，就在于一代胜一代，"雏凤清于老凤声"。这本书也算是对于进步和美的礼赞吧。

1986 年 7 月

发表在 1986 年第 10 期《散文世界》上

㉙ 有谁知道他

我2013年、2014年夏天去圣彼得堡的时候,总要沿着格里巴耶多夫运河边走上几趟,总要与河边休闲的人(主要是年轻人)聊上几句,同时也不忘问上几乎相同的一个问题,得到的答案呢,几乎也基本相同:"请问您读过陀思妥耶夫斯基的小说《白夜》吗?小说中的那座桥的原型,您认为大概是哪个?""没读过,作家和作品都太古老了……"甚至有的年轻人会耸耸肩膀,调侃道:"嗨,有谁知道他?"这让我感到伤心,他可是你们的"国宝"啊!

想想也很正常。岁月的风沙覆盖了多少珍贵的东西。人类留在记忆中的那些"永恒的不朽的人"寥若星辰,就是一些出类拔萃的人物也不过几代人的知名度,就像天才作家陀思妥耶夫斯基!金圣叹说过:"几万万年月,皆如水逝云卷,风驰电掣,无不尽去。"

此刻,我忽然联想到谁谁谁,谁谁谁……我联想到,如果你随便在哪里"抓"一个人问他:"知道萧三吗?"他大概会摇头。如果你再加上一句,"会唱《国际歌》吗,那是他从法文翻译成中文的",说不定对方也会露出一脸茫然……

这也正常。世界著名诗人萧三20世纪80年代初离开了我们。四十几年来,淡漠了、疏远了,这个名字早早地远去了……有谁知道他?这并不奇怪!

事实上,有价值的人与事是不会被所有的人遗忘的。即使今天,无论在哪个国家,读过、热爱并永不忘怀陀思妥耶夫斯基的人也大有人在。没有忘记萧三的人，包括国外的学者、研究机构等也有很多。"有谁知道他"不以谁的主观愿望而转移，历史自然会有它自己的答案。

20世纪90年代，苏联科学院东方研究所著名汉学研究员索罗金，从"古老的资料中"，将一本"苏联几代研究工作者都认真读过"的小册子寄给了我，那是萧三的俄文论文《为民族独立而斗争的中国文学艺术》，后来拙译发表在拙著《萧三佚事逸品》中。俄国人没有忘记他。

萧三去世20多年后的20世纪末，有一位俄罗斯科学院院士在中国台湾讲学，其中竟然有"萧三对于中俄文化交流、对于介绍中国文化贡献"的内容。而院士本人专业却是研究中国民间艺术及神话的。这位俄罗斯乃至世界均"屈指可数"的汉学家，就是中国学者熟知的鲍里斯·李福清。可见俄罗斯学术界对萧三的重视程度！

记得那时候李福清和田汉的儿子田大畏有一个合作项目，他们经常通信。有一次田大畏来找我，说："李福清在中国台湾讲学中遇到萧三俄文诗和俄文短篇小说，不知道它们的中文名字该是什么，他让我有解决不了的问题便来找你。"田的俄语极好，比我好，只是他不熟悉萧三的作品罢了。对我来说，这是小事一桩，加之我欠李福清的情太多，自然乐于效劳。李福清搞学术非常严谨，所以才要反复核实。在俄国，知道萧三的人非常多，我在以往写的文章里曾写到自己多次在苏联、东欧的一些国家里遇到知道中国诗人埃弥·萧（萧三）的人和故事。

就这样，田大畏求助于我有七八次的样子。后来，我干脆送给田一本我编的《萧三诗选》，看来还有点作用，田大畏找我的次数少多了。有一次田拿来李福清开给他的"埃弥·萧短篇小说俄文目录"让我写出它们的中文，好像其中有一篇我也没有查清楚。我当时就纳闷：李福清在中国台湾有关萧三的课题怎么讲得那么多那么详细呢？我们惭愧呵！

还有一件难忘的事，在我离开莫斯科大学回国之前，苏联作协给我安排的"陪同"（接待我的任务已结束了近一年）佳丽娅跑来交给我一样东西，说："这是苏联作协送给你的礼物！"打开一看，非常震惊：原来是他们特地为我精心复制的一套胶卷，非常清晰，有好几米长，是萧三自1931年后在俄国发表的诗作封面、目录以及诗人的俄文手迹，手迹潇洒倜傥、神采飞扬。没错，是真迹！记得我拿到它后非常激动：一是他们太周到了，二是苏联人对文化，包括对异国文化以及对一个在他们那里仅仅生活工作过十几年的诗人萧三，都是那样重视！后来我在拙著《萧三佚事逸品》中选用了其中好几张图片。照说也应该给人家资料费什么的，是吧！

这些资料我国本来没有，现在他们也通过萧里昂给了我国现代文学馆这样的一套胶卷。

还有一次，我在大雪纷飞的莫斯科地铁口迷路，遇到一位老学者。当知道我是中国人时，他第一句话就是："我去过中国！我知道埃弥·萧（萧三）。"

鲍里斯·李福清去世前些年，不断地带给我厚厚的一摞摞复印件，是萧三的俄文著作《中央苏区的文化建设（评述）》。我以前似乎看到过它的极少部分俄文片段，至于全文，这还是第一次，太珍贵了。李福清神色庄重地说："这是我特地去找的，不容易呢。我找到1934年《中国问题会刊》14期，这家杂志评价此文时说，'对一个鲜为人知的问题做了使人颇感兴趣的阐述'，所以我就给你带来了。"此文我也翻译、发表了。

老李在自己工作极忙、身体又不好的情况下，为我做了那么多……是温暖，是感激，是促进，是激励，说不清了！只记得当时我都是十分感动地说："我一定把它们都翻译出来！"

诚然，现代人对这些文章毫无兴趣，但当他们知道这些文章的"来路"时，即会顿生敬意，并且一定会好好保存它。这些来自中国大陆，代表着不同出处、不同时间、不同观点的资料信息，是经过不同途径、不同国籍的人们，千难万险寄到收件人手中的，有些是从德国、法国、中国香港、东南亚等地换了包装与寄信人后，再寄到苏联的；有的在中途丢失；有的要辗转数月……总之，要用俄文或中文写成一篇相对完整、相对可靠的文章交给世人，可不是一蹴而就的事！

笔者孤陋寡闻，只知道迄今为止该文还没有其他中文译本。我的译本，表示对历史、对前辈、对萧三、对俄国学者们的尊敬，同时也希望能对有关研究人员有一点点参考价值。译文太长此处略去。它已在《文艺报》与拙著《萧三佚事逸品》中发表过。

后来我到东欧诸国访问时，也常遇到知道中国诗人萧三的人。历史是不可能全部泯灭的。

30 海的思念——悼萧三

你见过辽阔云天之下的浩瀚吗？你了解茫茫大地上的平凡吗？你体会过爱的炽烈和深沉吗？那就是海！

你见过具有海的许多品格的人吗？那就是萧三同志！

20年前北戴河的一段经历，像一个遥远的蓝色的梦，联系着我今天许多新鲜的记忆，渐而融成一种深切的、永久的怀念。

这儿的夏天，最吸引人的莫过于海了。茫茫水际海天相连，阳光炫目而诱人，点点帆影闪动在云烟缥缈之间，海边悬崖绝壁，惊涛拍岸，溅起万千泡沫，浪花再飞回海的怀抱……说来连自己也感到奇怪。虽然是听惯了海的涛声，看多了海的容颜，我竟从不去海里游泳。

那年，在北戴河我遇到了诗人萧三同志。他在海边晒得皮肤黝黑，充满活力，他思路敏捷，步履矫健，言谈中充满诙谐与睿智。

在一个细雨霏霏的下午，我跨过毛茸茸的草地，沿着高低不平的曲径，如约来到萧三同志的住所。我们谈起诗和文学习作。当说到我从来不去游泳的时候，萧三同志笑了，即兴写了两首诗，雪白的宣纸上留下了遒劲、潇洒的字迹，我高兴极了。他写道：

赠陶陶

住在海边上，

从不下浴场。
　　岂不太辜负，
　　海水和阳光？

　　海水阳光无限好，
　　尽情享受乐陶陶。
　　身心健美青年志，
　　更喜胸怀逐浪高。

　　这两首诗的手稿在十年动乱中也没有逃脱覆灭的命运，但是刻在脑海里的记忆是谁也夺不去的。

　　这两首不足50字的小诗，对我产生了很大的影响。此后我便真的投入了海的怀抱。

　　我看到了疾风暴雨中海的搏斗。惊涛怒吼，银山澎湃，浊浪排空，山岩战栗，大地震撼。海是威武与不可侵犯的。

　　我也看到海的温柔和深情。渔人们披着朝霞运来满仓鱼虾的时候，脸上现出劳动的豪情和丰收的喜悦。海是无私和慷慨的。

　　我看到大海第一个迎来日出、追求光明。它培育了海燕坚强、勇敢的精神。

　　当我置身于深蓝色的"锦缎"上，看白云从头上飘掠而过时，忽而产生了一种从未领略过的幸福感：宇宙是那么辽阔，空气是那么清新，身体是那么舒展，海浪一洗心头之尘垢，顿觉精神昂奋起来……呵，大海原来是这样绝妙的去处！从此我深深地爱上了海，也爱上了游泳。后来，每当在我前进的道路上出现烦恼、工作中遇到挫折时，我便想到海的顽强性格和宏大气魄。这不能不归功于萧老在北戴河海滨给我的启示。

　　现在，我没有条件在海里遨游了，但是为了事业和健康，我仍然坚持游泳，冬天也从不间断。我忘不了海，有时我暗暗呼唤着，金色的年华呵，你在哪里？假如我依然年轻，我一定再奔向大海，去寻求先行者们的游踪……可惜今天萧老已经去了，在无尽的怀念中我感谢海，它使我找到了一位尊敬的、对我的生活之舟起着导航作用的师长。

萧三同志是爱海的,早在1938年他就写了《那深深的黑海……》一诗抒发自己对海的热情。他说:

> 我愿沉醉在这爱的海里,
> 随着浪涛翻跌。
> 将浪涛高高地举起,
> 溅洗得明月时常皎洁。

他自称是"汇入大海洋"的"点滴水",像我们大家一样平常普通。尽管水珠里偶尔也混杂着尘埃,但它却影响不了萧老思想品德的纯净。他为革命文艺、民族文化和世界文化交流付出了辛勤的劳动,自己却谦虚地说:"惭愧!我被称为'诗人'——诗不多,比较像样的更少。"我曾问过萧老,既然他身陷"四人帮"的黑牢达数年之久,受尽凌辱,为什么不写一些文章去揭露控诉呢?萧老听后淡然一笑说:"还有许多比这更重要的事情要做,至于我个人的这些遭遇,权当是一场噩梦!"他还说,这些意外的经历使他"受了锻炼,丰富了人生经验,也更坚定了斗志"。这不正是海的气魄和胸怀吗?是的,他也曾为长期不落实政策而急躁、苦闷过,那是因为他胸中燃烧着对祖国对革命强烈的爱和渴望工作的热忱!萧三同志晚年体弱多病,84岁高龄时还在握笔写作。他始终保持着事必躬亲的习惯,他经常爱说的话是:"不,我要自己看!""我要自己来!"

在悠悠的历史长河中,他乘着命运之船在旋涡里时浮时沉,做过官,也当过兵,被称为革命作家,也被冠之以莫须有的罪名。他作为中国人民的文化使者,多次登上国际讲坛,也曾于浩劫中写过"交代",但无论何时,他总相信自己翻译的那首气吞山河的歌——"英特纳雄耐尔就一定要实现!"他生活的信念像海一样执着。

发表在1983年2月19日《光明日报》上

注：此文撰写于 1983 年 2 月初，北京——我的居所新源里。那时他刚刚仙逝。许多年后，发生了一件和游泳有关的事，我应当向他汇报。

在萧老的敦促与教导下，我的"勇气"和"泳技"日增。一天，我在海里游到深水区，正在为四周空旷无人，可以肆意纵横而自得时，突然不远处时隐时现出半个女人的头形，她断断续续地呼叫着："救……命……救命……"我听到呼叫声立即游向她，不管她身体多么沉重，我还是把她拖到了浅水区……是谁救了她？严格说，应该是萧三啊！假若没有他老人家的批评敦促，我怎么会下海、会游到深处救一个人？

几十年过去，海远了，人去了。又到了那个永别的时刻：瑰丽的晚霞在海潮中淹没了，萧三同志在海的哀歌里安然睡去。窗外如云似雾，静浸在残月的寒光里，我仿佛听到海的哭泣，人民在深切地怀念自己的诗人，海在痛苦地呼唤着自己的儿子。

我的确见过具有海的许多品格的人，那就是萧三同志。

爱真诚

31 初识俄国汉学家李福清

两三年前，领导拿来好多页俄文影印件，说这是一篇有争议的文章，让我译出来看看。从此，我便记住了文章作者的名字：鲍里斯·里沃维奇·李福清。

没想到，1986年11月2日我们在上海金山宾馆见面了。他是同费德林、索罗金、谢曼诺夫、契尔卡斯基、契尔柯五位苏联汉学家一同来参加中国当代文学国际讨论会的。在握手相视的一刹那，我感到这个人好像跟我原来想象的不大一致。他似乎有着特殊敏锐的气质和一种内在的顽强精神，这使他充满了吸引人的力量。当然我也没有想到他的外貌会是这个样子，像个犹太人，后来才知道他正是个犹太人！他的头部色彩十分丰富，面颊红润，头发灰白，眉毛睫毛漆黑，唇上的胡子呈咖啡色。他说自己的上髭"按照英国人的说法是胡椒加盐"的颜色。唇下的胡须灰白，睫毛长长地翘着，神采飞扬。深沉而又明亮的目光里带着机智和幽默。他说自己小时候因为毛发黑，被大人称为"从煤堆里出来的孩子"。更有趣的是，若不见其人，只闻其讲话声时，你会以为这是个北京话讲得不错的西北老乡："我们那个仍（人）……""我"字的调提得很高。

在中国当代文学国际讨论会上，李福清就是用这熟练的、略带陕北口音的发言博得了一片赞扬。他说："中国当代小说家运用了某些具有民族传统的模式处理作品情节……肖像描写数百年来在中国文学中是最稳定的成分之一。通常用四个字一组的现成套话来表达……"他列举了冯骥才、蒋子龙、阿城的小说,把他们的作品同中国古典小说做了具体、详细的比较。从中不难看出他对我国古典文学研究之深。难怪他的发言一结束,新加坡写作人协会会长王润华立即站起来说:"这是我迄今听到的最有水平的发言!"

在往返无锡、苏州、上海的长途中,当汽车的颠簸把所有的人都摇睡着的时候,他还在滔滔不绝地讲话,毫无倦容,炯炯的目光丝毫不让、径直射向对方,令人不敢闭上倦怠的眼睛。"我像我父亲,只会工作,不会休息。"他不无遗憾地说。

因为他的汉语讲得太好了,我只能嘲笑一下他说的"仍(人)"字。他也笑道:"我在列宁格勒学习中文时,常常利用暑假去中亚细亚,去定居在苏联的中国回族居民那里,收集中国民歌、神话、谚语,所以说话就成了这副腔调。"接着他便虚心地问起某个字属于什么"声",是"上声"还是"去声"……搞得我好不头痛。

在朦胧的晨雾里,我们乘舟游览。古朴的同里小镇像浸在浅水里的盆景。李福清轻盈地从小船跳上岸,踏着沾满南方露珠的石子路,穿过临水的街巷。李福清向伫立在低矮屋檐下的陌生老乡们频频点头、招手,好像见到了老朋友一般。

停在陶都街上的汽车就要起动了,我羡慕别人手里抱着的陶瓷松鼠,想下车去买,但又怕影响大队行动,正在犹豫。李福清果断地说:"马上去,跑着去!"他的绿大衣"噗噗"地拍着他那双飞快甩动着的腿。我们拼命跑、拼命笑,他很快就超过了我。售货员不紧不慢地找钱,我说:"回去要挨'剋'了!"他说:"没事儿,就说是我要来买的好了!"其实,他什么也没买,是专门陪我的。"好仗义!"我想。又是一阵风、一阵笑地奔回原地,商店离汽车不远,跑起来也不过几分钟。可就在这几分钟里我感受到许多。我想到了童年,那个充满绚丽阳光与色彩,既可以纵身飞奔,又可以放声大笑的年代。

经过一路的相处,大家熟了。李福清得意地谈起他1962年在列宁格勒发现《石头记》的经过。他问我:"我来中国好几次,怎么都没遇到你?"又接着问,"1959年你在哪儿?1966年我在北大讲学,你在哪儿?1983年你又在哪儿?"

爱真诚

他不知道，这几句无意的问话触痛了我，使我那颗本来就隐隐作痛的心变得更加沉重了。该说什么呢？说我的峥嵘岁月是怎么悄悄失落的吗？也许在我搜索枯肠、拼命寻找丢在脑后的俄语词汇时，这种悲哀的失落感才更加折磨一个人的灵魂！

蓦然从破碎记忆的尘埃里，飘浮出一个遥远的苦涩的旧梦来。

我的际遇，我的命运的逆转，不该全归咎于历史的动荡。我命运的逆转在一定程度上是由于我个人性格上的弱点造成的：我太麻木，太"冒傻气"（至今机关里的同志还如此称呼我，为此我干脆留下"傻气"——莎芪当笔名）。当别人都"躲着什么"走的时候，我却丝毫不觉。某年某月（正值中苏关系有些"微妙"时）在北戴河某商店，与某苏联人相邻购物，偶尔攀谈起来。我无非是为了增加口语实践机会，我们彼此讲了几句无关紧要的话，不料它却在一定程度上改变了我的生活道路。

首先是遭到该苏联人翻译——其实是我的"同胞"的训斥："你怎么可以随便同外国人讲话？讲了些什么？"奇怪！你不是全听见了吗？我不服气，斜睨了他一眼，"你是哪个单位的？出示工作证！"接踵而至的是上司的谈话："翻译说你讲得太流利，他没全听懂。"不论他是否"过奖"，"流利"二字是我此前听到的最后一次了，当时就想，今后也不会再有人如此评价我的口语了……我接受命令：写"交代"材料，被查问是否偷听过"敌台"、勒令上交自订的全部俄文杂志。当时，我把除去吃饭之外的全部工资拿来订阅苏联杂志、购买俄文书籍……我曾希望为翻译事业献身——这是我第一篇译作被全国性杂志刊登后下的决心。不久，此"劣迹"发端后，便被以"出身不好"为由，调离了"外国人经常往来"的北戴河。更使我这个23岁女孩的柔弱心灵难以承受的是，据好心的"知情人"透露："小心点，有人可能要跟踪你！"这话太沉重、太摄人心魄了，我战栗了！那崇拜已久的普希金、托尔斯泰、契诃夫等人的故乡，那茫茫的西伯利亚草原，悠悠不尽的伏尔加河，顷刻间被蒙上一层阴云。似乎他们是我厄运的化身。呜呼！心灵中的神殿毁于一旦！从此我真的和俄语断交了！而且，20多年来，就连这个厄运也每每不敢对人提及。

当李福清和朋友们埋头于他们热爱的中国文学事业的时候，当他们不倦地撰写文章、翻译中国文学著作的时候，我的事业——和俄文有关的事业，却彻底被摧毁了：有关俄文的书籍全处理掉，碰到外国人躲得远远的，连看也不看一眼……这样干净了吧！

时光倥偬，20多年稍纵即逝。当你彻底斩断了你的热恋、你的追求，当希望成了死灰的时候，那思念的一线微光又来到你眼前，撩你魂魄。这不是残忍的玩笑又是什么！

溪谷隐没在远方，枝头闪烁着最后的夕阳，车上乘客在微倦与幸福之中沉默着。李福清以他那坦荡和永不衰竭的热情拂去我心头那片陈旧的梦痕，打断了我的沉思："我们苏联人很喜欢《人到中年》《高女人和她的矮丈夫》这样的译作。苏联现在有许多出色的翻译家，索罗金译的东西都很准。切尔卡斯基译的东西也很好。阿列克赛耶夫把蒲松龄的书《聊斋志异》译得很妙，大家都喜欢。青年汉学家马里阿维恩很有天分，他已经出版了三部书。像《庄子研究》写得很好，史料在他的笔下表现得很活泼。"那声音、那面部色彩、那表情都充分地证实着他的乐观与自信。我问他自己将有什么著译问世。他说他编辑的《冯骥才小说选》不久可以出版了。"我译冯骥才的作品时被出版社删掉了一些。有人说你翻译中少得的稿费，要找冯骥才来补！"他调皮地眨了眨活泼的大眼睛，引得邻座的瑞士大个子汉学家胜雅律和我都大笑起来。胜雅律身子颠簸得更厉害了，那张圆圆的孩子般的面孔笑得更红了。

汽车扬起风尘，猛烈地跳跃着。我很想把他那一席颇有见地的话记下来，可惜疾驰的车子不停地抖动，不允许我写下几个完整的字。

道路无尽地向前延伸，远处绵亘的绿原渐渐向后闪去，蓝天高远。望着江南迷人的秋色，李福清的黑眼睛眯起来，脸上漾出笑纹。

临别那天，天色阴沉。李福清跑来向我告别，还用他那流畅又略带陕北味儿的北京话对我说，他回国后要设法给我寄一些苏联名著的唱片，帮助我恢复口语。当然，他不知道我比任何人都渴望挽回每一寸匆匆流逝的时光，他不知道埋葬在我心灵角落里的悲哀，更不知道在我漫长的生活中还有这么一段伤心的故事。

虽然是来去匆匆，李福清依然是带着温馨而又满意的微笑登上了飞往莫斯科的银燕。案头工作等待已久了：给出版社提翻译中国小说的建议；整理自己编选的《回族民间故事选》德文版；和中国的人民美术出版社合作出版《苏联珍藏的中国年画选》；翻译中国文学作品；收集中国年画……此外还要写介绍中国当代文学国际讨论会的文章。他几乎没有时间叹息。他在给我的一封信里写道："这就是我的生活，匆匆忙忙的。有人问起我生活如何，我一般回答是，我没有时间去想生活怎样，马事未走，牛事又来。"这使我再次联想到他那急速行进的脚步和那不带倦意的笑声。

为了供我选择苏联文学作品，李福清给我寄来了几本俄文新书。在一个初春的早晨，这些书，连同他的友谊一起邮到了我的手里。

谁也没想到，在未来漫长的岁月里，他不断地给我寄一些有关中国文学、有关萧三的俄文资料，尤其是刚刚发表的有趣的俄文著作，像《蒋经国在苏联》《切尔诺贝利核爆炸真相》等，我和老朋友李文厚已抢译出上中两部（下部作者正在撰写中），大部分都翻译成了中文，有的还得到读者及俄国作家的肯定。可惜的是，我赶译出来的《切尔诺贝利核爆炸真相》一书被西安出版社给弄丢了，我急匆匆寄出，也没留底稿，对不起李福清，也可惜了我们的劳动！

我俩的接触日渐增多，友谊日渐增长，彼此成了无话不谈、无事不帮的最最知心的异国朋友。当然，后来我又多次写过他。

他像我的某些离世好友一样：永远生动、亲切地活在我心里！

写于1987年，2023年修改

32 回望李福清

两个小时以前,我与莫斯科友人通话,听到了一个令人震惊与悲痛的消息:中国人民的好朋友,天才的、勤奋的、卓越的汉学泰斗李福清,于几天前(3日)去世了。"今天在莫市举行了隆重的悼念仪式,汉学界几乎是倾巢出动了。"没有恰当的话可以来表达彼此的遗憾与伤心,词穷了,国际长途电话传递着深沉的不绝如缕的叹息复叹息……

2011年6月,李福清来北大讲学时我们又会过一次。没想到,那竟然是最后一面。

也就是这一次,在我和他目光对接时,猛地感到了一丝疼痛:李福清明显地瘦了,须发更白了。"4月份,我又做了两个手术。"他淡淡地说,好像在说一桩小事,"心脏搭了两个支架,剪去了那么一段大肠的一半。"李福清用手轻巧地比了肩膀那么宽的长度,笑着说。我不禁倒吸了一口冷气:"就这么快地又跑来了?"多年前,他遭遇过严重的车祸,做过肾脏和什么别的手术……他一生受过多少次折磨数不清了。疾病的磨难、年轮的沧桑是那样无情地从他那坚韧的肌肤上碾过,而他那圣洁的、热烈的生命之火源源不断地点燃着他的创造力。

就是这一次,他的面孔依然红润,精神依旧矍铄,说话的节奏还是那么快,好像精力永远用不完似的,这让人得到不少安慰。

他好像孩子似的说:"很奇怪,选举'院士'一般都没有全票通过的。

我是全票。我没有想到。"他谦虚，又有些"毁誉不干其守"的味道。俄罗斯科学院文学方面的院士一共5个，搞中文的只有李福清一个。了解他的我说："不奇怪，众望所归嘛！"

可是，他仍然匆匆地走了。虽说是"几万万年月，皆如水逝云卷，风驰电掣，无不尽去"，可也不该如此快啊！

在我短暂的翻译写作生涯里，最不能忘记的人之一就是他；在我所有的俄国朋友里，最不该忘记的也是他。他一生的故事很多，感动我的故事也很多，这里仅就一个方面——他对于我翻译工作的支持与帮助写几句话。

李福清，高鼻子、深眼睛，地道的俄国犹太族人。原名鲍里斯·里沃维奇·里甫金，"李福清"是他的中文名字。这个名字在中国的俄罗斯文学界，无人不知；在中国的古典文学研究界、教育界，乃至世界汉学界，也同样是如雷贯耳。

几十年来，他的足迹遍及中国各个地方，他的朋友遍布中国。

我们相识在1986年秋天。上海的中国当代文学国际讨论会上有苏联著名汉学家兼大外交家费德林、大学者索罗金、大翻译家切尔卡斯基、大教授谢曼诺夫，乌克兰大汉学家契尔柯，还有这位和别人大不相同，已经名扬四海的李福清。李福清以他洋溢的热情、充沛的精力、幽默与智慧，特别地赢得了世界各国与会代表们的瞩目与喜爱。

初识李福清时，他面色红润，反应机敏，俄文、中文语速都快，精力异常充沛，若提当年峥嵘岁月，他肯定是位地道的"犀利哥"，但那眼神，可不像咱们不久前因偶然机会"红得不得了"的乞丐"犀利哥"。人们说眼睛是心灵的窗户，李福清的眼睛里反射出来的绝不是"茫然""无所事事"或者"好奇"什么的，他眼睛里的东西很多，首先就是犀利，是学识、机敏、智慧、诙谐。那双眼睛会说话，内涵很多。从他那不倦学习所取得的知识看，早就学富五车了。这些年，随着年轮的增加，他虽须发已白，但是精神一直矍铄，思维一直敏捷，步履一直匆匆，做事的节奏一直那么迅速，叫他"犀利爷"绰绰有余。只有一点没有改变，那就是不见其人只闻其声时，他还是那个腔调，你会以为这是个北京话说得非常好的西北人。秘密在于：他在列宁格勒学习中文时，常趁假日到中亚细亚中国回民居住区去收集民间神话故事、谚语、民歌等，接触多了，耳濡目染地学了一口甘肃回族腔。"周志刚"会说成"赵志刚"，更"严重"的是，喜欢说"我们那个'仍'（人）"。因为他的中国话说得太好、理解得太好了，所以这个"仍"字，永远是我们"嘲笑"他的唯一"把柄"。

那年，他知道我的俄文因为一些原因荒疏了20多年之后，便说"一定要提供机会让你尽快地恢复俄语"，我没当回事，别人更没当回事。他曾亲自向有关领导提出应该派我出访苏联时，被"革命原则性很强"的领导当即拒绝。他一回到莫斯科，在忙得如他所说"马事未走，牛事又来"的情况下，立即给我寄来几本俄文新书，令我非常感动。

后来，在我们陆续交往的这些年里，他经常（不知多少次了）给我寄来或带来一些最新资料以及最新出版的书籍，这对我的确很有帮助，也使我终生感激。

1987年12月中旬，李福清再次访华，他特地给我带来一份刚出版的《文学报》。他说："上面有一篇谢丽万诺娃的《苏联文学在中国》，你看看，对你的研究工作会有好处的。"谢丽万诺娃10月访华，12月就见了文章，动作够快的，而李福清正是12月就将文章带到了北京，动作更快，油墨的芳香依稀可闻呢。我怎么可以忽略这篇文章呢？李福清的这种治学精神、助人精神在激励着我，我怎么可以辜负他的一片好心呢？我尽快地仔细阅读并在一定范围内作了介绍。

就在李福清访华的那些天里，他的生活里发生了一件非同寻常的事情——在30多位候选人中有3位学者当选为"苏联科学院通讯院士"，他在其中。这是对他多年来研究中国文化取得卓越成就的最高褒奖！中国朋友们纷纷向他表示祝贺。

李福清不笑，却"卖"了一个"关子"。他用一贯流畅的中文说："中国战国时代有一个名士叫苏秦，被任命为宰相。回到村里，大家都对他另眼相看，他却说：'苏秦还是那个苏秦，只换了衣裳没换人！'"然后，他眨了眨调皮的眼睛接着说，"我是不是也可以说，李福清还是那个李福清，我刚刚买了件新衣裳（他指指身边的背包——真的买了件新衣裳），还没来得及穿呢。"众人哈哈大笑，遂又向他举杯祝贺，称他为"当之无愧的第一流的汉学家"。

爱真诚

1988年李福清再次访华，给我带来刚出版的《远东问题》第6期上面一篇重头文章《独裁者的继承人》，他已经代我复印好了，密密麻麻的好几十页，其中还有蒋经国加入苏联共产党的申请书。这篇文章在当时应该算比较超前的了。不久，我即将其中一部分翻译了出来，题目为《蒋经国在苏联》，在《中国文化报》上连载……没有想到的是，我的这篇不完整的译文竟被中国台湾地区访问大陆的学者、淡江大学李瑞腾教授看到，他非常感兴趣，特向我要了这些译文，并说："这些资料太珍贵了，太好了。"这点影响，归功于李福清！

后来我在访苏期间，李福清把我介绍给了作者，远东所的学者沃隆佐夫。我们一见如故，谈了好几个小时，有关翻译方面的问题也进行了探讨，对我很有启发。后来，在莫斯科沃隆佐夫对我还多有关照，并组织了几个人开始翻译我的论文《许世旭诗歌中的自我意识》，他说："翻译有难度，因为里面诗歌不少……"

记得还有一本《切尔诺贝利核爆炸真相》，也是李福清使我在国内的第一时间里，得到了它的原文，看到了核爆炸悲剧事实真相。我知道它的"紧迫性"，便约了朋友赶译、抢译……后因手稿丢失未能出版，辜负了这位匆匆寄书来的朋友，我们也枉费了许多时间和心血。

他还带给我一篇珍贵的、闪烁出历史厚重光芒的长文——1934年埃弥·萧（即萧三）在苏联发表的介绍苏区文化建设的文章，那是李福清特为我从1934年出版的《中国问题汇刊》（14期）上复印下来的。后来我全部译出，发在一本书里。

1989年春天，我和李福清再次在北京见面，他对我说："你知道在苏联有一份很畅销的报纸吗？"我当然不知道。他从背包里取出一张晚报样大小的报纸，我马上被它吸引住了：《书评》。上面有纳博科夫在纽约写的整版长文《好读者与好作家》，有《斯大林逸事》等引人注目的大块文章。我看到报纸上李福清用圆珠笔写着"高陶同志"的字样，知道这正是他早已准备好要给我的。

他心里总是装着别人，装着朋友。

李福清马不停蹄地频繁穿梭于中俄两国之间，为了研究中国文化，他收集了大量的中国年画、中国神话故事，翻译介绍了中国文学作品。那一年他在中国台北讲到国际诗人萧三时，不停地让田汉的儿子田大畏来我家替他向我"求教"，之后田先生立即向他转告我的"答案"。更有意思的是，他到中国做报告，甚至到欧洲国家讲学，都是宣传介绍中国文化、介绍大陆研究情况的。从某些专业方面看，他懂的比一般中国人多，比我更多。

李福清治学非常严谨，同时也非常好学。记得那一年他来北京特地让我联系了京剧大家梅葆玖，梅先生请我俩在政协礼堂吃饭。席间，李福清直接向梅先生请教，谈得十分融洽。接着，我又为他联系了京剧名家袁小海（袁世海的儿子），袁小海从百忙中抽空到我家，亲自为李福清就京剧脸谱的问题解疑释惑，这又使人十分难忘。

2003年，李福清与其他5名汉学家获得中国教育部颁发的"中国语言文化友谊奖"。这恰如其分的肯定与奖励，是他早就应当得到的。所有的中国朋友都为他高兴。

年轮飞驰，岁月不居，我现在已经不能保证说全、说准：在我翻译的俄文作品中，哪些是他给我带来的，哪些是别的苏俄朋友带来或寄来的了，非常抱歉。但是，俄罗斯朋友的情，特别是李福清的情，我是永远也忘不了的。

除了翻译方面的关心帮助之外，在我访苏以及在莫斯科生活工作的许多方面，都有着他的真诚相助，细说起来实在是"数不胜数"了！

1989年，我应邀访问苏联，这与李福清和几位汉学家的鼎力相助分不开。由于同时我也接到波兰作家协会主席的邀请，我决定先访东欧，回来后再访苏。于是，我就应邀在李福清家住了20来天，受到他和他妻子盖拉热情的接待。后来李福清的女儿从日本回来到北师大进修，也在北京寒舍里住了20多天。他女儿也很聪明，说着一口流利的北京话。

我从东欧返回莫斯科之后，苏联作协立即安排我住进乌克兰饭店，开始了有意义的两周俄国之行。后来我在俄国治眼睛、做胆结石手术，在莫斯科大学任教，以及在莫斯科的日常生活，事无巨细中，都有着李福清的关心与帮助。

有一次，我在北京托他打听苏联治疗眼睛黄斑变性的药物，他很快就给我买了一副治疗眼镜，托人带了来。他在贺卡上写着："我给你买了新的治眼睛的眼镜，请试一试吧，开始一天戴5—15分钟，慢慢到30—50分钟，晚上也好，请看说明书。新年快到了，祝你新年快乐！……"他可真是太细心、太周到了啊。对于李福清，我自然是千恩万谢都不为过的。

近几年我发现，李福清的某些中国老朋友，大多像我这样，日渐"老迈"，日渐"不中用"起来，而他却一如既往地那么"勇猛顽强"、那么热情豪迈地奔波于两国之间，继续着他心爱的工作……实在让人感佩。

记得那年我在莫斯科大学任教时，他在国外遭遇车祸，一个月后返国。一到家，就用那铿锵有力的声音对我说："我还活着，只是眼睛不好，看东西有重影，你能针灸吗？"我想也没想立即就说："能！"天晓得，我能个鬼！我只不过随身带了针，为了自己胃痛时自救用。至于他的眼病究竟是视神经损伤、颅内出血、黄斑损伤还是什么问题，我都没搞清楚，我竟然敢说能，连我自己都吓了一跳。不过，为了安慰他鼓励他，一般"善意的谎言"应该是允许的吧。

第二天，我如约去看望他，没想到他的气色不错，情绪正常，除了眼睛视力差些外，都已恢复了。他没邀请我用针，我更没主动去"害人"。

最后他竟然真的没留下什么后遗症，真不简单。

那天我从他家出来，莫斯科的天灰蒙蒙的，寒风在楼宇间旋转徘徊，人们躲在有暖气的屋子里，只见那种灰黑色的鸟儿依然骄傲地在天空中盘旋、在狂风中翱翔低回。这种不畏强暴、不惧恶劣天气的顽强精神与独立品格，让人尊敬，它们在雪地上悠然漫步，傲视周围污泥浊雪的神态，俨然是一位绅士。啊，这些小小生灵，是生物中的佼佼者！

它们使我联想到李福清，一个无所畏惧、勇往直前的打不倒、摧不垮的优秀战士。想想22年前，李福清亲自见证了我在莫斯科动两个手术（胆结石、近视眼）之后的狼狈相，实在惭愧。

李福清具有常人少有的政治敏锐和学术敏锐，并且有十分精确的判断人物的能力，他能把对方放在自己设计的恰如其分的位置上，为了伟大的事业调动一切积极因素。"博学之，审问之，慎思之，明辨之，笃行之。"李福清不愧为罕见的"人类精英"，有人善意地调侃他为"人精"。

李福清确实总让人震惊。2010年年末，突然传来不好的消息——他中风住院了。正当我们这些中国老朋友为他担心，埋怨他太不照顾自己，太累、太超负荷的时候，他自己写信过来却说"5月份要来中国开会"。这消息让中国朋友既惊讶又高兴又心痛……

"哎呀，真是太神了，太了不起了！"中国朋友不断地惊呼着，默默地祈祷他不要再出什么事情。

我在去年6月17日给他的信里写道："你走了，留下一片忧郁和想念。看来你似乎很好，但还是不放心。不知你什么时候能'停下来'，我什么时候能'停下来'，什么时候能好好地看看苍茫的蓝天，辽阔的大海……"他没有复信，但他给我办了我托他办的事。他是个很实际的人，没有时间抒情，我知道。那年我俩一起去办事，在莫斯科河边匆匆走过，河水在阳光下静静地流淌。我对他说："这条美丽的河，多像一个人漫长又短暂的生命，它使人想到人生有多少重要的事情要做，有多少美好的时刻要珍惜啊！"他却望着前面的路说："我们还有十分钟就到了。"

李福清的一生是阳光的、朝气的、智慧的、不知疲倦的。他像一轮正午的太阳，炽热地燃烧着自己、燃烧着事业、燃烧着生活、燃烧着他人。现在这颗太阳陨落了。

他是一条长河，一条由崎岖岁月创造的河，河里的每一颗石子都镌刻着坚强。他是一个把一生毫无保留地献给崇高事业的"大写的人"！

无论任何时候，对于李福清，我都会充满钦佩，充满感激，充满怀念，因为他真正地爱中国，为中国文化的发扬光大做出了不朽的贡献，也因为他真正地帮助过我，帮助过许许多多像我一样普普通通的中国人。

想念你，好朋友！愿天堂里的李福清能得到真正快乐的休憩！

2012年10月8日下午

附：鲍里斯·里沃维奇·李福清简介

李福清于1932年在列宁格勒出生，2012年10月3日在莫斯科去世。1955年毕业于列宁格勒国立大学，毕生为研究中国文化而努力，对于中国民间文艺、民间文学传统、传说，都有很深的研究。著有多种相关研究著作，如《中国神话故事论集》（1988年）、《汉文古小说论衡》（1992年）、《〈三国演义〉与民间文学传统》（1997年）、《神话与鬼话——台湾原住民神话故事比较研究》（2001年）、《古典小说与传说》（2003年）等12本中文论著。同时还翻译了冯骥才的《高女人和她的矮丈夫》等中国小说，系"苏联科学院通讯院士""俄罗斯科学院院士"，曾获中国教育部颁发的"中国语言文化友谊奖"。

发表在2012年10月10日《东方早报》及2013年《俄罗斯文艺增刊》上

㉝ 东风吹梦到长安

——痛悼著名波兰女作家、社会活动家、
好友胡佩方

她没有读到我的信，那封充满想念、充满期望、充满祝福的长信。那时候，它可能还在远天微茫中往华沙飞呢。波文翻译家林洪亮告诉我：2月15日，也就是我发信后的第四天，她遽然离开了这个世界。我想所有认识或接触过她的人，肯定会像我一样地惋惜与悲痛。因为无论在哪方面，她都实在是太优秀了。

我曾在一篇文章中描绘过对她的初步印象：她在摩肩接踵的人群中站了两秒钟，从容又潇洒地点上一支烟。她那玻璃烟管太细太长，路人好奇地向她回过头来，这烟管中国没有，当然，她是波兰人。深秋的两片叶子落在她那宽松的淡灰色的短大衣上。她背着沉甸甸的照相机，挤上"高峰"汽车，扬言在中国，"要尝尝挤车的味道"。她忽而在这儿，忽而在那儿，采访、交谈、参观、拍照，一展夺路而走的勇敢者的风采。她踏着缤纷的落叶，马不停蹄地奔走在北京的大街小巷里……二十几年前她的样子，怎么也忘不了。

胡佩方，1931年4月生于湖南。父亲是国民党起义的高级将领，她自己在解放前就参加了革命地下工作，新中国成立后参加抗美援朝战争，接着在中国人民大学法律系学习。毕业前与波兰留学生恋爱，经周恩来总理特批结婚，一同去了华沙。从此，她漫长的生命之旅，毫无保留地奉献给了"宣传中国文化、沟通中波友谊"这一命题。

起初,作为不懂波文,只懂些俄文与英文的中国女子,她的道路是艰难的。她在华沙大学教中文,后来到波兰广播电台,又到《波兰》《中国》杂志任编辑。自1964年开始直至退休,她都担任着《大陆》杂志的主编,该刊以介绍中国文化为主旨,符合她的意愿。后来她成为波兰为数不多的高级翻译,曾多次担任双方政府、双方重要使团的翻译,为了加强文化交流,她经常一年十多次地安排中国作家代表团、文化代表团的参观、旅游、会谈,并义务担任翻译,请大家到她家里吃饭,慷慨地赠送每个人礼物。近年来在波兰举办的"中国诗歌之秋"就是她推动的。朋友走了再加班加点完成本职工作,她基本上是没有节假日的。她的无私与真诚得到了中波朋友们的深深尊敬与爱戴。

她喜欢接待中国客人,因为这些人联系着广袤的田野、古老的庙宇、熙攘的人群、亲切的语言,甚至连那艾蒿的清香和炒菜的麻辣味道都会一并带来……所有的这一切是她无论走到生命的哪一站都不能忘怀的亲爱的大地,生她养她的母亲。

1986年,她在上海中国当代文学国际讨论会上,坐在 A 组的主席台上,用与会代表们少有的流利的北京话宣读她的论文《中国文学在波兰》。她不无自豪地说:"中国人民的伟大智慧绝不可能只是停留在古长城、四大发明、秦始皇兵马俑、《诗经》、《三国演义》、《红楼梦》上!"为此,掌声四起。

她办事风风火火,效率极高。"你一定是 A 型血,是 A 型性格!"朋友半开玩笑地说。

"是呵,你怎么知道的?"她怔了一下,用她那拿烟管的手,优雅地掠了一下额前的发丝,轻轻地呼出一缕淡淡的青烟。

"书上说的。A 型性格好胜,说话行动节奏快、热情,从来没有悠闲心情,同时想干几件事。"

"是呵,我总是同时起码做两件事情。"她说。

目前,她正在进行巨大的翻译工程——与别人合译《金瓶梅词话》,同时,文化交流活动仍旧不停。

有一年,她在我家住了些日子。那时我家还没有装修,很"原生态",

土头土脑的，但她毫不在意。她最喜欢的就是那些地道的中国普通饭菜，像油饼、豆腐脑、包子、炸酱面之类的，骨子里的中国，是谁也改变不了的。我们亲如姊妹。

她早已著作等身，除了每月在一些杂志书籍上发表介绍中国的文章外，又出版了两三部丛书，她还翻译出版了《金瓶梅词话》、徐怀中的长篇小说《我们播种爱情》。她用波兰文撰写并出版了反映湖南人民生活的长篇小说《邀明月》，参与撰写中波合作的几部电影剧本等，还有一些难以细述和不具自己姓名的工作……波兰政府十分赞赏与肯定她的贡献，曾多次授予其奖，其中包括波兰的"十字骑士勋章"。

记忆是滋养人也是折磨人的。这些记忆已刻进了我的生命。闲夜思君坐到明，追寻往事倍伤情。

天空是那么蓝，周遭鸦雀无声，阳光洒满了整个书房，一面墙是玻璃，一面墙是画，洗手间里也满是画，100多幅全是原作。一个柜子里是一两千种贝壳。30多盆鲜花，长叶飘浮，翠色宜人……这是她一个人的家，准确地说，是我二十几年前见过并住过的她的家。当年，在我应邀访苏时，波兰作协主席茹可夫斯基邀我访问波兰。胡佩方请我——这个结识不久的朋友，在她家里住了许多天。那是怎样难忘的日子啊！

她一边做饭，一边在晚炊袅袅的柔烟中打开录音机，陶醉在舒缓幽婉的古筝旋律中，音乐里有一座长桥、一湾黄水、一片雾霭……她在冥思遐想中复习着"坐听微钟忆往年"的感觉。她说："这样做饭就不会急躁和疲累，是在享受生命的优美与欢愉。"

我不忍给她带来更多麻烦。她却再次强调："我的钱用不了，大家花。"据我所知，许许多多熟人朋友都应邀在她家食宿过。金钱——身外之物，她并不重视它。那时的她，像一轮正午的太阳，炽热、成熟、精力充沛，胸中充满诗一般的火焰。"我从不考虑自己的年龄。"她说。没有人生行路艰难的幽微感叹，不为往事的辛酸悲欢困扰，她经年经月经日地背负着自己的历史使命，忠实庄严又顽强地生活着，一往无前。她不知道，"不考虑自己的年龄"这句话，实实在在地影响了我二十几年。

她在百忙中陪我到风景如画的克拉科夫市，我俩在她的表叔家住了几天。

这座历尽人间沧桑、战火硝烟,依旧傲然屹立在维斯拉河畔的古城太美了,这里的每一座建筑都凝缩着久远的历史。丘陵峭壁,老树苍藤,维斯拉河像一条明丽的蓝色飘带轻巧地围在克拉科夫玲珑的颈上。胡佩方陪我参观了古堡、博物馆、风景区……古城没有缤纷的街市、喧闹的人群,它在金钱与物质的诱惑里,在神圣与卑劣的争夺中,决不放弃从容与大度,顽强地保持着自我,坚守着自己深厚的历史底蕴……我想,城市尚能如此,那么人呢?胡佩方做到了。

那年她住在我家的时候,我总担心家里条件不好影响她休息。"睡得好吗?"我问她。

"很好,没有失眠。"她神采飞扬地说。她一整天都是这样,直至深夜仍然毫无倦容。

"在波兰,我也经常失眠的。"她坦率地说。

这不奇怪。世上有哪个男女强人不曾在人生的重荷下辗转过!但我更相信,一个坚强、豁达、睿智的人是不大会总失眠的。

如果作四分之一世纪前的回顾,不能不说她曾是一个异乡飘零人。1955年,她结束了学生时代天真的幻梦,跨过绵亘数千里的长河碧水,越过起伏数万里的丘陵峰峦,坚定不移地随丈夫,那位波兰在华留学生,一起来到举目无亲的华沙。可惜他俩没有白头偕老,他们离异了。她也曾有过单独沉重的生活担子,也曾有过对多难祖国的担忧,还曾有过去国离家之乡愁。但是她没有时间叹息。只要她伏案疾书,只要她投身工作,便立刻心身俱往,心神俱旺。生命如此充实、如此丰富、如此顽强、如此成功,当然也有失败,但她把失败看作孕育着的新的成功。她说,自己就想"给社会留下片砖块瓦"。这种思想境界,世人能有几多?

她说:"没有爱情,便不应该在同一个屋檐下生活。"当女儿已经上大学,丈夫成了教授,她才心安理得、平静地和丈夫分了手。女儿大学毕业后留在美国工作。

"你感到过孤独吗?"我终于把埋藏在心底的担忧说了出来。

"没有,我从没有孤独感。"她不假思索爽快地回答。稍过片刻,她补充道,"要说有,也是有的,当我参加盛大的宴会时,我必须按照规定的去做,碰杯啦,寒暄啦,还不能早走……这时候我感到孤独。但平日我从没有孤独感。"她悠悠地吸了一口烟,叙述起她那平凡而又富于浪漫气息的生活。

过去,她常利用假日到山民或渔民家里做客,到荒僻的地方考察,也常到维斯拉河边漫步。

她是那样地看重友情。那年秋天,从华沙远天微茫飞来的银燕,带着她沉重的乡思,在北京机场着陆。我同众多认识或不认识的男男女女,像被磁石吸引着一样,一起奔向她,声声亲切的呼唤、个个热烈的拥抱……那场面实在令人难忘!

她家里珍藏着朋友们送给她的数不清的艺术品。每每提及它们,胡佩方总是那么柔肠纤纤:"每一件东西都代表着一个人,活着的人,无论这个人是否还在人世,对于我来说他永远活着。我默默地想象出他们的声音笑貌,悄悄地和他们对话。"心不老,情难绝,"我的钱用不了,大家花……"她请朋友住自己家里,为朋友慷慨解囊……她就是这么对待朋友的,似乎这些新老朋友也总在陪伴着她。夜幕深沉了,淡黄色的灯光下,她和朋友说着悄悄话,无话不谈:文学、艺术、政治、家庭、友谊、爱情……但她决不泄露别人的秘密,她说:"保护朋友的秘密——这是底线。"那颗真挚火热的心,柔婉地抚摸着每一个流浪者的灵魂,让你温暖,让你在她家安适地进入甜蜜的梦乡。比她年轻的人,都亲切地叫她"姐",我叫了她二十几年的"佩方姐"。谁料到今天,竟是"西忆故人不可见,东风吹梦到长安"。

听说她近几年身罹严重的心脏病与糖尿病,生活已不能自理。华沙的朋友们自动组织起来,安排给她做饭,轮流照顾。去世前她已打算去养老院,但不幸心脏病突发……

原谅我,佩方姐,你的照顾和关爱,我还没有一丝一毫的回报,你就去了,去了!我只有经常抚摸着你送我的许多纪念品悲哀……"恸哭松声回,悲泉共幽咽。"

姐,你听到了吗?请记住:便与先生应永诀,九重泉路尽交期。总有一天,我去找你!

2014年2月22日于北京翰乐斋

爱真诚

34 许世旭，你忘了咱俩的"约定"了

昨日在报上看到许世旭去世的消息，许久许久缓不过神来，眼泪止不住，打湿了键盘。怎么，你忘了咱俩的"约定"了！一个月前还说，要从汉城给我寄一些资料来，我还在傻等，怎么就遽然不顾一切地走了呢？

我们是在 1988 年 8 月 15 日—19 日新加坡第二届华文文学大同世界国际会议——东南亚华文文学研讨会上认识的。他微笑着，目光柔和又沉静地微笑着，阳光抚摸着他那晴空万里般饱满的天庭。他神采飞扬，连那不拘小节系歪了的领带在内，无一不洋溢着自信与快乐。

就是在这个会上，我听到他用中文做《台湾诗歌对新马文学的影响》的报告，汉语地道、研究有深度……接着又见他在宴会上左手握杯，右手伸出两指拉出斗剑的姿势，一个人一个人地、一杯接一杯地跟别人赛酒"把人家打倒"。晚上又见他潇洒地朗诵自己写的诗歌，诗写得很中国、很有诗味，把我们几个中国人都惊呆了，从此对他刮目相看。这就是许世旭给我的第一印象。

据我所知，世界上研究中国文化的人中，汉语说得呱呱叫的"洋人"大有人在。但是，用中文写作者几乎是凤毛麟角，而写得好甚至比一些中国人还好的，就该是许世旭了。你听：

邮差

秋日秋夕的野渡口,杨柳青青的烟雾边,
一个绿衣人,等在渡头。

是不是很有中国古典味道?

会议结束,"天各一方"之后,我们就开始通信,彼此直呼对方姓名,有时还相互"奚落"或"无情攻击"对方。他自称"高丽棒子",中国朋友叫他"中国佬"。他是那样深深地钟情于中国,中国五千年的兴衰、神秘的文字、迷人的诗歌……早已融入他的灵魂:

远随东方

每逢走尽了青砖的城寨
听着蟋蟀般的古筝
每逢摩了雄伟的石柱
疑是远自黄河跳来的龙身

他深深地惦记着朋友,惦记着北京:

高陶:

我们那么谈得来,但只谈过一次,非常舍不得。那天匆匆地走开了。我曾经向往了35年的古都。我的梦仍在北京的街上,风沙的街上。我相信不久会再踏上燕京,因为有你朋友在那边。

匆此 祝福

许世旭汉城11月12日(1988年)

相知无远近,万里尚为邻。再如:

高陶：

你鼓励我的中文散文，似注我一种生命的力量。其实，我对"城主"与"草叶"都不满足，如果是城主，一定不可爱，如果是草叶，才是不值得（注：指《城主与草叶》一书），似乎你那既非"城主"亦非"草叶"的面目，较近于我。我并没有贬视散文诗，只是说散文诗在某种体制下较多而已。我承认一篇美文必要高单位的诗质。反正我会写散文诗，以应付你，我从北京来有月余，但北京一切历历在眼，尤其我遇到了一位知音——你，是难能可贵，恨在新加坡没有细谈。希望我们继续谈文学，也要谈心。

许世旭 1988.12.12

他的诗作一本本地给我带来、寄来，我一本本地阅读着、欣赏着，它们促成了我在第四次研讨会上的论文《关于许世旭散文的自我意识》。1989年，苏联著名历史学家沃隆佐夫对我讲，他已请人将拙文译成了俄语。

1989年4月25日，我们刚刚开完会分手半个月后，他来信写道：

高陶：

我虽喜欢上复旦（大学），但离开复旦，仍然是惆怅。4月5日挥别了你，我一连流浪了金陵、燕京、西安等地，4月17日晚才到家门。五天来，我们尽管聚在一起开会，而过得太快，又纷纷云散，也许曲终了该散。又赚来一批悲伤。今年8月我要再去北京，只是还未铁定。希望这次多谈一下，以治一种怀乡病，但最好不要老。祝福。多来信！

"天安门事件"之后他忧心忡忡：

高陶兄：

5月底接到了你的信，获慰不浅。而不久前天安门闹了事，一道在担心你和你的祖国以及我心中的中国文学。8月可以去，但唯因你不在京城，却游苏波两国，兴趣大减。我知道10月的北京，非常辉煌，去年体验过，我们在北纬客舍。给你临别赠过数言，你还记否？我们不要老，如果坚信他不老，当然可以不老。我们在上海开会时的几张照片，很值得怀忆。当我翻它时，我当停在1989年的"烟花三月"，希望常来信。

　　祝愉快！

世旭 1989.7.9

　　1989年，我应苏联作家协会之邀访苏，老许一直非常羡慕，他在1990年2月22日给我的信里写着：

　　这几个月接不到你的信，心里怅然得很。怎么搞的呢？你真的在地球的那一端。你12月22日的信刚收到，高兴得很。似乎已被断了线的风筝，好不容易找回来了。我看你很孤独，太奢侈了，我很羡慕你，单身才是精神贵族，也是自由民呢。并乞早日设法邀请我访问苏联。

　　不几天，他从汉城打来电话，希望能点名邀请，并点名请他到莫斯科大学讲学。我说这个要求不高，我争取吧。

　　幸好我在莫斯科已有了一点人缘，便向苏联作家出版社的负责人郑重推荐了这位韩国著名诗人，较详尽地介绍了他的"光辉成就"。就这样，我的苏联朋友们尽力满足了他的心愿。一切进行得都很顺利，在两个月里全部搞定、成行。

　　许世旭于1990年4月22日—5月6日应邀访苏，其中5月4日我帮他联系安排了我任教的莫斯科大学亚非学院的讲学活动，并在会上对他做了详尽的介绍。

　　许世旭一到莫斯科，作协给他安排的陪同翻译也是佳丽娅。那时我刚刚做完胆切除手术，找了一位中国留学生暂给我代两周课。此后我应邀在佳丽娅家里养病，许世旭访苏的那两周我正在佳丽娅家，所以我俩见面的机会也较多。

　　我叫他"盲流"，他自称"文盲"，一出门俄文大字一个不识，也不会说。应该说，他的语言能力是很强的，日语、英语、汉语都不错，就是俄语一窍不通，一出门就傻眼，找不到家，好多次都要求我送他到宾馆。

我俩在一起，"上天下地，撕古裂今"，吹牛、吵架，有时粗鲁得像一对男生，一边跑步一边"哇哩哇啦"地大声讲话，完全是"哥们儿"。我术后体弱，一般和我同行的苏联男士没有不挽着我手臂的，可他不，径直自己往前走去，既无绅士风度，也不去关照对方。好像在说：我一个大男人，怎能向小女子献媚，为小女子折腰呢？正像他在《城主与草叶》一书中的"自白"："我该是城主，一个大丈夫，人过中年睡在刀枪盔甲之上，凭义勇之气无所惧怯。"他身上带着那种朝鲜族男人的粗犷、野性、大男子主义……早已深深地浸透在血液里了。在他沸腾的热血中你分明又感觉到传统与古板，同时也感觉到无可救药的天真。

我偶尔和他对酒时也会拉出斗剑的姿势，总之，大家都很"男人"。

那年，他为中国现代文学馆捐赠自己的书，他的妻女同行。这是两位富有教养的可爱的女人。我想大概正是这两位女人使他生活得太舒适了，以致他总想着流浪，想着吃点苦、受点累，一旦真的苦了累了，他便想到尽快回到她们的身旁……他在讲话中说"朋友们"的同时，不忘记追加一句"异性朋友们"而不是"女朋友们"，其实那天的"异性朋友们"只有我和萧军的女儿两个人。他很鬼哩。

有时我们也都很"女人"的：细腻、多愁善感、爱哭。你从他的作品里能看出，他会动辄为"风""树""云""雨"等不相干的事，去伤感去流泪。他自己交代说，自己养成了"动不动流泪，动不动惊叹的小丈夫习性，简直是风一吹就偃卧的草叶"。（《城主与草叶》）他有时甚至比女人还"女人"。

我们都喜欢山、草、野花、海洋、太阳、孤旅、流浪、遐想……同时我们都重友情。我们都喜欢在茫茫人世间，在不同的生命中寻找它美质和深刻的内涵。

5月4日，对于老许是一个值得纪念的日子。莫斯科大学亚非学院的小会议室里聚集了二三十位研究汉语的学者、汉学家。莫大的著名教授、老朋友谢曼诺夫主持会议。我对许世旭的经历、创作成就做了全面概括的介绍。

我说："我和许世旭是老朋友了，因为文学我们在美丽辽阔的俄罗斯大地上相聚。他1934年出生于韩国任实，毕业于韩国外国语大学中文系。他

1968年毕业于'台湾师大'中文系,获得博士学位,是该校第一个获得博士学位的外国人。1961年开始写现代诗,是能用中文创作的外籍人,现任韩国高丽大学中文系主任、教授、中国现代文学学会会长、中文学会会长、美国博克莱大学客座教授……"讲到这里与会者不少人交换着敬佩的目光。接着我又说了他的成就,"学术著作8本,诗歌6本,散文8本,他是既用理性思维进行研究,又用感性形象化进行创作的著名作家。其散文中融入诗意,精辟凝练浓烈,其诗歌里充满激情,自然醇厚,具有人性美。"然后我较为详尽地讲述了他诗歌的特点……为了与会的学者都能明白,我是中俄文交叉着讲的。

许世旭的讲话是经过认真准备的,他用中文清晰地谈了自己的文学观点、创作经验,都具有相当的学术水平,是一个很有价值的讲话。

许世旭对我的中文发言很满意,说"很全面,有条理"。此刻他非常兴奋,意犹未尽,散会后又拉我到他宾馆里"吹牛"一小时,笑谈文学和人生。

老许在莫斯科的时间我尽量陪他。有时和佳丽娅一起陪,有时是单独陪,其间发生了一些很有意思的事情,至今仍历历在目。

那天,我们几人一同参观了《日瓦戈医生》的作者帕斯杰尔纳克的墓地,他和另外一些著名人物,长眠在这片幽静而茂密的树林深处。帕斯杰尔纳克的故居不大,老许让我跟工作人员提出要求——允许他坐一坐这位俄国作家的椅子并照相。经允许,他把相机给了我,自己一本正经地坐在帕斯杰尔纳克的写字台前,笑着对我们大家认真地说:"给我照张相!我远不及帕斯杰尔纳克,但说不定也要写个医生。"后来我一直想问又忘了问他:老兄,写没写医生呢?

我们一起在莫斯科音乐学院的音乐厅里观看了日本、苏联合唱团的演出,不大满意。我们一同观看了歌剧《小丑》,比较喜欢。老许还花50美元买了两张芭蕾舞《天鹅湖》的票,使我们享受到世界一流的美妙艺术。我说票太贵了,他却笑着说:"向往苏联大剧院几十年,向往芭蕾舞《天鹅湖》几十年!想想,此地、此时、此人、何处寻觅?"如今,想起当年观看演出的情景,心情依旧激动。

当然,每次看完演出他都要我保驾、护送他进宾馆,那怎么办?此人两眼一抹黑,"俄语文盲"嘛!时间早的话,还要听他用中文跟我再"吹"一会儿。

我们一起乘船在莫斯科河上泛舟,岸上林木葱郁,仿佛所有的风风水水花花草草都在随你而动,河水在阳光下闪着微波,汩汩地向前流去,多像一个人漫长又短暂的生命。正像他文中所写的情景:"一条悠悠不尽的河流,让时间的帆船缓缓划去,让人生的过客留着足音。"这是老许到达苏联之后和大自然最贴近、最悠然自得、最富诗意、灵魂最自由愉悦的一次活动,薄暮时分的色彩温暖着我们,它使我们想到人生有多少美丽的事情要做,有多少美好的日子要过,又有多少美妙的时刻要珍惜。

分手的时候到了。想到在这遥远异国,再不会有如此深刻理解我的外国朋友了,不由得心里充满惆怅,我感叹道:"天涯倦旅,一去千里,风吹叶落,何处当聚?"

他严肃地说:"记住我们的约定——我们可都不要老啊!"

他说这话的神情庄重,意味深长,使我非常感动,就在那一秒钟里,我深切地感到了人生之伟大,生命之珍贵。我说:"明年、后年,谁知道谁在哪块天底下?能不老吗?金圣叹的话,几万万年月,皆如水逝云卷,风驰电掣,无不尽去,而……此暂有之我,又未尝不水逝云卷,风驰电掣而疾去也。这段话让人落泪。"

可许世旭呵呵一笑,执拗地说:"只要心灵不老他就不会老!"

我说:"我知道,我们早就这样'约定'了!"

他的"都不要老"这句话,是鼓励、是鞭策、是期望,更是信念。此"约定",早已刻骨铭心。

在回国后的许多年里,我们经常这样相互提醒着。他信里总不忘"吹牛",曾写道:"我的一切都正常。每朝健身,肌肤如石的日子快要到了,请捧腹大笑!"我当然"大笑",就连我先生也"大笑"了。我在后来多次复信里绝不忘记祝他"肌肤如石"。

中韩建交后,他来信说:"天非常苍蓝的时候,读到你的信,倍觉亲切的了。贵我邦交,就我们来说,迟来的春信……"

为此,他更加快乐地写作、翻译、讲学、研究。他跨越两国文化为青年学子编织大片绚丽云锦，用燃烧的诗句温暖大野的寂寞，为深爱的世界谱写出动人的乐章……他把自己发烫的足迹留在这迷人的大地上了。

记不清是哪一年了，他正在西北奔赴敦煌的途中，电告我说，他要中途下车，去我任教过的武威县，寻找我工作过的学校，要"寻找高陶年轻时的倩影"。我以为是戏言，没当回事儿，不料他却真的中途下了车，就在县城里打来了电话……武威，这个地图上小小的黑点，我曾经短暂滞留过的地方，不过是一个被压缩了的记忆罢了。这位"高丽棒子"，一个外国人，竟然真的去寻找了，这实在是有点过于浪漫了……可惜，他没有找到，不久他失望而归。"人似秋鸿来有信，事如春梦了无痕。"

几年前我们在上海相聚，我已明显地感到"岁月不饶人"，不过见了他"硬撑着"罢了。而他呢，却依然是浪迹天涯、形骸放纵，风流倜傥、神采依旧，蓝色毛料的法国帽优雅地罩在那颗高贵的头颅上，和南来北往的朋友一如既往地谈笑风生，他朗朗地对我说："我还是20年前的老样子，跑步、爬山、打高尔夫……你呢？"我说："坚持游泳。"

最近一次通话是在2010年6月5日。电话那端似乎没有了昔日"高丽棒子"的底气，没有了高扬的声调和调侃的语句，一句身体"不大好"，给了我一棍，说要给我寄些材料……我又提了"约定"，他没有往常的那种肯定。他说已经两年没来中国了，这引起我许多猜想……我想鼓励他，对他说："我们都是这个世界的游客。人生就是挣扎，就是苦斗，就是每时每刻地与衰老抗争。'三十功名尘与土，八千里路云和月。'但我们希望每天都能看到日出，每晚都能看到斜阳。'鸡声茅店月，人迹板桥霜'……"挂上电话，心里默默地为他祝福着、祝福着。

本来，和许世旭共同经历过的这一切，和人生有关的那些话、那些文字、那些往事，自然都会随着日月的运转渐行渐远，消失在时间的尘埃里。可是怎么也没有想到，我们如此快地到了"零语言"的时候，从此再也没有彼此调侃与鼓励的机会了。深沉的怀念与悲哀。

许世旭啊，许世旭，你为什么不遵守我俩的"约定"了呢?!

部分文字发表在1991年第1期《北岳》上

35 小晤叶夫图申科

爱真诚

1985年，一个舒适的艳阳天，我在中国作协《诗刊》社主办的诗歌朗诵会，实际上是为叶夫图申科专办的朗诵会上，认识了蜚声国内外的苏联著名诗人叶夫图申科，并有了一段短暂难忘的会晤。

说来也巧，叶夫图申科，正是这个时期我比较关注的苏联诗人之一。有一段时期，我很幸运，苏联作协将刚出版的俄文《文学报》的每一期，都直接寄给我国的《文艺报》报社，而恰巧《文艺报》里没有一个学俄文的。于是，苏联的《文学报》很快就到了我的手上，我便经常能看到叶夫图申科的作品和信息。他以敏锐的观察，激情澎湃地抒发着对美好事物的追求，犀利地反映出对社会的反思、对时弊的抨击、对问题的揭示。加之后来苏联驻华大使馆每月对我的"活动邀请"，使我了解当代这位大诗人的机遇更多了些。老叶善于独立思考，决不跟"风"，对错误决不留情……他的诗歌体现了人民的意愿与理想。他的政治诗歌充满哲理与思辨性，他时而抒情，时而呐喊。他攻击别人毫不留情，"回敬"别人时也很"刻薄"。人们喜欢他的"公正"和"才华"，喜欢他的"为民请命"。他被称为"人民的喉舌""时代的歌手"。他继承了马雅可夫斯基"大声疾呼"的独特诗风。他不说假话，诚实。他说："我喜欢许久以前的、不久以前的、昨天的和今天的自我！"这不是"自我欣赏"吗？是啊，咋的！人们为他鼓掌，原谅他的缺点……

这个时期我翻译发表了他的诗歌：《我曾经爱过》《土豆花》《限度》《世人面目何处寻》《我曾经误入歧途》等，以及达300多行的长诗《我当过女警察》。现在，我有多少话要跟他说啊！

他来啦！我特地坐在第二排中间，看得很清楚。

他穿着花里胡哨的衬衫、长裤。他身材修长，不规整的淡黄色的头发，一张不十分严肃的脸，让人感觉亲近。他左手夹着烟，无名指上戴着一枚细细的金光闪烁的戒指，眸子灵活地转动，眼神飘忽不定，狡黠、不安分，有一种勾人魂魄的力量。指不定什么时候冒出一句"摄人心魄"的话来……他脸上露出一丝调皮的微笑。说他"嬉皮士"，说他"另类"，大概他自己都不会反对吧。

朗诵会开始。诗人一首首、一行行地背诵着。眼前没有片纸，手里没有只字。声音略带沙哑，但所向披靡，直抵大厅的每一个角落。听众里懂俄文者、不懂俄文者，一律被他打动……几千几万行诗啊，全部都存在于这个黄头发的脑瓜里了，神啊！

半个小时过去。主持人兼演员、唯一的叶夫图申科宣布："休息15分钟！"

我趁自己座位的优势，拿了刊着我译他的诗歌的两本杂志，一个箭步蹿到诗人眼前。

我没有拘束感，大大方方地说："您好！叶夫根尼·阿列科山德罗维奇，真是太了不起了，您有着金色的记忆！""不……没有。"他微微地摇着头，很真诚地说。

我说："您使人想起马雅可夫斯基。你们那种共同的、充满人性力量、关心人类命运、鞭笞时弊的诗，都是那样激越、那样雄辩，它们'每一个字像刺刀和子弹'那样，呐喊起来，更鼓舞人心！"

老叶笑了："他永远是我的老师。我在自己的许多文章里也是这么说的。"

我又说："我也喜欢您诗中那些细腻的、深沉的、惠特曼式的心灵表述。鼓舞人们对美好生活的追求……"

他笑着说："啊，您读得很细，谢谢，谢谢！"

"我更喜欢您诗中的思辨力量。"接着我背诵道，"'生活切不可藐视爱情，虚假的凶残不会长期得逞，但瞬息将逝的善将永存，瞬间比永恒更聪明。'这些诗句太妙了！这是我翻译您诗歌时的体会……"他一个劲儿地道谢。

我说："很遗憾您的长诗《我当过女警察》，《诗刊》杂志需要过几个月才能印刷出来，因为版面太长，要等一下。"

老叶握着我的手说："谢谢您对我的诗的关注，并翻译了它们。"

我说："《我当过女警察》译诗发表后我会设法带给您，现在先给您两本杂志随便看看，请指正啊！"

他嗤嗤地笑起来："可惜我不懂中文，不过我有懂中文的朋友。多谢多谢！"

这时，我看到身后已经聚拢不少人，显然都是想跟诗人讲话呢。此时，我只能知趣离开，回到自己的座位。

现在，大诗人叶夫图申科已离我们而去，我想念他，也很内疚，我没有兑现自己的诺言——把1986年我翻译并发表的他的长诗中文译本给他。

前天我在自己的杂乱旧稿中，突然发现了早些年我翻译的叶夫图申科的一首诗《你到底是什么样的女人》，而且是两种译法。我很惊诧，怎么没有投稿呢？没放到应该放的地方？忘了？现在原诗已经丢失，无法核对。好坏对错顾不上了，一心想着，我还有话要说——我还有他"一诗两译"的诗歌在此，保存了许多年……够"粉丝"了吧！

译一　你到底是什么样的女人

你到底是什么样的女人？
命运为何这样捉弄人！
跌倒了，还不忘灌烧酒，
为何仍然桀骜不驯？

你到底是什么样的女人？
有时像无耻的败类，

像塑料闪烁那样短暂，
却自以为聪慧超群。

你到底是什么样的女人？
追求奴隶般可悲的荣誉，
由于胆怯，你堵住最后一个人的嘴巴，
而他正是信任你的人。

你到底是什么样的女人？
我到底又是什么样的人？
凭什么咆哮着向你发出责难，
向你诉说自己的愁闷。

译二　问君到底何许人

问君到底何许人？
命运不济常沉沦。
跌倒未忘灌烧酒，
自命不凡至几巡？

问君到底何许人？
败类头上闪光轮。
薄塑耀目瞬间逝，
自诩聪慧已超群。

问君到底何许人？
奴颜未改誉沾尘。
鼠胆妒贤封民口，
自此孰敢信斯人？

爱真诚

问君到底何许人？
我似无理苦追寻。
凭甚咆哮责问侬，
岂敢直面展愁纹？

  我把它——第一个读者读到的这首诗奉献到天国里我最敬爱的师长面前，希望再次听到他开心的笑声。

2024 年 1 月 12 日于北京翰乐斋

36 何处相逢非故人
——莫斯科"挨刀"记

树枝把阳光切割成金色的碎片，脚下暖暖的，微风悠悠。耳边偶尔传来鸟儿怯生生的鸣叫。春的脚步近了。太阳升起又落下，树枝枯了又变绿。生活就是这样，周而复始，不知流走了多少岁月。

人是那么奇怪的动物。有时候，一段生命远去了，可那段生命的记忆却留了下来。岁月日渐老去，而记忆却永远不老。它已经融入你生命的年轮，与日月同在。

算起来是十几年前的事了。我在莫斯科大学亚非学院讲第一堂课时，出事了。

"不能，决不能倒下！讲下去，讲下去！"我站在讲台上暗自咬牙对自己说。

大概是楼道的窗子打开了，我受了风寒，胃剧痛起来，胆石症又发作了。我的头脑非常清楚，嘴里还在继续说着准备好了的话，可眼睛却全黑了。我终于颓然倒下。

倒霉啊，1990年2月7日，星期三。这是我给四五年级讲中国当代文学的第一课。为了在异域课堂打响这一炮，我做了充分准备。我阅读了许多中国中篇小说的俄文译本，可惜，在浩瀚的优秀中国小说林中，被译成俄文的太少，而且水平高的更少。我选中了王蒙的中篇《蝴蝶》，但其中也有不少翻译错误。课前，我已将俄文译本印发给了大家，并且为学生们编好了俄汉对照的小词典。我胸有成竹，跃跃欲试地等待了好久。

这节课只有一位学生，五年级的沃洛加。我第一节课的"精彩表演"把他吓坏了，他急急忙忙为我请来莫市急救中心的大夫。一位大夫和一位护士来时，我已苏醒，他们把我送到以斯克里佛索夫斯基命名的急救中心。我讲我已没事，不必住院，医生执意要我住下。似乎又没有什么好办法，连点滴也不打，记得在国内时，动不动就打点滴的，可在这儿，不过查了指血、血压，给了一个冰袋了事。我甚至很久都弄不明白，他们为什么不给病人打点滴，是缺医少药呢，还是医疗风格所致（后来才知道，是我无知）……更不幸的是，同屋的病人因术后疼痛，大呼小叫，搞得我一夜未眠。加之同时进来一个乌克兰小伙子，和我猛套近乎，喋喋不休地邀我去他的疗养院玩……第二天一早，我便要求出院了。

说起来也活该，我的胆石症在国内就很严重了，曾多次发病，多次休克，多次在协和医院急诊室吊瓶子。因不愿受那刀剪之苦，曾做过两次体外碎石，但不成功。国外颠沛流离、不稳定的生活加速了病情的发展。到了1989年，我应邀在波、捷、德、匈、保诸国访问、讲学时，已是频频发作，差不多一周一次，多数是躺上一个小时，自行缓解，然后又活蹦乱跳地做事或游玩。这次在莫斯科能不能幸免呢？

我侥幸出院后又坚持上了一个多月的课，可惜在这一个多月里，不仅多次"故伎重演"，而且还"变本加厉"。有一次我竟不顾斯文，众目睽睽之下昏倒在地铁里，人们立即把我送进医院，很快我又出来……看来，一个多月后的我真是"在劫难逃"了！

我的几位苏联朋友，都分别向医院医生了解过我的病情。佳丽娅说："你逃不掉啦，你的胆里长满了石头，胆管里也长了许多，而且已经化脓，很危险。不能耽误了！"

我说我想回国做。佳丽娅说："你疯了？如果在西伯利亚出了事，上哪儿找医生，怎么做手术？太可怕了！这事连想都不要想！"

冬尼娅也是这么说的。只能如此了。是啊，几个小小的石头，竟然把人折腾得七上八下，半死不活，看来是非在莫斯科挨这一刀不可了。

此刻，我只有感到遗憾，而且是太遗憾了。从学生那里反馈来喜欢听我讲课的消息，冬尼娅说，他们是头一次开这个"解析作品与翻译课"，学生们说"他们非常爱上这个课"。这使我很兴奋，正准备大干一场呢。可惜竟然不能逃脱这一"劫"，实在太懊丧了。

我被送进有名的波特金医院。据说，该院的外科在全国都是很有名的。医生波特金因医治胆病有重大贡献，便将此医院以他的名字命名了。

这时我的腰已直不起来，胃里像堵满了东西。我蓬头垢面，一副狼狈相，只好安心住下，任凭医生发落了。

世界上的生命是那么不同，黄雀在窗前纤细的枝头跳上跳下，近得几乎伸手可得。它们叽叽喳喳、肆无忌惮地向你炫耀着它们的自由。

医院的窗外阳光灿烂，白云悠悠。太阳从对面楼的窗子上反射过来，圆圆的一团，金色的光，微微有些刺眼，非常可爱。它是属于生命的！从另一个方向看，云的一角，铺着绚丽的彩霞，也很可爱，因为它也是属于生命的！而我却被隔在另一个世界里，没有权利接受风和日光的沐浴，没有权利加入马路上熙熙攘攘的队伍，更没有权利和我的学生交流……

就在医院狭窄的走廊里，有人奋力挣扎，调动体内全部力量，和死神斗争；有人奄奄一息，生命像一根细弱的棉线，仿佛风一吹就会断掉……与此同时，街上有人在奔跑、在欢笑，在寻找他应该得到的一切。这是多么不公平啊！

我的主治医生叫拉马赞·穆萨叶维奇。他身材魁梧，目光炯炯，唇上蓄着像斯大林那样的短须，走起路来缓缓有序，皮鞋"嗒嗒"作响，发自丹田的说话声音很好听，厚厚的、浓浓的，音色很美，是男中音。他身上有一种粗犷、豪放、矫健的阳刚之气，一种长年潜移默化形成的自然美质，这种美质给人以信心、温暖乃至强烈的生存欲望。已经很久没有看到过这样出类拔萃的医生了，我为自己庆幸。

我的朋友艾丽娅是歌舞团演员，身材苗条，秀丽端庄。她很会打扮，身着淡紫色毛衣，戴淡紫色眼镜，口红也是紫色的，色彩非常协调。她性情很温柔，会体贴人。她每次到来都不用我说话，一看就知道我需要什么。她主动给我梳头、洗脸、整理东西，像日本妇女那样细腻。有几次我去专科医院，她不仅护送着我，而且还把医生的意见向我解释明白。虽然她也是说俄语，但因为她比医生耐心，所以那些专业名词我就能彻底明白。

我住院的前前后后，她为我做了许多。她对我说："拉马赞是很有名的外科大夫，区人民代表，舍梯族人，我们的老乡，我母亲的手术就是他做的，很成功。我已经给他打了电话，他答应亲自给你做。"

冬尼娅是莫斯科大学教授，课很多，她为我住院操了不少心。她带来的消息是："我已经同拉马赞谈过，我的直感是这个医生很棒。他这个人不能不信任，不能不喜欢，真的！他说，你的手术是免费的。"

佳丽娅是了不起的汉学家，能够不假思索地用汉语听和说。她的丈夫也是汉学家，在大学里教中文。他们的女儿也迷恋中国，希望中学毕业后学中文。佳丽娅对我说："我们大家排好了班，轮流来照顾你。"

艾丽娅和佳丽娅都说我术后可以住到她家，她们会好好照顾我的。

佳丽娅说，他们全家已把我的事放到了第一位，他们每天都要讨论我的病情、伙食，还给我腾出了住处……

我万分感动："出门万里客，中道逢嘉友。未言心相醉，不在接杯酒。"

每一个朋友都对我说，他们分别见过了拉马赞，他们信任他、喜欢他。朋友们不断送来点心、水果、茶叶、果酱、罐头、鸡肉、热汤……

我心里暖烘烘地："若知四海皆兄弟，何处相逢非故人。"他们那么忙，还把我照顾、安排得这么周到，一切感激的话都显得苍白无力。记得一位哲人说过："友情是良药。"有了这么多关怀与爱护，我能不增添勇气，还会退却吗？

现在，是刀山是火海，也不能不闯了。

拉马赞走进病房，见一位老太太正在抹鼻子哭呢，原来是因为手臂上抽了些血。这也未免太娇气了，这也算是事儿，值得一哭？我不由得撇了撇嘴。

拉马赞搬了一张椅子在她床边坐下，温柔地拉着、抚摸着她的手，望着她的眼睛，慢慢地说："别哭，就会好的，会好的！我很爱你啊，不哭啦，啊！"

那好听的音乐般的声音就在病房里回响，那真挚体贴的动作就在人们眼前晃动。我很奇怪，一个大专家，铮铮男子汉，能像儿子般充满疼爱、充满温存，耐心地安慰一个素不相识的普通老太太，而且只不过是为了抽一点儿血去化验。这在我有限的经历中从来也没有见过。

老太太破涕为笑。另一位老太太悄悄地对我说，你别看拉马赞平日大大咧咧，他技术可高明、心眼儿可好啦，大家都喜欢他，都盼着能让他做手术呢。

拉马赞向我走来，他微笑着问："怎么样，还好吧？"

"还好。"我说。

"你放心，不会收你费用的，只有三秘以上的外交官，我们才要他交钱的。"他朝我笑了笑，很亲切又认真地说，"你很漂亮，俄语讲得挺好，漂亮的中国女人！"

几句很平常的话，竟然奇迹般地温暖着我的心，给我增加了手术的信心与勇气。在这里，我享受着与苏联人一样的待遇：免费住院，免费手术，免费伙食。这里连陪床的家属也是免费吃三餐的。这可真是"社会主义优越性"啊！不久，历史便证明了：这是苏联解体前的"最后一站"。我很幸运，让我给赶上了。

我找了一位中国留学生给我代术后的三周课，但实际上只代了两周。手术前我仍然溜出去上课，我反而更加轻松了，不仅不用为食宿操心，生活也有了规律，还可以借机好好地观察苏联社会的这一角。

我的病房里有六个病人，其中有三位退休或不工作的。这房子很大、很高，床位距离较远。病房里非常安静，每个人都在不停地读书、看报。想聊天都自觉地到外面，或者小声交谈。她们的桌上摆满鲜花，都是亲友送来的。一个个探视者都举步轻轻，声音轻轻，如不留心，根本不会发现外面进来了人。

有四个小男孩来看母亲，最大的不过十来岁，小的大概三四岁，非常惹人喜爱。大孩子一身白大褂，最小的没有大褂，穿了一件小白上衣。四个人排着队，轻轻地走到妈妈身旁，个个面庞红扑扑的，长睫毛忽闪闪的，美丽可爱，天使般地偎依着、抚摸着、亲吻着他们亲爱的妈妈。那情景真动人心弦……

一位病友的一对儿女轮流在此值夜班，他们彻夜不眠，眼睁睁地望着他们"唯一的、亲爱的妈妈",不过是为了等候她"每夜一次的小便"。这亲情也令我感动不已。

闲下来,病友们、家属们常常谈论国事,满腹牢骚,忧国忧民。

一位退休的芭蕾舞演员来陪他的妻子,同我津津有味地大谈艺术。他的表情、动作以及那绘声绘色的语言都说明了他的职业特点。他说:"俄国十月革命前有那么出色的知识分子群,莱蒙托夫、托尔斯泰、果戈理、契诃夫……他们都有那么深厚的文化教养,可现在的俄罗斯却有这么多的醉鬼,为什么?一个人除了工厂、家,就是工厂、家,没有见过世界,没有好好地读过书……"接着他又大讲他们总统的不是之处。艺术家自己也笑了,"我们本来是讲艺术的,怎么讲起了政治?"

室内的一位老太太叹息道:"中国人养活了自己,而苏联却不能。为什么?满世界都很好,可惜没有我们……战后我们还没来得及生活,就过去了,唉,这一辈子!"说这话时,她的眼神里流露出淡淡的哀伤。然而奇怪的是,就在这些"牢骚"与"不满"背后,你看到的是他们骨子里深深的爱国情结与顽强奋斗的精神,以及那朴实善良眼睛里的不屈不挠。是的,这个民族是伟大的,是不可战胜的!今天俄罗斯的崛起,今天他们取得的伟大成就已经说明了一切。

早晨,天气很好。艺术家的学生们来帮他接妻子出院。男孩、女孩们一个个做着潇洒的舞蹈动作来迎接他。艺术家脸上充满快乐与幸福,他三次吻了我的面颊,并热情地说:"这个世界不大,我们会见面的。"然后,他满面春风地飘然而去。遗憾的是,后来我们在这个"不大的世界"里,再没有见到过。

有一位病友很可怜。她因为伤口总不收口,不能动弹,女儿一直守护着,丈夫是残疾人,孙子有尿崩症。女儿已经20多天没有躺下过了,腿脚都肿了,她一天不上班,就一天没有工资。善良的女儿不仅没有怨言,而且还尽力帮助周围的病人。我在这对母女身上看到俄罗斯人固有的纯朴、宽厚和富有同情心。我刚做完手术最困难的那一夜,就是她照看的。以致后来我回到国内,每每想及她的处境,总觉沉重,总想找个机会能报答她,可惜没留下她的地址,不知将来会不会如愿。

护士一般态度都不大好，说话像子弹上了膛，充满火药味，不知是国际通病还是怎么的，她们也像我们国内的一些护士小姐那样令人望而生畏。唯独一位护士非常善良，她总是微笑地面对病人，大家都喜欢她。这天，她趴在我的床头与我说话，我掏出一块新手帕送给她留作纪念，不料，她收取手帕动作之快，令我吃了一惊，我还没有看清它被放到哪儿，就听见她说了声"谢谢"旋即消失。这使我在她美丽的光环上打了一点阴影。

本人自以为还算文明，可到了这里，深感羞愧。一天，我把洗好的裤衩晾在床尾杆上，邻人看到，用一块白布把它盖上，说："这样不好，医生看到不好看。"他们也理解我不能像大家那样把脏衣服留给家人带走，而必须自己解决的苦衷，于是给我想了这个盖白布的办法。

一天，从大楼外面走进两个人。一位举止文雅的工人对我说："你看，这一对就是我们的'不文明人'。进了走廊应当先换上白大褂，把自己的衣服卷好、放好，擦好鞋子再进去。没有白衣也罢，可鞋子怎能不擦？"工人摇了摇头，大有"人心不古"的感慨。他沉思了一会儿，又说，"也有另一种不文明，他们粗鲁、喝酒……刚才就有人被酗酒者打伤，送了进来。"

我问他喝酒者是什么心态时，他答不上来，只说："酒像海洋一样，征服了他们。"

在走廊里一个瘦弱的小伙子吸引了我的注意。他正捧着一块丝绢绣一条黄龙呢。我很奇怪，一个男孩子，用这么细的线，又是绣龙。不料他抬起头来对我说："中国人？我知道你是中国人！"

"怎么知道的？"我问。

"从你注意我手上东西的眼神，就看出来了。"

好聪明的小伙子。是啊，他竟能分辨得出只有中国人看到龙才会有的那种眼神。我笑了。

小伙子也叫沃洛加，是因为盲肠炎住进来的。他已经做完手术，不日即可出院。他告诉我，他是学地质的，热爱自己的专业，喜欢大自然，喜欢绘画，他的油画画得不坏呢……可惜，这里只能挣150个卢布，养活不了妻子和两个女儿。他目前在"全苏联盟"里任一级体育教练，当然了，现在是因为盲肠炎闹的，他的专业给他以好身体。现在他每月挣600卢布。这在当时已是普通工资的几倍了。小伙子很自豪，言谈中颇有些跨越时空、俯瞰历史、评说千秋的气概。他说："这就是生活！"从他的眼睛里我看到自信、执着、乐观和一往无前。后来我们也成了朋友。

两代人审视经济转型、生存境遇的角度大不相同。老人对未来充满生存危机的恐惧，年轻人则在自我抉择与自我拯救过程中得到了快乐与满足。这已是十几年前的老皇历了，今天的俄罗斯人日子过得越来越好，正充满信心地奔向美好的未来，我们为他们高兴。

3月27日，对于我来说，是一个不平凡的日子。

我被裸身裹着被子推往手术室，通往目的地的路很长很长，七扭八拐，绕来绕去，总也不到。我突然觉得这是通往太平间的路，心里突然升起一种悲壮感。我想："死期到了，也不该就这么完了吧？"这条路真长，我几乎把整个一生都想过了，最后的结论是："人们都在等着我，家在等着我。必须闯过今天，一切都会好起来的……"是啊，此刻真想家。

莫斯科的春天到了。白云悠悠，云白得像地上的雪，天蓝得像一块舒展得平平的绸子，柔柔的质感，令人那么希望伸手去抚摸它……"今朝风日媚，佳节好，怎奈在天涯。"尤其进了这必须"挨刀"的地方，能不想家吗？

这里真冷，风似"剪刀"。不明白，在这电力充足的国家，为什么医院不给暖气？也许怕病人感冒？也许人们都不觉得冷？

我在手术床上冻得瑟瑟发抖。护士说："这就让你暖和。"

我的两条腿被缠上纱布，右腿和左手被放进固定的环子里。右手用来打针、量血压。我面对着一盏大约1000瓦的大灯。旁边有一台B超样的机器……我清醒时，大夫拉马赞始终没有出现。

我的记忆"对接"起来的时候，正是听到护士高声喊叫"手术完毕"的时候。我心里还纳闷儿：怎么就做完了呢？

病友善良的女儿遵医嘱，用裹了纱布的压舌板抹湿我的嘴唇，别看不起这轻轻的一两下，这可是救命的"甘露"呀！

当我昏睡又醒过来，可以喝水时，我却滴水难进。就在这关键时刻，拉马赞出现在我床头。他亲切地说："喝点水，这是以前皇帝喝的！"说着，他给我取了一勺矿泉水，送到我嘴边，然后又一勺……我当然要喝，就为了敬爱的拉马赞医生，是什么也得喝！

当我恢复了记忆、恢复了思索时，泪水打湿了衣裳。在精神、肉体经过一次深深的磨砺，感情经历一次荡气回肠的跌宕，生命体验了一次短暂的涅槃后，我才真正地感知了生命的珍贵和爱的分量。

手术果然非常成功。这是我用一辈子，无论近期还是远期的体验证实了的成功。手术进行了8个小时，拉马赞站了8个小时，8个小时的手术该是多么艰苦繁重的劳动啊！

我太幸运了，主刀的是拉马赞医生！我的"邻床"比我多躺了20多天，多开了一次刀，其实是一样的病。因为她遇上了"开刀老是化脓的医生"。

我第二天就开始拆一部分线。两次都是拉马赞亲自给我拆的。他查看伤口、拆除管子时的表情真难以形容，令人刻骨铭心、终生难忘。那专注、智慧、严肃、老练和饱经沧桑的眼神非常动人。当他按了一下伤口，说了声"正常"时，我感觉就是听到了一个法官的宣判。

多少天来我心里只有拉马赞，只有对他的感激与崇拜。"一生一死，乃知交情。"是他把我从危在旦夕的景况中拯救出来，是他让我从极度衰弱"命在一线"的感觉里重现生命的复归，我已无法表达我对他的尊敬和爱戴。这个集灿烂个性、智慧精灵、高尚人格于一身的医生已刻进我的生命。

原来世界上最最伟大、最最神圣的职业，就是医生啊！

弹指十几年过去，亲爱的俄国朋友们，你们都好吗？尊敬的拉马赞医生，您在哪里？愿我对你们的思念和美好的祝福，永永远远地伴随着你们和你们美丽、伟大的祖国！

发表在2000年第11期《海内与海外》

后又发表在2008年3月《俄罗斯文艺》上，并获"最温暖故事奖"

爱真诚

37 造访阿尔巴特街53号

人的一生走过多少街道、进过多少房舍，自然是数不清、记不牢的。然而俄罗斯的那条街、那幢房子，却令我终生难忘。

这是一条古老的、知名度很高的小街。从古到今，从国内到国外，凡是了解俄罗斯、到过莫斯科的人，就不会不知道它，它历来都是令人心动与瞩目的地方。十几年前，俄国作家雷巴科夫在自己的长篇巨著《阿尔巴特街的儿女们》中，披露了20世纪三四十年代这条街上年青一代的悲惨命运，使这条街在人们心中又增添了许多深沉的意蕴和传奇色彩。

它的街面不宽，有十几二十米，长也不过一二百米。小石砖铺成的道路由东向西略微向下倾斜着，路面宽窄不一。从街东头向西望去，克里姆林宫的红墙和塔尖清晰地在蓝天白云下出现。

相隔约有二三米，便矗立着一根黑色的灯柱，依然是18世纪的样子，一根灯柱上挂着三个透着朦胧白光的圆灯，古朴而漂亮。街上最高建筑是三幢紧挨着的八层楼房。那些过去属于贵族们、十月革命后为新贵们占用的宅邸，至今仍然完整地保存在那里。它们的气派不减当年：圆柱顶立、雕塑精美、造型生动……鲜绿的屋顶、浅蓝的墙壁，和带着纽扣般考究的皮大门，无一不吸引着路人好奇的目光，把他们的想象带进托尔斯泰书里的贵族豪宅中。

人们还记得，20世纪30年代，这条街上发生过一场惊心动魄的决战。一批政治斗争的牺牲者，被以莫须有的罪名，从这条街出发，到遥远的西伯利亚，经历了痛苦又漫长的流放生涯。

如今，这是一条充满文化意识、商业意识，跳动着政治脉搏、社会信息，燃烧着欲望，体现着对生活的寻觅的，多色调、多声部、独一无二的小街。也可以说是俄罗斯生存状态的一个缩影。

街的最东头，一个小小的广场，集中了许多画家。他们面前支着画板，自己坐在小凳上，目不转睛地注视着面前的绘画对象，一丝不苟地进行着具有鲜明商业色彩的艺术创作。显然，每个人都在尽量充分地展示着自己的才能，这直接关系到他的下一个客户。画家的水平大多不错，技巧娴熟、风格各异，有油画，有淡彩，有黑白素描，也有神态夸张的漫画肖像……

街道两旁熙熙攘攘，那是小贩们的天地。自制的工艺品、玩具、小杂货、食品……琳琅满目。这些年来，商业队伍迅猛壮大，商品种类繁多，行人川流不息，令人目不暇接。

这天，晴空万里，游云如丝，繁花竞放，杨柳轻拂。莫斯科河彼岸大楼的倒影在细浪粼粼的水波里轻轻地摇动着。我漫步到心仪已久的阿尔巴特街，那里有一幢不显山不露水的房子——53号。多年来，它一直不断地激发着我的遐思与想象。因为，它就是俄罗斯"诗圣"普希金的新婚居所。

跨入这条街后不久，便看到在街心的小空地上，聚拢了许多人。我想大概又是大学生在演讲吧。好奇心驱使我向那里走去。只见人群里有一位胸前戴满勋章的老人，须发已经全白，却身躯挺拔、目光炯炯、精神矍铄。他短短的胡须高翘着，手在不停地比画着什么，像是在讲演。我开始靠近人群，听到老人正在朗诵。他那充满沧桑的声音很有力量，音韵也颇动听。那发自丹田的声音非常有穿透力。我在十几米之外已经清晰地听出了他背诵的是普希金的诗句：

<blockquote>
爱情、希望和平静的荣光，
并没有长久地把我们欺诳，
就是青春的欢乐，
也已经像梦，像朝雾一样消亡。
</blockquote>

（戈宝权译）

啊，久违了，这支曾经震撼过多少人又为我熟背的诗歌，竟不期在诗人的故乡和我邂逅！

他是谁？是谁还能在这物欲横流、缪斯走下诗坛的时代里，去守卫那片圣地？

我突然有一种难以抑制的狂喜涌上心头，我真想喊叫起来，但我还是轻声地说了一句："普希金，《致恰达耶夫》！"

老人敏锐的耳朵听到了我几近自语般的话语，他看了看我背的背包——上面印着几个中国字。

"姑娘，你是中国人？"老人激动地问。

我点点头："是。"

"同志们，请看，连中国人都知道普希金，而我们呢，我们的青年人只知道钱、钱、钱！"

人群里发出一阵骚动，有人笑，有人摇头，有人冷冷地看着他。

老人的背诵实在出色，那神态、那姿势，以及普希金诗歌中那音乐般的节奏和韵律，都表现得那么优美、那么充分。老人又多像舞台上职业演员那样潇洒自如啊。

不一会儿，他又清了清嗓子，慷慨激昂起来：

> 前进！同志们！不要后退！
> 后面有我们兄弟姐妹们倒下的躯体，
> 不要再去把它们践踏，
> 让我们高举起胜利的旗帜，
> 去创建一个美好的新天地！

"这是我的诗！我心中的诗歌！"老人自豪地大声说道。

人群里发出稀落的但很认真的掌声，有人表情木然，也有人嬉笑般地望着他。老人神态松弛，就像职业演员那样，手放在胸前，向大家鞠躬致意。

这一切都自然而然地发生，没有人感到奇怪与陌生。

"老伯伯，我喜欢您的诗，您可有手稿，让我抄一份？"我怯生生地向他说道。

老人哈哈大笑起来，他指了指自己的太阳穴说：

"在这里，都在这里！"老人骄傲地指着自己的脑壳继续说，"一万行诗全在这里！"

围观的人都大笑起来，大家似乎都相信他那不平凡的脑瓜，因为，常路过这里的人知道，老人几乎天天在这里义务"演出"，而且总是不拿稿子。也许为了不让我失望，他终于塞塞窣窣地从口袋里摸出豆腐干大小的纸片。上面密密麻麻地写了几行俄语。这大概是他背诵的千百分之一吧，我想。

"太惊人了！您有多么了不起的记忆力啊！"我惊叹道。

"谢谢！"老人向我伸出手来，"中国俄国——同志加兄弟！"

一个年轻人说："不对，中国俄国——同志加贸易伙伴！"

人群里又发出稀落的但很认真的掌声。

就在这里，在诗人居住过的街道上、在诗人居住过的房舍旁，有人在背诵着他不朽的著作。诗人用爱和生命之泉浇灌的智慧之花永不凋谢。这本身不就是一首诗，一首动人的诗歌吗?！

辞别了老人，我径直向53号走去。身后那金属般的发自丹田的朗诵声，一直伴着我走了很远、很远。岁月流逝，老人的音容笑貌依旧，老人朗诵普希金诗歌的神态如昨。我相信它是永远镌刻在我的记忆里了……

53号，一幢很普通的两层楼房，柔和的白色，在阳光下静静地矗立着。没有墙，没有大门，没有特殊的装饰，没有特殊的造型，和它旁边的房子没有什么区别，似乎很自然、很谦虚的样子，坐落在阿尔巴特街的中段。没有人注意它、琢磨它，也没有人为它拍照，在它的身边驻足。然而，有谁知道，就是这所鲜为人知的普通楼房，却时常牵动着我的梦魂，令我浮想联翩、心向往之……

一个世纪以前，这里住着俄罗斯"诗圣"普希金和他新婚美丽的妻子娜塔丽娅。这里留下他们短暂而又幸福的梦，成为后人的一段佳话。三个月后，由于普希金和岳母失和，他们便匆匆离去，去了圣彼得堡。古老而神秘的53号啊！

我轻轻地换了柔软的拖鞋，随着参观的队伍上了二楼。

> 爱真诚

普希金夫妇居住的房间很多，舒适、实用、高雅。大概每一间屋子里都有许多浪漫又温柔的故事吧。走进这里，也就走进了历史，走进了温馨的梦乡。

端庄、漂亮的女讲解员向大家娓娓道来，她没拿讲解棒，更没有拿讲稿，像是在跟朋友们讲述一段她亲历过的往事。她的语言简练、准确，词句优美，简直就是诗句。她的声音又是那么柔美、充满激情，非常感人。她的整个讲解过程，都显示出深厚的文学修养，听这种讲解简直就是美好的享受。听众无不露出钦佩与赞赏的目光。只听她款款地说：

"1831年2月17日，普希金和娜塔丽娅在赫尔岑的大升天教堂里举行了婚礼。他们在这里，53号，租下了这套舒适的带家具的房子，也就是目前的这个样子。他们在这里度过了美妙的三个月。普希金眼睛里收容了那么多的微笑，他生活的酒杯里溢满了幸福的甜酒，他生命里最激动人心的一章就从这儿翻开。娜塔丽娅·尼古拉耶芙娜·冈察洛娃是位17岁的绝代佳人。普希金已经30岁了，一艘漂泊不定的小舟找到了安适的港湾，一个沉睡的灵魂苏醒了。他写道：'我的千万个心愿都满足了。啊，是上苍把你恩赐给我的。你啊，我的圣母，你是最纯净、美之最的形象。'"

真令人吃惊！讲解员的这席话，简直就像诗人自己的语言！这些最富有激情的阐述和朗诵啊，深深地敲击着听众的心。

是啊，虽然是久远了，这个美丽的故事，现在听起来依然是那么清新、那么迷人、那么隽永、那么使人难以忘怀……

讲解员遂又给我们指出诗人的卧室、钢琴、书桌、鹅毛笔……那刚劲飘逸、洒脱流畅的手迹就像他的诗歌，飘逸潇洒。他的诗歌就是把这种一泻千里的激情挥洒在纸上，成为不朽名作的。讲解员接着又介绍了文学沙龙的一些情况。当时的文学界名流，时常在这里抚琴歌唱、朗诵诗歌、纵论天下大事。果戈理、茹科夫斯基、屠格涅夫……都是这里的座上客。

离开了阿尔巴特街53号，天色已晚，西天露出玫瑰色的晚霞，街上的人群开始稀落起来，路边很古典的那些灯，显得扑朔迷离起来。那位白发老爷爷大概也早已精疲力竭，不见了身影……

这条充满历史与现实对话的小街，这条同时存在着回顾与瞻望、希冀与焦虑的小街，这条交响着世俗与才情、古老与年轻音韵的小街，还有小街上这座庄严地维护着自我、俯瞰历史、观看人间生离死别、荣辱盛衰的小楼，都在黄昏夕照中渐渐远去。热闹散尽，宁静悄悄地到来……

阿尔巴特街远了。53号远了。

一种说不清的惆怅，是激动抑或生命的沉重感，驱使着我回国后写了那部20集电视连续剧《阿尔巴特街53号》。虽然后来因资金缘故，北影未能如愿投拍，可这条街、这座楼房、这位优秀的讲解员，还有这里遇到的每一个人，每一种复杂的、鲜活的感受……都将伴随我的生命之舟，漂浮到永远。

发表在2000年第9期《海内与海外》上

爱真诚

38 布达佩斯神学校见闻

列车准时到达布达佩斯。我在车厢里老早就看到了他们，胖胖的匈牙利诗人鲍拉希和他身材苗条的妻子罗拉。他们正捧着一束鲜花，翘首张望呢。数年的分别使大家更加亲热了。鲍拉希还是老样子，只是圆圆的肚子似乎更圆了，圆圆的脑袋上一头闪亮的灰发，一对圆圆的眼睛，不时地透过圆圆的镜片闪烁出幽默智慧的光芒。他的鼻子尖尖，面庞白里透红。他很爱笑，笑起来声音很响，很急促，不顾周围是否有人斜视或不满，要笑就笑个痛快。磕磕巴巴的俄语讲得还挺自信。他的妻子时常向他投以无比热爱、无比信任、无比温柔的目光，然后两人相视而笑。布达佩斯的气候真好，秋天也像春天一样，和煦的阳光照耀着，多瑙河的微风轻抚着。鲍拉希挽着我的手臂，缓缓地走在宽阔的河滨马路上，河上一片朦胧的薄雾，河对岸的建筑、风物都隐在淡墨色的薄纱之中。偶有行人迎面而过，他们都是那么衣冠楚楚，那么文雅漂亮，那么谦恭礼让。

在一个风和日丽的早晨，鲍拉希的儿子，大胡子小鲍拉希驱车前来，陪我们去离首都不太远的艾斯特尔戈米小镇，那里有一个神学校。鲍拉希自己曾在该校学习过，小儿子也在此上过4年学。对于他们来说，这是旧地重游的一个目的地。

沿途风光秀丽，碧空如洗。轿车在平坦的大道上欢快地奔跑着。我跟老鲍聊着聊着就到了目的地。

校办公室里有两个人在等我们。这是两个十分和善、十分独特的人。他们的装束我只在电影里才见过：黑色宽松的长袍，长到足面，颈下是约有一尺长的圆领子，在胸前画了个整齐的半圆。一条打有四五个圆结的白绳子系在腰间。他们是这个学校的神职人员。

老鲍介绍说，这位是校长。于是那位满头白发的老者与我微笑着握手。校长是老鲍的老朋友，这点从他们的表情上早已明了。

年轻的满头栗色卷发，尖尖的鼻子上架着一副白边眼镜。老鲍说，他是留苏的，让他给你介绍介绍情况。

老鲍与校长急不可耐地坐下，热烈地交谈起来，好像他们等了一个世纪那样相互吸引。是啊，久别重逢嘛，自然有许多话说。

年轻的向我开口了："我叫黑达斯，在苏联学习过5年。"哦，他的俄语非常地道、流利。30岁的神父用标准的俄语滔滔不绝起来，"这儿的学生是14岁到18岁的男生，他们在这里学习5年，除了神学课外还要学习其他文化知识，像哲学、数学、语文等。学生一律住校，从早到晚均在此生活。除了学习之外，学生们可以自愿组织各种活动小组，像练习唱歌、器乐，或进行远足、游览参观等。每星期六做礼拜，星期日有各种宗教活动。学校有自己的花园，学生们每天要去劳动一至一个半小时。那里种着各种果树、花草。学生还养猪、鸡……这些都是用来锻炼他们劳动能力和改善学生生活的。每个月的第一个星期日是家长的探望时间，当然如有急事还可以请假回家……"

"学生来此是根据信念吗？他们都是教会子女吗？"我问道。

"有的是，有的不是，反正是自愿来的。有从农村来的，也有从城市里来的，有的是受家庭影响，有的没有。5年后他们或升大学，或工作，有的将成为神父或修道士。"

"他们都是免费学习的吗？"

"不，他们家长每月给学校交钱，大约是他们月薪的三分之一多点儿。其余部分由各方资助解决，有来自政府的，也有来自西方国家的拨款。"

这个新鲜的领域使我感到神秘又茫然。过去，我只在电影、小说、绘画或教堂里见到过祭坛、耶稣、十字架和用彩色玻璃块组成的大窗子。我从来没有，也不曾想到，能如此真切地和一位神父谈话，能亲眼看到像花园一样

爱真诚

美丽整洁的神学校。

"学生们关心政治吗?"我问。

"我们生活的目的是爱人民、爱朋友、爱我们生活的这一片土地和学校,要尽一切努力去帮助需要的人。我们不是生活在真空里,所以学生每天都听广播、看报纸。他们要知道国家发生了什么事情,才能为国效劳,将来他们之中不少人是从事一般工作的。学生们在这里生活得很和谐。"

我原以为信奉上帝的人一定是一些十分孤僻、十分高傲、十分不合群的人。记得自己在大学读书时,就有一位女同学,因其每餐餐前都要祈祷而引来许多非议,大家视她为怪物,她也从不向人敞开自己的心扉,所以就越来越孤独,其实是人们的无知。

眼前的这位才华横溢的青年,用流利的俄语侃侃而谈,充满了自信与真诚。"学生们可以读小说吗?"我问完,又心想是否有点唐突。"当然可以。""包括爱情小说?"我又问。"是的。"年轻人每问必答,毫不回避。那边的二位谈兴正浓,老鲍不时地发出抑制不住的开心的笑声,"我们也有一些传教士在中国革命前到中国去传教,可惜许多都客死他乡了。"年轻人眼睛里的光芒暗淡了许多,"我带你见一见学生好吗?"他又恢复了常态,神情舒缓地向我建议道。"太好了!"我心想,这可是千载难逢的好机会啊!

他领我进了对面一间教室。推开门,我愣住了。二三十个学生静悄悄地在埋头读书,都是十五六岁的样子。没有教师,在自习。二三十双天真的眼睛一起看向我,使我好不自在。

神父对他们说了些什么我听不懂,大概是解释一下眼前的事情吧,然后他用俄语对我说:"你有什么问题直接问他们吧!"

我有些紧张,因为我没有一点思想准备,神学校,我可是第一次接触呢。于是,我讲一句俄语,神父翻译一句匈文。

"你们来这里学习是家长的想法还是自己的意愿?"我问道。

一个孩子主动站起来,落落大方地回答说:"是我们自己的意愿,家长同意的。"

"你们在这里学习快活吗,觉不觉得紧张?"

"不紧张,但我们每天都有收获。学习文化知识,进行体育锻炼,在田野里劳作，还有唱歌跳舞什么的，每天都丰富多彩，所以天天都很愉快。"又一个孩子站起来，话音刚落，教室里便掀起一片笑声。

"你们毕业后都从事神职工作吗?"

一个大一点的学生认真地回答："不，从事什么工作的都有，有科学家、农学家、哲学家、画家……反正看你的志愿和才能啰。"

"你想将来干什么呢?"我问他。

"嗯……我想当诗人!"班里的同学都笑了，有人还鼓起掌来，气氛很热烈。

我又随意问了几个问题后便致谢走出了教室。

两位神父领我参观了整个学校、宿舍、食堂等，所有陈设的色彩基调都是深色的、黑色的。较为活泼的地方是运动场、花园和校园绿地……一切都是那么简单、朴素、整洁，充满庄严与神圣感。

那种不为金钱所动、不为后现代化物质享受所迷惑、坚守生活的简朴与淡泊、摆脱了贫乏与平庸的精神世界，使人感到为信仰而生活的崇高力量和美好。艾斯特尔戈米神学校给我留下深刻的印象，这个塑造美丽的心灵、高尚的情操和实在的本领的地方，令人终生难忘。

发表在2000年第4期《博爱》上

爱真诚

39 柴泽民大使和他的母亲

你能想象吗：一个来自穷乡僻壤、常年被饥饿困扰的苦孩子，一个被长官训斥与轻蔑地嘲笑过"穷小子，学什么世界语，想当外交官不成？"的"见习军医"，就是这个苦孩子，后来参加革命，成为伪装过学徒、药贩子、医生的八路军战士，成了一个带兵打仗临危不惧的部队将领。恍然几十年后，生活发生了戏剧性的变化。这个"穷小子"的命运，真的被那位长官"不幸言中"。但何止是外交官？他成了大外交家！成了我国驻波兰大使、几内亚大使、埃及大使、泰国大使，成了站在"自由女神"脚下的土地上，庄严地宣布"中美两国正式建交"的中国第一人！成为代表中国人民与美国高层人物谈判，被美国政界认为"非常有技巧、坚韧又干练的对手"！他，就是新中国首任驻美大使柴泽民。

历史有时是那么有趣、那么意味无穷、那么发人深思，但历史又是公平的。

柴泽民是时代塑造的，是他自己塑造的，同时又是他母亲塑造的。在柴泽民的生命链上，有许多闪光的东西是他母亲为他锻造的。

柴泽民于1916年在山西闻喜县出生。那是一个军阀连年征战、民不聊生的时代，一个天空布满阴霾又充满希望的大时代。他的父亲原是个贫苦农民，家有薄田7亩，养活不了一家人。父亲不甘贫困，辗转到重庆当学徒、做生意。10年后，他带着最宝贵的财富——妻子、儿女重返故里。

可惜，柴泽民在出生之前，父亲已离开人间，母亲含辛茹苦地养育着4个孩子。因为没有生活来源，两个哥哥少小离家自谋生路，姐姐也早早出嫁了。

母亲虽不识字，但深明大义、聪慧勤劳，并且有丰富的社会人文知识和文化品位。她不仅做得一手好川菜，还会讲许多民间故事和童话故事。作为一个外乡人，她不仅能与街坊邻里和睦相处，而且懂得如何帮助儿子选择正确的人生道路，并倾尽自己生命之所有为儿子创造美好的未来。

当时，在闻喜县的贫民阶层里，大多数孩子都被打发出去学做生意了，在他们居住的胡同里，只有两三个孩子上学。而且，那里素有经商传统，闻喜商人为晋商之最，而晋商位居华夏三大商帮之首。柴泽民的母亲若没有些远大目光，能让儿子在困顿中年复一年地读书吗？

柴泽民7岁时，母亲把亲手缝制的小书包给他背到肩上，在晨曦中用微笑把他送走，夕阳下又用微笑把他迎回。母亲的殷殷目光和谆谆话语常在耳边："不要惹是生非，不要和小朋友打架斗殴，这样人家会看不起你。要好好读书，堂堂正正做人、做好人！"还说，"现在家里这么穷，大哥在外当兵、二哥在外当学徒，都回不了家，以后家里要靠你了。你要争口气，要有出息，把家负担起来。家里再困难也要让你读书。"柴泽民自幼就树立了家庭责任感，懂得革命道理后，便扩大为社会责任感、国家责任感。

母亲常对孩子们说："只有勤劳、多干活，才有饭吃！"母亲非常疼爱他，用母乳哺育他到3岁，但为了锤炼他，还是让柴泽民很小就开始参加各种体力劳动。学龄前的小泽民就会帮助母亲拾柴、烧火。当时买一桶水要两个麻钱，为了省下钱来读书，柴泽民9岁时，便开始挑水。水桶大、人矮小，一开始他只能挑半桶，随着年龄增长，水也逐渐满了起来。夏天，他随母亲和家人在炎炎烈日下到收麦后的田里拾麦穗、刨麦根。他们一个暑假竟能拣回两个月的口粮。麦根是很好的烧饭、取暖燃料，麦穗拣完之后就用耙子刨麦根。有时城里来了军队，他便帮助他们装卸柴草，赚得一点点柴草补贴家用。劳动给小泽民带来欢乐、鼓舞和满足，还带给他终身受益的异于常人的强壮体魄。

为了供柴泽民读书，母亲更是日夜不停地干活，她那羸弱的身躯和她那

爱真诚

双受难的小脚，背负着全部的生活重担。母亲的勤劳与刻苦精神深深地影响着儿子。为了节约学费，柴泽民坚持每天走读，不住学校，中午常常只啃一个干馍……

若干年后，柴泽民日行百里、南征北战、餐风饮露……又若干年后，他每天工作十数小时、身兼数职、日理万机，再若干年后，他四海驰骋、披荆斩棘、勋业灿烂……现在，他80多岁高龄仍活跃在全国各地，在他的人生辞典里，几乎没有"休息"二字……你能说这过人的精力、顽强的意志，这高度的责任感不得益于童年的劳动锻炼，不受惠于母亲的培养教诲吗？

幼年的岁月贫苦，但不寂寞。母亲是第一个启发他对知识的渴求与兴趣的人。夜晚，小泽民常常偎依在母亲怀里听她讲故事。仰望苍穹，星海茫茫，故事把他带进神秘的宇宙，带进广阔的大社会。故事打开了他的视野，启开了他的心扉，故事告诉他什么是好人、坏人，什么是真、善、美，什么是假、恶、丑，故事告诉他该做怎样的人，故事为他编织着未来美丽的梦，故事使他急切地想识字、想上学读书……已经是耄耋老人的柴泽民大使，至今仍能清晰地复述出母亲讲过的故事，诸如包公无私破案、小孩子智斗大狗熊、弱寡妇除盗贼，还有诸如有人因赌博、偷窃而被抓，有人因抽大烟而家破人亡，有人因助人为乐而得好报等现实生活的故事。在长期的耳濡目染中，柴泽民增长了知识，开阔了眼界，陶冶了情操，增进了求知欲望，开发了智力。柴泽民识字渐渐多起来，便把自己喜爱的《水浒传》《三国演义》《包公案》《施公案》等书中的故事编成号码，由亲戚朋友、街坊邻里们随意点讲，有求必应。这大大地锻炼了他的口才与应变能力。母亲对此很赞赏。几十年后，柴泽民无数次面对各国记者应答如流、舌战群儒，捍卫了祖国的尊严，宣讲了国家政策，大长了中国人的志气和威风……这除了因为身后有坚强的后盾外，也不能说与童年的锻炼无关。

柴泽民长大后接受了新思想，参加了革命，母亲更是克服种种困难支持他。有时一些会议在他家里开，老人总是尽家中所有，招待这些青年革命者。柴泽民参加抗日队伍后，母亲靠给人家纺棉花、洗衣服挣个油盐钱。八路军每年送来一点米，不够吃，母亲便到地里捡拾麦穗，换点口粮补充。后来母亲为了躲避反动派的迫害，拖着那双裹得很紧、行走艰难的小脚，爬山越岭、东奔西走，苦不堪言。但是，无论何等贫病无助、何等寂寞孤单、何等强烈思念……她都能以大局为重，决不放弃对儿子事业的支持。

对于柴泽民来说，母亲是平凡的，渺若微尘，但母亲又是慈祥的、伟大的。她牵着儿子的手，带他步入人生，她要儿子高昂起做人的头颅，做一个堂堂正正、有本事的好男儿。母亲是为了人间火种不熄、遍尝世上苦难的普罗米修斯！同时她又是儿子温暖的港湾，随时在儿子寂寞疲惫时拥抱和抚慰他。他永远感谢母亲！

为了实践母亲的嘱托，柴泽民用了整整一生。

柴泽民膝下三女二男。他也像母亲那样，一律要求他们自强自立、靠自己的本领生存。他说："自打入党以后，就没有考虑过我个人的问题。我这个人脾气比较刚直，不会利用工作上的便利为自己考虑的。"在他出任大使期间，不断有"好心人"向他表示，可以帮他把子女弄到美国或其他国家，他一一断然谢绝。他对孩子们说："你们要靠自己的本事生活，要想利用我的关系，绝不可能！"迄今为止，他的5个子女无一出国，他们都在自己的岗位上勤奋地工作着。提到这点，他身边的工作人员无不表示佩服。他拒绝利用自己的职权和影响为亲戚朋友谋"方便"，亲友们也早已理解和习惯，并且为他自豪。

生命这一亘古话题是任何人都无法回避的。为什么活？怎么活？人们都在不断地诠释着自己的观点。为人父母的更是不断地用言语、行动，向子女述说着自己对它的理解。我们都不会忘记一条著名的古训："合抱之木，生于毫末。"也就是说，巨大的栋梁，是从小苗逐渐长起来的，人的成长也是同样的道理。

柴泽民母亲的教育看似简单与朴素，但她抓住了人生存的基本点——"穷且益坚，不坠青云之志"的品格，吃苦耐劳、不屈不挠的精神。正是这简单与朴素的真理，塑造了迥异于他人的柴泽民。

在这充满喧哗与诱惑、憧憬与希望的世界上，柴大使的经历使我们领悟到，一个人的早期岁月对于他来说是多么重要。可能就因为它，孩子的生命历程会拐弯、会重写，会是完全另一种样子。

柴泽民如何由一个普通人家的苦孩子，成为一位学养深厚、襟怀恢宏、成就卓著的名人，成为中华人民共和国（先后）驻 5 个国家的"特命全权大使"，并且被美国新闻媒体称为"最受欢迎的大使之一"，他是如何度过数十年的艰难坎坷走向成功辉煌，如何显示出令人敬重的品格和人生境界的……所有的这一切，我们真应该深长思之。

发表在 2001 年第 9 期《博爱》上
转发在 2002 年 1 月 29 日《今日家教报》上

40 一个"家资万贯"的"穷艺术家"

那年,夏日的清风,悠悠地从成都高低不平的山路上,把微阳和一个男人吹进我的视野。沉重的照相器材在那人颈上晃动着,底气很足的笑声、江浙口音在耳畔不时地飘过……

从此,两个家庭真挚又深厚的友谊开始了,瞬间已经过了二十几年。然而悲痛的消息于 2010 年 9 月 14 日传来:著名美术大家沈左尧去世。

我们陷入无比悲痛之中。一颗炽烈燃烧的心脏停止了跳动,一个超常智慧的头颅停止了思想,绚烂璀璨的生命之灯熄灭了。

此人之"奇"——奇人、奇才、奇事。著名美术大家沈左尧,别署沈行,1921 年生于浙江海宁,1945 年毕业于国立中央大学艺术系。

最"奇"的是,此人虽藏有万贯家资,可偏偏是个"穷人"。

说起名字,其"响亮"程度远不能与其"成就"相比。此人一生低调,有一种超然物外的从容淡定、波澜不惊。无须炒作,凡知其为人者没有不肃然起敬的,用"高山仰止,景行行止"来概括确不过分。

诗文书画笔若椽,清闲人品温如玉。

"家资万贯"自有精神与物质两种,可他偏偏都具备。"贫穷"无指标,可以自己与自己比,也可以与同类人比,怎么比,他也算得上"穷"。不过首先当看一看他的"庐山真面目"。

名师高徒

古人云："经师易得，人师难求。"沈左尧在国立中央大学艺术系学习时，有幸曾受业于徐悲鸿、傅抱石、潘天寿、陈之佛、吴作人、谢稚柳、乔大壮等名师门下。他像海绵一样吸取各位大师之长，"学如不及，犹恐失之"。

大学时跟傅抱石学习绘画与篆刻，他们师生感情最深，秉性也最相近。他说："我从上大学第一天见到抱石师，就觉得十分投缘，先生的一言一行都是我的典范，追随终生。我虽不是有出息的学生，却是先生知我、我知先生，难的是人与人之间的相互理解。"每当老师来京，学生总是不离左右，义务充当秘书、翻译、助手和保镖。正如罗师母所说"沈尊先生如父，傅先生爱他如子"，师生间的深厚情谊已成为人间佳话。

学生时期，沈左尧的一幅人像素描被澳洲博物馆收藏。联合国《和平》宣传画比赛，唯有他的一幅画被国内选中参展，获得联合国颁发的奖状。

读书时他曾应征参加牙膏设计比赛，获得一等奖并被采用。

20世纪40年代，重庆街头流行一些印花布，其中有几种就出自他的设计。

春秋鼎盛的沈左尧已经是"铁中铮铮，庸中佼佼"的出类拔萃者了。

中华人民共和国成立后，他一直在中国科协任美编、研究员，直至1986年退休。

20世纪末，他获得中国台湾"全球中华文化艺术薪传奖"中的"文艺奖"。

沈老的多方成就——诗文、书法、篆刻、绘画、摄影、工艺美术、装帧设计等，均有自己的独特风格与卓越建树，堪称多才多艺的大美术家。这些均源于各位名师的教导及本人之刻苦努力、超常勤奋。

他协助大师傅抱石绘制的名画《江山如此多娇》，曾多年挂在人民大会堂的迎宾室里，受到广大人民的喜爱和国外友人的高度赞扬。现在他已获得此画的复制赠品留作纪念。

他应邀为其制印者无数，如徐悲鸿、张大千、小泽征尔（日）、沈振翮、高陶……

不久前，他更是做到了常人难以做到的"壮举"——无偿地捐献了毕生的全部珍藏，这使他更加名垂青史。

戏称"植物人"

一天，沈老调侃道："人生下来就成了'植物人'，该吃该喝，该上哪个幼儿园、哪个学校，一切都由大人安排，然后慢慢长大……""我从20世纪50年代到80年代退休一直在科普战线，种在那里没动窝，像不像植物人？"沈老神采飞扬地哈哈大笑起来，"现在我退休了，可以到处走走，干些自己想做的事了。"不料，他的"名声"也随之弥散于大江南北、海内海外。约稿、求字、索楹联、采访、邀请……宾客盈门，络绎不绝，他忙得不可开交。

说起在科协工作的这几十年，他是甘当这个"植物人"的。就像一株胡杨，在干渴与风沙中能顽强地活着，那种生命力极强的树，种到哪里活到哪里，默默无闻，茁壮成长。他博学多才，在多个职业岗位上均可干得十分出色，但他却谢绝了一些调动的机会，扎根于此。因为他已深深爱上这片土地，为了开创、发展我国的科普事业，呕心沥血，不计个人名利得失，甘当配角。

20世纪50年代，《大众科学》《大众医学》《大众农业》三大杂志征求封面设计，他的3个设计均获一等奖，均被采用。

在科协，他的工作量之大是罕见的。他同时负责《知识就是力量》《大众科学》两大杂志的封面设计、绘制和美编，还兼另外两个杂志的美编，还要应付八方约稿。这些杂志涉及知识面极广，科学性、艺术性要求都很高，为了搞好工作，江南塞北、大河上下、城镇乡村他都跑过，开会、座谈、采访、拍照……几乎没有属于自己的时间。他的腿上长了3个瘤子，越长越大，后来竟达2斤！一直等到离休之后，才有空去摘除掉。

科协曾表彰过"有特殊贡献的科学美术家"，沈左尧名列榜首。他还担任着中国科普创作研究所研究员及上海的相应工作。其封面设计、插图、摄影，量多而质优，极富保存价值。

20世纪70年代，他研制成功的"铁画"深受外商欢迎，曾为国家创汇

300多万美元。他设计的宫灯、屏风，也为国家赢得了大量外汇。然而所有的展品上都没有标署过他的名字，他也从不计较。

素描高手

沈左尧的素描技巧高超，其观察能力、理解能力与表现技巧均在勤奋中磨炼得炉火纯青。他目光犀利、观察敏锐，能在瞬间准确地抓住人物的特点、精神面貌和姿态表情。素描的线条流畅，概括凝练、精到，能够准确传神，具有天赋的悟性和举重若轻的驾驭能力，是沈左尧素描的一大特点。

他的"人像素描"作品曾几次奇迹般地改变过他的命运。

20世纪40年代，在一次会上，好几个人为国民党教育次长张道藩画像，唯有沈左尧的作品最为传神。张大喜，便将这张画像一直挂在自己的办公室里，而这位才华横溢的青年也被张看中，把他带到南京，任命为"中华全国美术会"的专职秘书。

又一次偶然机遇，沈左尧随朋友一同回上海，大家给上海铁路局局长画像，让他也来凑个热闹，结果还是他画得最像。局长请他在铁路的杂志社任职并许以高薪、专车及乘火车专卡……为了便于探望留居上海的母亲，他辞去美协工作，接受了铁路局局长的邀请。

几十年过去，他为别人画的人像素描有1000多幅，分散在各地，其中有年龄各异、性格不同的大人、小孩，有名人、百姓……一个个神形俱足、引人入胜，大多被"受益的"人们分别珍藏着。

楹联才子

沈行12岁便开始在报上发表诗文。他一生强学博览、才储八斗，其旧体诗文功力深厚，尤以律诗、楹联为最。

他写的许多对联均为即兴之作，才思敏捷，稍事沉吟，便可顺手拈来，顷刻之间将对方名字嵌入联中，且妙语如珠，均为佳句，堪称一绝。凡亲见此情景者无不惊叹"曹植再世""楹联才子"！

其书法博采颜、柳、欧、王诸家之长，形成自己独特的风格，篆、隶、行，各体兼备，遒劲潇洒，饱蘸灵性，具有擎胜之笔、犷悍之力、飘逸之美。所以他写的楹联，均为诗文与书法同样精彩的传世之作。

沈老为"抱石公园"撰写的226字长联，寄托了自己的深厚感情，且属对工稳、结构严谨、韵高意远、感人至深。他为吴作人艺苑撰书之566字之长联，文辞高雅、寓意深远，均已刻石。还有他为滕王阁撰书之662字之长联，亦为惊世之作。大江南北行家里手凡读到这些，无一不为其扼腕赞叹。

还有为海宁"衍芬草堂"写的200字对联，为桂林山水写的几百字，为江苏沛县"大汉文宫大殿"8.5米大柱写的对联，为义乌双林寺8.5米大柱写的对联，为徐志摩会客室写的对联，无锡阿甲的墓志铭，还有为蒲松龄、李清照、沈钧儒、茅盾等故居题字……

上门求字的人实在是太多了。什么情况都有，校庆的、建公司的、迁居的、结婚的、送礼的……凡求字、求楹联者，无论是政府高官，还是草民百姓，是工人农民，还是和尚僧侣，无论认识与否，他一概应允，有求必应。能不忙吗？有一年，他竟写了300多副楹联！

尤精治印

沈老至今仍在使用的"沈行之钵"印章是他13岁时所刻，如今作品已有1500余方。其治印根底古玺汉印，兼取明清流派印格，功力弥深。徐悲鸿、陈之佛、傅抱石、黄苗子、郭沫若、李可染、刘开渠、郁风、宗其香、戴念慈、吴良镛、茅以升、高士其等，以及国际友人小岛健藏、小泽征尔等人，还有我夫妇俩之常用印章均出自他手。

李可染先生称赞："取法雅正，终有所归。""铁笔遒丽。"

傅抱石则誉曰："其印殆出于天，谱中固可一一迹其所自来，而君之才艺足多处未可漠然视之也。"

徐悲鸿亲自为他题词："多才多艺，于绘事外尤精治印，好古敏求，致力甚笃，其所造诣卓然不凡。"后有陈之佛、乔大壮、傅抱石逐一签名盖章，大师们对学生的关爱、赞赏之情跃然纸上。

爱真诚

也曾涉猎翻译

20世纪五六十年代他曾翻译出版了歌剧《叶甫盖尼·奥涅金》和《水彩风景画技法》。

"红衣主教来了！"

沈左尧性情乐观，豁达开朗，真情直言，短促明快，酣畅淋漓。他喜交朋友，重友情，爱吃，爱笑。笑起来声音震响，天真无邪；吃起来只要是美食，不仅"风卷残云"毫不留情，还要去看其究竟，要弄懂其做法。

他是少有的美食家，随时能告诉你某种美味佳肴的品位特色、来龙去脉。至今，他还清楚地记得当年与刘海粟、潘天寿共餐时的种种情状。他遗憾地说："大概没有精力写一本《老馋游记》了。"

"四人帮"时期沈左尧被关进"牛棚"，许多受迫害者愁肠百结、不思茶饭，他不仅不误吃喝，还用发给他作检查的白纸徒手创作起图案来，真是胆大包天！现在，当这些形态各异、规整漂亮的图案摆在人们眼前时，人们仿佛也看到了他气度凛然、对野心家极度蔑视的情景。

十几年前，他病重曾4次出入医院。最后一次他考虑了"后事"，问大夫："我的角膜有用吗？"大夫说："没用，会有病毒。"他绝对真诚地笑着说："我什么都有病毒，什么都没用了，那我死了把心肝肺都拿出来做标本吧！"大夫也笑着说："嗯，这还可以，不过这回没轮到你，下回吧！"他的病情稍一好转便穿着鲜红的病号服出去散步，一会儿逗这个乐，一会儿惹那个笑，嘻嘻哈哈毫无愁容。大家都喜欢他，称他为"主教"，只要他在阳台一出现，楼下人就欢呼："红衣主教来了！"医生说："人家都怕死，就你想得开，还就你不死。"

出院不久他又开始了辛勤劳作——深夜笔耕。他更加珍惜光阴，"一时也不肯闲过"。大病痊愈后他继续完成了《傅抱石的青少年时代》《大漠情·吴作人》二书，在国内外均引起很大反响。后来又整理出版了《悼诗集》《左尧印存》《胜寒楼诗集》《沈行楹联集》等。

几年前他又一次报"病危"，而又奇迹般生还。他神采飞扬地笑着对友人说:"大概上帝觉得我还有些事情没有做完吧。"

坦陈在你面前的就是这样的一个透明的人。

飞扬的年华、尘世的磨难、疾病的折磨、顽强的拼搏,组成了沈左尧充满活力的生命。

生命,属于那些脱尽名缰利锁、心地宽广、对人生大彻大悟的智者!

"家资万贯"从何说起?

一个柳烟成阵、芳菲处处的美丽日子——2007年3月26日,人们从四面八方赶来,聚集在浙江湖州师范学院新建的"沈左尧图书馆"的第8层和第9层。这里人头攒动,欢声笑语不绝于耳。

沈老86岁华诞这一天,在第9层举行了沈行楹联艺术馆的开馆典礼,这一天让人刻骨铭心。

这一天他更加神采奕奕、光芒四射,幽默机智、应答如流。那一招一式的美,那一言一行的妙,都招来阵阵掌声。

华诞新岁月,两馆大文章。

沈左尧图书馆和沈行楹联艺术馆展厅占地2000多平方米,这里囊括了沈左尧毕生珍贵的收藏,他已经毫无保留、全部无偿地捐献给了这所学校。其中包括书画及文物200多件,内含珍贵赠品。楹联馆里囊括了他本人楹联、诗词、篆刻、素描、水彩、摄影等400余幅作品。

天下"情"字最大。几十年的漫漫岁月磨不掉沈左尧对家乡的眷恋。古树苍藤、天边烟柳、林泉丘壑、水际草涯、民俗民风……都是他心中永远拂拭不去的梦痕。21世纪初,他为《人民日报·海外版》写了一组"情系故乡"的文章,乡情乡恋可见一斑。没有比这更加充分的理由了。

带着珍贵的"财宝",经历了艰辛的跋涉,他风尘仆仆地回到这片人文荟萃的亲爱故里。

要问所有的宝物值多少钱?告诉你:"连城"价!天价!无价!

这里略举一二,你自己去想。

徐悲鸿的《芳草》(首次亮相),一匹青春俊美的马在低头吃草。此马在徐悲鸿的马群中不曾出现过。"志在千里"的盎然意态,神形俱足,微动,可爱，此乃神骏也。墨饱笔酣，神采飞扬，撩人心弦。今日有媒体报道：徐悲鸿抗战时期的《放下你的鞭子》拍卖了7600万港币。那么，大师1947年的这幅从未面世过的《芳草》该……

傅抱石的《山水》（首次亮相），境界恢宏，水墨千变万化外溢成韵，大气而朴茂，诗思幽远，引人入胜。

还有陈之佛、吴作人、谢稚柳、宗其香、汪亚尘、白雪石、董寿平、郎静山、黄苗子、张伯驹等大师的书画，名流群贤的作品。

4吨重的东汉画像石文物两件，分别是当时用于"孔子拜师"的石头与达官贵人每日离不开的"上马石"。

如若用"物质化"的一些角度看，仅就所列之一二够不够"家资万贯"？不要说买一幢"豪宅"，就是买一个"豪华庄园"也绰绰有余，还不算沈老自己的作品（据说有人拿沈老的一幅字去卖，卖了50万元）。

沈老说："我全部藏品都不是买来的，而是人间挚谊的延伸。其中有师长恩赐，同窗、好友惠赠，皆非我索要……我都未视为财富，然而对我来说，每一件都弥足珍贵。"还说，"我是从来不卖友人赠画的。"

现在，沈左尧夫妇依旧住在木樨地80平方米、光线不甚佳的单元房里，没有汽车、没有保姆，生活自己料理。就在这所临街的房子，在吴作人为他题写的"胜寒楼"里，常听到夫妇两人的朗朗笑声。笑声在阳台上弥散开来，温暖着过往的行人。深夜，沈老依然在灯下体味着笔墨的情趣和远离尘嚣的惬意。

他们住的虽非穷间陋巷，且有退休金衣食尚可，但他与自己拥有的财富相比，与靠拍卖艺术家书画作品过着富豪生活的人相比，沈左尧绝对是个"穷人"！

如果他将那些"瑰宝"给自己留一点点，如果他不是无偿地为别人挥毫……他还会这么"穷"吗？当然不！

一双儿女，分别在美国与中国香港靠自己能力奋斗着，除了继承父辈的优秀品德外，没有要父母的一点财产。

沈左尧啊，沈左尧，是该叫你"亿万富豪"呢，还是"穷艺术家"？是该叫你"智者"呢，还是"傻瓜"？

所幸，在苍茫的历史时光中，并非所有人都是用金钱来衡量一件事物的轻重、衡量一个人的品格价值。

静谧的蓝天下，苍绿的树丛旁，以"沈左尧"命名的图书馆大楼，就横陈在这片美丽的天际下，一派超然，一派庄严。其中有他献给父老乡亲深邃又辽远的文化瑰宝，那是一座用汗水与智慧凝成的广厦丰碑。我们的子孙后代将永远享用不尽。

人生如长河，逝者如斯夫。草木枯荣代代更迭，熙来攘往者行色匆匆。我还是那个观点：青春有远离的时候，情爱有稀薄的时候，金钱有花光的时候，肉体有死亡的时候，唯一能与岁月抗衡的是精神财富。

您这位"既富又穷，既穷又富"的人民艺术家永垂不朽！

发表在1999年第12期《上海滩》及2000年1月10日《海宁日报》上

后又发表在2007年6月1日、15日《湖州师范学院学报》上

爱真诚

41 壮哉，戴安澜将军

每次到上海，我都要去拜望一对夫妇——同济大学建筑系教授戴复东、吴卢生大师。在他们家里的墙上，悬挂着一帧大照片，是一位英俊威武的青年军人的照片。一股浩然正气扑面而来，那双炯炯有神的眼睛仿佛看透了你的灵魂，使你为自己的自私、畏怯而羞愧，使你不得不奋发自强。这位军人永远是 38 岁。他就是戴教授的父亲，民族英烈戴安澜将军。他像许多英雄健儿一样，用自己年轻的生命与鲜血炼造了中国的国魂、军魂。我们永远不会忘记他。

任岁月的车轮从这片土地上碾过，他，戴安澜将军，永远代表着祖国的一段悲壮史诗，永远与日月同辉，与大地同在。

1926 年年初，从黄埔军校大门里走出一位青年军官。这位身姿矫健、气宇轩昂、英气逼人的军官叫戴安澜，自号"海鸥"。他怀着忧国忧民、报效祖国之决心和献身中华的满腔热血，跨出了革命军的总司令部。祖国是他唯一的圣殿，是不可欺、不能辱的伟大天空与大地，是可以为之付出一切的、生他养他的父老乡亲。

那是个灾难深重的时代，日本鬼子的铁蹄践踏着我国的大好河山，中华大地上笼罩着蒙受耻辱的阴云。年轻的戴安澜团长率兵英勇抗击、浴血奋战，激战三昼夜，取得古北口战役的胜利，军威大振。连日军都不能不钦佩异常，称我牺牲的将士为"勇士"。在这一次殊死战斗中，戴团长英勇负伤，获上级嘉奖，但他心中却充满忧伤。他痛惜那些不该有的惨重损失，撰写了《痛苦的回忆》，告诫后人要重视日常训练、减少不必要的伤亡，以赢得这场残酷的战争。他以身作则，严于带兵，并时常亲自纠正士兵们的动作，这使他的部队屡屡获得"全国训练第一"的成绩。

戴安澜有一个幸福的家庭。他的爱国之举得到了家人的全力支持。戴安澜培养子女十分精心、要求异常严格。他要尽力把他们培养成爱国爱民的有用之才。他成功了。几十年后，长子戴复东成了著名建筑学家、中国工程院院士。另外几个子女也都在自己的工作岗位上做出了突出贡献。当时，忙于军务的戴将军，坚持每晚与长子戴复东共同学习。静谧的夜里，父子俩相对而坐，眼前铺着各自的书。灯光如豆，在微风中忽明忽暗，照亮了两颗渴求知识的心，给儿子幼小的心灵编织着美丽的梦。父子俩各做各的"功课"。父亲自学的英语在后来的缅甸作战中收到了实效，他可以直接与英军对话。父亲常对儿子说，人生时间有限，宇宙学问无穷。他还常常给儿子讲述古今中外少年英勇抗敌的动人故事，培养了儿子爱憎分明、英勇顽强的精神。

历史上有一个很出名的地方，有一些很出名的战役就发生在这里。它位于广西南宁东北50公里的山上，这里有一道重要屏障，人称昆仑关，居高临下，形势险要，是历代兵家必争之地。日军为保南宁死守此关，戴安澜率领的二〇〇师奉命要夺回它。经官兵浴血苦战一月，历经三次激烈的反复争夺，付出了惨重的代价，才得以收回。敌方师长被击毙，伤亡重大。戴师长身负重伤。

当妻子带着儿子去看望戴师长时，他趴在床上，仰起因失血过多而苍白的面庞，故作轻松地说："伤不重。"他握着小儿子的手说，"关云长受伤，华佗用刀割开他的皮肉，刮他骨头里的箭毒时，他还下棋呢。我要像他那样！"小儿子记住了这番使他受益终身的话。

提起戴安澜将军，人们首先想到的是他的爱国情怀、民族大义、军事才华……人们并不知道他多才多艺、求知欲强、涉猎广泛，哲学、军事、历史、政治、古文、音乐、绘画、书法、体操、舞剑、网球、足球……他几乎无所不会。这位博览群书、修养极好、品德高尚的将军竟然是位卓然不凡的儒将！比如他伤口刚刚愈合，便开始伏案疾书。他写了总结战斗经验的《磨砺集》，又写了充满自我反思意识的讽刺小说《自颂》……

他说:"人我之际要看得平,平则不忮;功名之际要看得淡,淡则不求;生死之际要看得破,破则不惧。人能不忮、不求、不惧,则无往而非乐境而生气盎然。"这充满哲理的简明话语,体现了他崇高的精神境界、磊落的胸怀、超凡脱俗的修养。这不仅是他洞察人生的总结,也是他自己行为的准则。

他还说:"为政不在多言,要能幼有所教,壮有所归,老有所养。"这些精辟的论述,至今仍当为后人的座右铭。

戴师长爱兵爱民已成佳话。凡手下官兵如有欺诈百姓者,均受严惩。冬天到来,战士无衣御寒,他便带头捐款。他曾从 5 个月的工资 1500 元中捐出 1000 元。在他的带动下,许多军官纷纷解囊,为士兵制作棉衣。军内无医生,他曾三顾茅庐登门拜请医生,为部队办起了医院。

更难得的是戴师长的平等意识。他对手下官兵说:"以后见到我的家属、孩子,不要立正、敬礼,也不要喊他们'少爷、小姐',喊他们的名字就行了。"于是,他将自己孩子们的姓名逐一介绍给大家。他们全家都与士兵们平等、和睦相处。

然而让人更感到意外的是,这位英勇善战的将军不仅能指挥打硬仗、打胜仗,而且由于聪慧过人,一些难于考虑周全的工作,他都有相当细致的安排,如做思想工作、组织工作,处理上下级关系,开展社交关系等,几乎面面俱到。

他说,请示汇报工作,假如在找领导的过程中受到冷遇,我绝不当"缩头乌龟",我将在最大限度忍耐的基础上,以愚公移山、每天挖山不止的精神做不懈努力,直至"感动上帝"为止。在开发上级领导层的工作上,要努力做到"三勤"。一是腿勤,不怕多跑路,不怕多流汗,不怕挨批评受窝囊气。舍得花气力,下真功夫,把工作做细致。二是手勤,注意把要给领导阅知的法规、文件要点标注清楚,假如当面汇报不好约时间,我将及时写成简短文字材料呈报领导,还要在听取领导指点工作时,认真动手做好记录,以便贯彻落实。三是嘴勤,多向上级领导面对面汇报工作,多向领导请教征询开展工作的意见,在面对面汇报不好安排时间时,要经常保持用电话汇报,切忌懒惰。

戴将军下功夫抓干部队伍建设，重视搞好领导班子的团结，善于把个人的正确思路变为班子的集体行动，充分发挥班子的整体功能。他要求："做到尊重人、理解人、培养人、教育人，大胆使用干部，支持干部工作，把每个干部职工的积极性都调动起来，形成工作合力。要抓好制度的检查落实，在抓好业务工作的同时，努力丰富职工的精神文化生活……"

目光远大、思虑深远、真抓实干、脚踏实地、不图虚名，这是戴将军的一贯作风和最大特点。所以，这支军队成了一支"有思想、善行动"的"特别能战斗的英雄部队"。

1941年，中国十万远征军入缅。戴安澜率领的二〇〇师一马当先直抵东瓜城，孤军深入，三面受敌，日军来势凶猛，战事非常激烈。全体中国官兵一律做好为国战死、以身殉国的准备。由于戴将军高超的指挥艺术，战士们英勇顽强地作战，最后戴将军在兵力一比五的劣势下仍大胜日寇。日军用尽一切手段，狂轰滥炸、施放毒气……东瓜城岿然不动。连日军后来的史书记载中，也不得不承认："虽是敌军，令人佩服！"此后，我军军威、国威大涨。在远征史上留下光辉不朽的一页。

嗣后，二〇〇师又以风卷残云之势，攻克了棠吉。日军称它为"打得最硬的一仗"。

在战事最激烈之时，戴将军一表决死之心，奋笔写成遗书一封，情真意切，让人感怀："你们母子今后生活，当更痛苦，但东、靖、澄、篱四儿，俱极聪俊，将来必有大成，你只苦得几年，即可有福，望勿以我为念……我要部署杀敌，时间太忙，望你自重并爱护诸儿；侍奉老母！"

由于中、英、美三国没有统一的作战计划，所遇之英军又不予以必要的支持，中国远征军被迫撤往印度。日军为报东瓜之耻，全力堵截二〇〇师。二〇〇师按照戴师长的行军计划，虽途经无数艰难险阻，但终于返国。可惜就在冲破最后一道封锁线时，戴将军胸、腹各中一弹，血流不止，但他仍忍痛指挥突围。由于缺医少药，伤口溃烂不治，将军自知将不久于人世，请部下帮他整理衣冠，坐起，深情地望着北方，拼尽全力说出了最后一句话："祖国万岁！突围！突围！"将军壮烈殉国，时年38岁。

将军人品之高尚、牺牲之壮烈，草木也垂泪。国人痛悼国殇。

将军灵柩所经之地全部降半旗，居民倾城出动，队伍长达数里。家家设有香案，路边放有鲜花、香烛、水果……

毛泽东亲自为戴将军写了《五律·挽戴安澜将军》的挽诗：

> 外侮需人御，将军赋采薇。
> 师称机械化，勇夺虎罴威。
> 浴血东瓜守，驱倭棠吉归。
> 沙场竟殒命，壮志也无违。

周恩来写了挽词："黄浦之英，民族之雄。"朱德、彭德怀等均写了挽联。蒋介石予以表彰，美国总统罗斯福授以勋章……戴安澜是"二战"中第一个获得美国勋章的中国军人。

天之骄子，地之英才，他的丰碑永远刻在华夏儿女的心里！

壮哉，伟大的戴安澜将军！

发表在 2002 年第 2 期《博爱》上及 1998 年第 3 期《海内与海外》上

42　八月星洲

忘不了新加坡的八月，更忘不了八月的新加坡。

因为八月的"世界华文文学研讨会"，大家才聚到这片晴空下。当我们把思念的行囊搬出机舱时，雨丝便轻轻地飘落下来；但不久复又天晴，空气中弥漫着许多叫不出名字的花的清香。

步入新加坡富丽堂皇的机场候机室时，真有些恍惚，只缘身在此国中。

新加坡的夏夜是凉爽的。8月12日，时值国庆刚毕，码头上灯火辉煌，水上轻荡着饰有彩灯的龙船，岸上各色凉棚搭成的商亭生意兴隆，人们熙来攘往，节日气氛犹存。

八月星洲给人留下太多的深刻记忆和美丽的印象。难记、难写、难画，尤难忘！

会上认识了许多有成就的作家、学者。很快我便和新加坡诗人淡莹熟悉起来。她典雅、端庄，略施脂粉，在东方淑女的文静中隐藏着敏锐、善感的诗人气质。纤细的感觉与突奔的激情常从她那温柔的笔端流出，无论是狂风大作卷起片片落叶，还是生活中的琐屑，都能勾起她胸中澎湃的诗情。她曾赤脚在海边漫步，"对着森森的太平洋吟诗"；也曾在花园里打太极拳，"悟出许多人生哲理"。以爱叠起过去、现在乃至未来/渡过异乡深深的庭院/一刹那顿悟，那比永恒/更永恒的名字是/"终亲"（淡莹：《那比永恒更永恒的名字》）。

爱真诚

人如其诗。她就是这样，用蜡烛，用岁月，用自己的全身心点燃永恒的爱的火光。她总是真诚地给予别人，比她小的朋友亲切地叫她"淡莹姐"，可她却常常躲在别人身后："不要写我！不要，真的！"她几近恳求地说。

薄暮时分，淡莹轻挽着我。每次穿过马路，即使是窄窄的小巷，她都要迟疑一下，轻轻地拉住我："小心，看灯！"一开始我真不习惯，因为在北京只要你觉得撞不了车，随便何时，随便走在马路的哪一段，都可以大摇大摆、理直气壮地穿行而过。新加坡可不行，每一条马路的人行横道线上都设有自控的红绿灯，行人有条不紊，井然有序。万一不听命令，警察会从不知什么地方冒出来罚你的款。淡莹说："有时夜晚行车，路上没有人，我们还是听从灯光的指挥，养成了习惯。"淡莹第二次提醒我"看灯"时，我只好坦白交代："我在北京野惯了。"

会上又认识了新加坡作协会长、诗人王润华。他是淡莹的丈夫。他的白色眼镜片后边闪烁着沉静、智慧的光，言谈中不时地跳出诗人的幽默和思想家犀利的特色。这次他又担任了新角色——大会"导游"。

1986年，我们在上海中国当代文学国际讨论会上初识时，只接触到他的学者风度，听到他琅琅地宣读着自己的论文。稍后，当读到他的那些充满童年梦幻的怀乡诗和那些融大自然内在美的山水诗时，才看到了那颗炽热的心。分不清他写诗的才情更高，还是做学问的造诣更深。他说："这两种截然不同的思维与技巧对他来说如水与火，不能相容，但是我偏偏对它们一样喜爱。"他还说，"我把自己的生命比作地球，学术研究是太阳，写诗是月亮，我需要它们日夜轮流照在我生命的大地上——这样我生命的树木才能茂盛，开花结果，众鸟才会在枝头歌唱。"（《内外集·自序》）

他的《橡胶树》《南洋乡土集》《内外集》等诗集荣获亚西安（ASEAN）地区最高纯文学奖——"东南亚文学奖"。他的诗含蓄、质朴，富于形象与哲理美。

在机场见到润华博士时，发现他的眼睛红红的，声音有些沙哑。他的妻子淡莹说："在你们到来之前，润华刚送走几批客人，大会筹备工作非常紧张。不过不要紧，忙完了睡几天就行了。"

王会长领我们走进飞禽公园，令人吃惊的是那张恢恢天网如此之大，参观者走了很久才走出这张网。这张网，网着鸟儿，也网着属于它们的鲜花、果树、空气和阳光。属于它们的世界就是这么大。"它们怎会知道天究竟有多高、海滩究竟有多暖、人究竟有多坏呢！"王润华会长笑着说，"人们为鸟儿制造了一个假的自由。"他还指着投入硬币才能张望的望远镜说，"见钱眼开！"

因为有王会长风趣、诙谐的解说，旅游车上充满快乐的风。只是润华会长的声音哑了，讲话吃力。"王博士……"有人轻声唤他。"他不是博士，他是导游！"歌德学院的莫秀兰小姐开玩笑道。"等会儿下车不要忘记小费哟！"王会长向大家眨眨眼睛。

"请出示导游执照！"来自中国香港的黄维梁教授紧追不放。王会长从口袋里取出会议的"出入证"，满车人大笑。

车上有人颇为感慨地问："新加坡作协主席亲自为我们导游，中国作协主席会不会也为大家导游？"蒋风校长意味深长地回答："中国作协主席为大家导游，那么下边的人干什么呢？"这次大家没有笑。

一天，诗人贺蓝宁先生驱车来接我和宋永毅去看音乐喷泉。

水流随着歌声，彩衣裹着管弦。"呵，新加坡，新加坡！"是缪斯的歌喉吧？在这雄壮悦耳的呼唤里，揉进多少温柔、自豪、团结、庄严的复杂又美好的感情！过去、现代、未来的交融，声、光、水的综合，新加坡新精神的缩影！

就在这里，在音乐喷泉旁，发生了一件小事，使我至今难忘。

观众席的座位是不固定的。在观看中我移动了一次位置。散场时，我发现甬道里站着两位妇女，她们小心地捧着一件淡蓝绸衬衫。我走过她们身边时，她俩向我亲切示意。哦，原来在我转换位置时，衬衫从手中滑落。接回衬衫后我心里很不平静，几乎下意识地跳出一个问题："假如在中国……假如……"继而立即又联想到在此半个月之前，我爱人在芬兰演出时，为我买了一件绸衬衫，也是蓝色的，挂在盥洗室里，一夜间不翼而飞，被别人"顺"走。（我们祖国词汇真够丰富的，除了"偷""窃""抢"之外，最近又"发明"了一个"顺"字。这个"顺"字可真够生动的！）每当我想起新加坡的音乐喷泉，总要想起这个"顺"字，反之亦同。我们要争气啊，同胞！

> 爱真诚

相聚在八月，分手在八月。在朋友家度过最后一个星洲之夜时，想到即将结束的美好旅程，不免有"今昔复何夕，共此灯烛光"之叹。当然，随着晨光熹微而来的将是另一个崭新的黎明……可惜，此后我再也没有去过这个美丽又温暖的国度。

发表在 1989 年 7 月 5 日《中国文化报》上

43 才女张兆和

眼前的张兆和显然比两三年前我们在北戴河"创作之家"相遇时消瘦了许多。

"老了啊!"她笑着说。可谁能相信,87岁的她步履仍旧矫健、思维依然清晰,视力虽不大好,但言谈话语间眸子里不时地闪着活泼的光芒。

9年前,沈从文生命的跋涉猝然而止,把她一个人撇在这个世界上,把几十年的焦灼、痛苦与遗憾留给了她,把未竟的部分事业也留给了她。

但是,她毅然从撕心裂肺的痛苦中顽强地站了起来,并再次塑造了又一个张兆和。

有谁比她更知道沈从文?

现在,时间与空间把她和沈从文拉开了距离。当她再次和朋友们重温丈夫的音容笑貌时,人们似乎感到她在看一幅遥远而深沉的油画,只有她才真正理解沈从文生命中全部的凄凉与美丽。今天她更加猛省到"斯人"之"可贵",更加痛惜"他生前未能得到更好的理解与帮助",乃至造成无可挽回的缺憾。当她重读沈从文的书信、文稿时,仿佛是在读着他的心灵历程。她好像在反复诘问自己:"这一生,究竟是幸福还是不幸?"

几十年来他们彼此深知深爱。张兆和在《沈从文家书》的后记中准确地概括了沈从文的品格:"他不是完人,却是个稀有的善良的人。对人无心机,

爱真诚

爱祖国，亲人民，助人为乐，为而不有，质实素朴，对万汇百物充满感情。"

在张兆和客厅书柜的玻璃门上，贴着一张 16 开大小的素纸，纸上端端正正地写着："不折不从，亦慈亦让。星斗其文，赤子其人。"这 16 个字是沈从文四妹写的，何其简练精当地浓缩了沈从文的一生！张兆和把它展示在此，表示了她的认同。

她在上海认识了先生

张兆和出身于"江苏巡抚、两广直隶总督"之家。父亲张吉友是一位文化教养深厚的开明士绅。他受新思潮影响，曾捐出家产巨资，在苏州创办乐益女中。张老先生膝下 10 个子女，住在苏州九如巷。

张兆和四姐妹是远近闻名的好女孩子。人们说："九如巷飞出四个才女，谁娶到都会幸福一辈子。"张兆和是四姐妹中性格最内向、最为秀外而慧中的一位。她在上海中国公学大学部的文学课上认识了当时的教员沈从文。不久，沈从文深深地爱上了她。沈从文说："我行过许多地方的桥，看过许多次数的云，喝过许多种类的酒，却只爱过一个正当最好年龄的人。"

当时的张兆和年轻又好强，一心只想读书，不想谈恋爱，曾拒绝过沈从文。然而三年后，他们终于幸福地结合了。

以张兆和的才情与修养，原可以写出许多好文章，做出许多更为引人瞩目的事情。可是她却毅然为沈从文献身，毫不在意自己的得失。她精心照料沈从文，为他抄写和修改稿件，帮他编辑《大公报》，为他抚养子女……直到后来她做了《人民文学》杂志社的编辑后，仍然不断地对丈夫的写作提出宝贵的意见，而那时的沈从文已经改行从事文物研究了。

张兆和常在沈从文迷惘、"找不到自我"时，把他拉回来，一起上路。她却默默地站在他的身后燃烧着自己，忠实地承担着妻子、助手、母亲、奶奶的角色。

发行量最少的刊物《水》

张兆和在大学读书时曾与自家兄弟姊妹 10 人共同创办了家庭刊物《水》，后来中断，直到 1995 年才又恢复了。这个由 10 个家庭编写的刊物创造了"20世纪世界一大奇迹"。它的印数最少,仅25册,它的办刊人年龄最大,它的装潢最简朴,封面是孙女手绘的图案。

早年沈从文曾为这个刊物写过一段精辟的话:"水的德性为兼容并包,从不排斥拒绝不同方式,侵入生命的任何离奇不经事物,却也从不受它的影响,水的性格似乎特别脆弱,极容易就范。其实,则柔弱中有强韧,如集中一点,即涓涓细流、滴水穿石无坚不摧……"

我觉得沈从文这段话不只是写给《水》的,它仿佛是张兆和姊妹们性格的写照。张兆和的一生就是那么柔和、那么顽强、那么宽容又那么纯净。

她给《水》写了不少文字,回顾自己生命的轨迹和如烟的往事,文字清新、真挚,写出不少充满人情味的看法,而那些远去了的故事,仍能给人以悠长的回味与美的享受。

一次,我代表总编室和中国大百科全书的美编去拜访沈从文先生,为了某一个百科词条——词条作者认为,沈先生为词条画的人物服装"不够准确",但又一时找不出资料来,碰巧我在自己的集邮本里找到了一张纪念邮票。夫妇两人拿着放大镜轮流仔细地看,频频微笑点头,张先生像对自己事情般的那股认真劲儿,给我留下很深的印象。一想到她那可亲可敬的表情,我就不再后悔将邮票给了沈老,自己"破坏了一套完整的纪念邮票"了。

"我行,我要自己来!"

沈从文去世后,家里没有什么财产。现在,在张兆和朴素整洁的客厅里依旧是那两个书柜,一个饭桌,两把椅子,几个不开花的花盆里绿叶茂盛,两张简易的小沙发似乎也有了些年头。

张兆和的居室里只有一张写字台、一把椅子和一张床。

每天,当晨曦还没有出现时,她便开始了一天有规律的生活。5点钟起床后,她开始自我按摩、梳洗,早餐后到阳台或由小保姆陪同到楼下活动活动,然后看报纸,为《水》写文章、改文章……晚上9点就寝前的自我按摩从不间断。几年来她不看病,只吃些钙片。

她不喜欢被别人照顾,总对人说:"我行,我要自己来!"她跟保姆抢活儿干,痰盂要自己倒,房子要自己洒扫,爬高取书也要自己来。请保姆也是子女死活"强加"于她的。

她爱大自然，每年都要与单位的同事结伴出去远足一两次。那波涛汹涌的海边，那浓郁苍翠的森林，曾留下她几许坚定的足迹。她从一草一木一沟一壑中领悟到生命的原色。她热爱生活。人家问她去不去玩，她总是毫不犹豫地回答："当然要去！"

《沈从文全集》的编纂工作进行得很艰苦。全家包括儿子、孙女、儿媳等全都调动起来，她担任顾问。沈从文早年的手稿字迹难辨。这些沾满岁月的雨水和泪水的每一页纸片，有的甚至被揉破了。它们需要修补，需要装订，需要打字，需要誊写清楚……它们需要投入劳动和时间，当然还有经费。

张兆和的大儿子在月季花公司任经理。二儿子原在北京轻工业学院任教，已经退休，他是《沈从文全集》的总负责人。"他原来一直生病，身体不好，现在在整理父亲遗稿。"她风趣地说，"哎，不知是父亲亡灵保佑还是怎么的，病一下子全好了。"张兆和哈哈大笑起来，那是一种爽朗的、无比欣慰的笑。

后来，带着张兆和柔韧笔迹题字的《沈从文散文》寄到了我的手里。这是我最珍贵的藏书之一，每每打开，张兆和灵动的眸子和那温暖的微笑就又出现在眼前，温暖、亲切。

发表在1998年第7期《上海滩》上

44 我的莫斯科房东万尼亚

我曾在1991年某天的《文汇报》上发表过《我的莫斯科房东》一文，文中"房东"用的是化名，住址也是假的。几年后我在莫斯科又见到俄国汉语大咖李福清时，他笑着问我："我拜读了你的大作《房东》。怎么，后来你在莫斯科又另租房子啦？"原来，正是李福清介绍我认识的万尼亚，我立即租了万尼亚的房子，可我在报纸上写的"房东"叫米沙，地址也不对，他自然认为是换了住处了。我笑答："这不是写他，没有经过本人同意嘛，所以以假代之，不过事情可都是真的！"他紧接话茬认真地说："那没错，后来你和他妈妈谭傲霜都在莫大亚非学院教书，该很熟了吧？"我说："是啊，她从生活到工作都无微不至地关心照顾我，实在太感激了！啊，原来不知道，回到国内才听说，她是20世纪50年代中国的跳水名将哪，我的许多中国朋友都知道她哩！"

李福清"卖关子"，佯装神秘地问："那你知道万尼亚的爷爷是谁吗？"我哪能知道。李福清清了清嗓子说，"李富春！他是你们中国国家领导人李富春的亲孙子！"我大吃一惊。

后来大家都忙，顾不上谈自己的私生活，直到许多年后，我问万尼亚母亲谭傲霜，她亲自向我证实了。

那天，我如约来到德米特里·乌利扬诺夫大街12号。伊万·伊萨也夫·瓦列金诺，也就是万尼亚，站在两间屋子中间，夹着烟，黑眼珠，黄头发，有点像中国人。他母亲跟我说过，万尼亚在中国出生时，一只眼睛被产钳夹坏了，失明了，表面上看不出来，他自己也不太在意。他在俄国长大，一句中国话也不会说。万尼亚中等身材，三十几岁的样子。他的继父焦马陪他来的，焦马是瘦瘦的俄国人，也在莫大工作，后来我们也很熟了。

焦马说，这就是莫斯科乌利扬诺夫大街12号3室的主人万尼亚，他在三天前就准备迎接你了。

万尼亚蹙着眉，神情有些迷惘地走来走去，显然他不知道该把我和我的行李安置在哪间屋里。

大屋有20平方米，极乱。床上被子、枕头堆作一团，地上又是书又是物，床边杯盘狼藉。火柴梗、烟头、电话，而且是外壳残破不全的电话，陈列在地面中央。两面墙上挂满了构图精美的铁书架，直通屋顶，可惜书是乱七八糟地堆放着，满是尘埃。小屋更乱，约有12平方米，满地杂什，几乎没有立足之地。一架钢琴很不协调地、孤独地倚在墙角。

等了大约有10分钟，万尼亚对于如何安排我依然是一筹莫展。

"我住小屋好了，只要一张床、一个桌子就够了。"我想为他解围。"可他离不开钢琴，还有音响。'音乐家'离开音乐怎么活得了！"焦马挤着一双蓝眼睛朝我调皮地歪了一下脑袋。

"把钢琴搬到大屋怎么样？""太……太麻烦……还有电线……"万尼亚好像真遇到了大难题。

"来吧，搬琴吧！让你再想三天三夜也想不出招儿！"焦马三下五除二便把事情解决了，我开始在小屋里给自己挪地方。

到了晚饭时，万尼亚又犯起愁来，说好像还是不搬琴让我睡大屋里条件稍好些。"这点小事就这么优柔寡断，还男子汉呢！"我想。

"这房子太差，苏联人管它叫'赫鲁绍巴'。"

"赫鲁绍巴？"我大惑不解。

"这里老百姓引进美国'特鲁绍巴－贫民窟'一词编来的词。1960年，赫鲁晓夫在苏联突击盖了一大批同样规格的楼房，5层，四幢为一组，中间围着一片森林方块地，给儿童做游戏场。倒是解决了不少住房困难户的问题，可这种房子设施简陋，面积小，没有垃圾箱，倒垃圾要下楼倒在马路上……

'赫鲁绍巴'，嘿嘿……"

他笑起来声音很响，很急促，好像刚跑完步那样。

"特鲁绍巴"也罢，"赫鲁绍巴"也罢，这对我都无所谓，重要的是一个月后我要给莫斯科大学四五年级上中国文学作品分析及翻译课，除了选教材备课外，还要为他们编写课上牵扯到的诸如"超现实主义""意识流"等俄汉对照文学术语辞典，时间紧迫。

他上他的班，我备我的课。他吃他的，我吃我的，彼此相安无事。

他一到家便弹琴："多来米发索拉西－咚！西拉米来多索发－咚！"没有旋律、没有和弦、没有调性，怪里怪气地砸，真正是乱弹琴、瞎弹琴！有一次我试着仔细地倾听了一会儿，想找找琴声里的欢乐、痛苦、迷惘什么的，可惜，没成功。倒像是一股烦乱心绪的发泄、荒诞的意识流与音符游戏……可焦马却伸出大拇指说："这是他自己的东西呵，真正的现代派，不错，不错！"至今我也不明白怎么个"不错"法。他"砸"20 分钟琴，接着吹 5 分钟左右的黑管。凭良心讲那黑管的音色真美，圆润深沉，没有杂质，当然同样没有旋律。然后他又拉起小提琴。呀，这琴声可不敢恭维，因为他根本不调弦，拿起来就"锯"，跟杀鸡绝无二致。好在他只拉几下，便插上唱片，整个单元都震动起来……有时他带女朋友来也是这个程序。时不时传来青春的急促的笑声，接着就是他们同去看电影或郊游，深夜一两点钟米沙独自回来。

"这女孩 20 岁，医学院学生。怎么样，可爱吧！""可爱！"其实我并没看清楚，恍然记起焦马讲米沙 36 岁，可给人的感觉是 26 岁。

"有位女士给你打过几次电话，声音很低沉。"

"那是我妻子，想让我回家。我不爱她，是可怜她，去年才跟她结婚的。"

"唉，太糟了，有孩子吗？"

"有，5 岁，小儿子，是我的，很可爱，哪天我把他带给你看看。"

有一天他真把小儿子带来了。哟，孩子真是漂亮极了，简直像拉斐尔画中的小天使，金色的缎子般发亮的卷发、蓝色深陷的大眼睛，密密上翘的长睫毛一眨一眨，小嘴巴鲜红鲜红的。一进屋他便往万尼亚身上爬，用胖胖的小手把父亲的脸像捏橡皮泥那样捏成各式各样丑陋的面孔，用小拳头使劲儿敲打万尼亚的眼睛、鼻子、嘴巴、双颊……万尼亚的脸抽搐着,他象征性地反抗着,实际上在享受儿子的随意摆布。银铃般的笑声里伴随着万尼亚惬意、急促的笑声。俄罗斯的慈父都是这样惯孩子的吗?不知道孩子长大以后记不记得他曾经是怎样肆无忌惮地"糟踏"过他父亲的面孔的。可惜这孩子在我居住的几个月里只来过一次,还是为了带给我"看看"。

没几天,万尼亚的女朋友又换了。这次是一个十七八岁的小姑娘。身材苗条,鼻子上带雀斑,说起话来还有一股稚气。

"她刚高中毕业,迷人吧!"万尼亚满脸幸福地说。

"迷人。"我机械地重复着。

"我们去郊外野游几天,这是帐篷。"万尼亚慌慌忙忙地装了一人高的大帆布包,背到背后,兴高采烈地用脸碰了碰我的面颊,"祝你快乐!"便把大门"砰"的一声拉上了。

"哎,万尼亚,假如有电话,我告诉人家你什么时候回来?"

"不知道。"两人鸟儿一般飞下了楼梯。

"不知道!不知道!"他总是说"不知道","我走了,到朋友那儿。""什么时候回来?""不知道!"

他茫然地走进屋,不知道该进卧室还是该进厨房。他茫然地换上鞋子(说实在的,他换不换鞋都一样,他屋里绝不比屋外干净),不知道该去机关还是该会女朋友。他"嗦"的一声拉上上衣拉链,又站着发愣,不知道该去看电影还是该去商店买吃的,他甚至不知道这个女孩跟那个女孩比怎么样……

单元房里只剩下我一个人,然后便是那个郁郁寡欢、低沉的声音困扰着我:"万尼亚在吗?"我从这充满忧伤、充满失落的声音里,听出这女人心灵幽深的角落里浸淫着生存的哀戚与挣扎。我知道话筒的分量,但我既没有办法安慰她,更没有办法把这话筒递到她所渴望的人手里。我对万尼亚讲:"像你这样性格的人怎么能结婚呢?你没有责任感,既不养家,也不养孩子,想干什么就干什么,想到哪儿就到哪儿。我要是她,就把儿子扔给你,看你怎么办!"

万尼亚诚实地笑了,一种认同的笑。他胡乱地吃着面包什么的,胡乱地哼着歌儿，接着又该是"哧"的一声拉上上衣拉链站着发愣……

"像你这样的苏联青年不少吧？""不知道，可能吧！"万尼亚和鼻子上有雀斑的"迷人"的女孩去郊游，一去就是三天。焦马来过好几次电话："这家伙哪里去了？真沉得住气，我为了给他找工作，腿都跑细了！""怎么，他不是在电子所上班吗？"

"是呵，原来是呵！让他给蹬了！他们所里搞什么实验，说可以提高鸡的产蛋量，收了农民好多好多钱，其实是骗人的勾当。万尼亚看不过去，自个儿背着'别再欺骗农民了'的大牌子在整个研究院大院里转了几圈。这不，电子所就把他'除名'了。真是，傻蛋！好好地白拿钱不要，非把自己折腾穷了不算，他老婆和儿子还等着他的工资吃饭呢！电子所领导讲了，只要他公开认错还可以回去工作……"焦马长长地叹了一口气，放下电话。

三天后万尼亚神采奕奕地回来，身上和脸上蒙着一层薄薄的尘土，脸被吹得红红的："噢，郊外太美了，湖泊，森林，一尘不染！那儿静得简直像原始森林，真像在纯净的中世纪生活了快乐的几天，噢，太美妙了！"

他不停地摇头叹息着："噢！噢！"

"来，今天请你吃中国饭！"万尼亚高兴极了，拿出心爱的酒，边吃边哼着曲子："嗯，好吃！好吃！"

"不要喝太多，会醉的！"

"整个俄罗斯都醉了，只有托尔斯泰、普希金、莱蒙托夫他们不醉，他们曾是我国的骄傲，世界的宝贵财富。可现在俄国有什么？只有醉鬼……而中国却养活了这么多人民！对了，你给家里人通话了吗？"

"别提了，"我郁郁地说，"等了五六个钟头始终打不过去，电话员很同情，气急败坏地向总机嚷嚷道：'怎么搞的，难道我们生活在傻瓜的国家里吗？'这句话把我和周围的人都逗乐了，可还是没接通。"

"是呵，我们的果戈理说过，在俄罗斯道路不好，可傻瓜很多。"我俩复又大笑，他笑得都呛着了，于是又咳又笑，又笑又咳。

"你今后打算怎么办？去电子所认错？"

"干吗？我又没错！"万尼亚坚决地说。

"那么去找个公司或合作社企业做些事？"

"不知道。也许都行，也许都不行。"

我起身去打开窗户，让新鲜空气流进来。又下雪了，旧的雪还没有融化，新的雪又加上一层，马路上有人摔跤。人生不也是这样嘛。无论中国人也好，外国人也好，谁都无力承担太多的生命角色。要么做个好丈夫，要么做个好情人，要么当个正派人，要么同流合污……骚动不安的灵魂呵，要找到自己心灵的恰当位置，请付出痛苦的思索与沉重的代价吧！

几个月稍纵即逝，该是我向房东说再见的时候了。万尼亚捧来一束典雅的淡紫色的鲜花，好抒情！这束花在我旅途的七天里一直伴着我，直到我回到日夜思念的祖国。

一路上万尼亚的影子一直跟着我，唉，他真是一个头脑简单的大孩子，凡事不大想后果，为了反对不正之风（科研所欺骗农民的行为）而丢掉了工作，今后怎么办呢？我住在他那里的时候，他没了工作，正是思想苦闷的时候。他和妻子相处不好，结交一些女朋友，后来都没有成功，也没有找到真正的幸福。我真对不起他，尽管我俩相处很好，可我总是忙于教学和治病，几乎没有时间和他聊天，我有时做了中国饭请他来吃，他总是边吃边摇着头边赞叹说："啊，好吃好吃！"有时候他朋友多了，便不客气地叫我帮他烧中国饭。我住院时他带着美丽的鲜花来看我。他收我低房租，我回国之前把手头的余钱和莫大最后一个月的工资都赠送给了他，虽然不多，也是个心意。

发表在1992年11月24日《文汇报》上

注：很遗憾，我1990年离开俄罗斯，直到2013年再去莫斯科，这23年中，因为忙，竟没有同他联系过，但我听说他的妻子抛弃了他，或者说是他首先不忠于人家，妻子带着儿子去了澳大利亚再不回头。于是他酗酒、养了许多猫，百无聊赖，这是我赴俄前不久才知道的，我很心痛。这次俄国之行，无论如何我是要好好看看他的。我甚至还有把握，一旦我在莫斯科找不到合适住处，我便贸然推开他的房门，要求在他隔壁小屋的地板上借住一两宿，他也肯定会答应的。

2013年6月,我和先生再来莫斯科,当先生为这个伟大而美丽的城市倾倒,精神兴奋时,我却经历了少有的哀伤与悲痛,当我知道我的许多在莫斯科的好朋友,曾经给过我无数帮助与关爱的好朋友中,已有许多人离开了人世,当知道包括这位天真可爱的年轻的房东时,我的悲哀达到了极致。

我为他感到惋惜,今天写下这些是为了寄托哀思,寄托我的深深怀念与感恩之情。我多么希望人们能知道,曾有过这么一位不幸的好人,一位我们国家功勋卓著的前领导人的孙子,在这个错综复杂的世界上,和我同在一个单元里生活过,他为人善良但并不幸福,可能还没有活到60岁。

但愿这个善良的灵魂在天国里得到安息!

爱真诚

45 帷幕拉开之后

　　脑子里带着"空白"走进剧场。在帷幕拉开之后，那躲藏在紫色幕幔后面的东西一下子跳进眼帘，在娓娓动人的旋律里，在白云飘荡的晴空中，你寻找到自己逝去的梦，那曾经闪烁过光点略带苦涩的梦……节奏强烈了，引起你心房的战栗，你仿佛嗅到一种幸福的气息，于是你热血沸腾，想伸出双臂去拥抱大地……就在这帷幕拉开之后，你流下热泪，甜甜的泪……你的梦，昨日的、今天的、明朝的梦交织在一起，仿佛是一条潺潺溪流，泛着憧憬的涟漪，向着生命的另一头延伸、延伸……

　　剧场对于我一向是有着巨大魅力的，那面积不大、变幻莫测的舞台，曾经是一个多么神秘的去处。那些活跃在舞台上的演员，更使我崇拜得五体投地。记得那一年我搬进新居，同一个单元住的是一个歌剧演员，我高兴极了！他的声音高亢、明丽、甜美且富有激情。由声音延伸到外貌，我断定他是一位像希腊神话中那样的青年美男子。真想马上见到他。遗憾的是，他不是练声，就是听音乐。他的杂事好像都由一个瘦瘦的中年人，估计是他父亲，代为料理。自然，演员嘛，生活琐事就不该管。不幸的是，几天后我知道这个瘦瘦的中年人却正是我崇拜的偶像时，我心中灿烂的明星突然陨落了，我的自尊心受到了挫伤。我遗憾极了，为什么他竟是这样一个上了年纪、头顶微秃、其貌不扬的人？

　　不久，他请我看戏，告诉我他扮演一个青年，只有几句唱词和一点不起眼的戏。当帷幕拉开之后，我眼花缭乱，在那些老的、少的、美的、丑的群像中，我始终没有分辨出戏里哪一个是我的邻居。

旧剧结束，开始了新的排练。又一件奇怪的事在我邻居身上发生了。一天，我听到伴着钢琴的单音，邻居用优美抒情的声音唱道："你母亲在故乡等待着你！"多么令人神往的声音呵！可是，就这么一句既不难听又不好听的宣叙调，他除了短时间的练声和听音乐之外，竟然唱了整整一天，三天，一周，半个月……不，他唱了整整三个月！你说腻人不腻人？就这么一句破唱词，也值得花这么多时间？我开始讨厌这个职业，讨厌这个瘦瘦的中年人，也讨厌这句不伦不类的唱词！

盛夏时节，酷热难当。人人汗流浃背，自动停止了串门，甚至连话都懒得说。四周是那么静寂，没有风声，没有人声。我躺在竹椅上，贪婪地吸着电扇摇来的凉风闭目养神时，突然传来钢琴的单声，还有那句："你母亲在故乡等待着你！"真是！我满怀恶意地思忖着："图啥呢？"声音反复了三个多钟头，我实在摆脱不掉对他神经是否正常的怀疑，便去敲了他的门。出来开门的是一个"水鸭子"，他光着膀子，赤着脚，身上挂满水花，走过的地方留下两排湿漉漉的脚印。他还没有从他的乐园——音乐中走出来，一双如醉如痴的眼睛还没有离开他的琴。"对不起！"他看看我，看看自己，笑了。我突然感到一阵不自在。说不清是对他的恻隐之心还是羞愧的感情涌上心头，我哑然不知所云了。

看新戏的时间到了，邻居又请我去，告诉我他这次扮演一个青年，只有那一句我早已听烦了的唱词，和"一点不起眼的戏"。在主题音乐的进行中帷幕拉开了，豪华的大厦，富丽堂皇的场面，熙熙攘攘的人群，一下子把我带到19世纪的风俗画中。我忘却了寻找我的邻居，宛若置身于远离故土的他乡，心中充满了迷惘和希望，那片属于我的云霞在哪里呢？突然，一声凄楚郁结的声音，像是从天国的梦幻中传来："你母亲在故乡等待着你！"这召唤游子回乡的深沉、苍凉的悲歌紧扣着我的心弦，牵动着我的梦魂。不知为什么，我流泪了。呵，我的邻居！潇洒、英俊的美青年！此刻，他的眼睛里充溢着异彩、闪着泪光……不曾想到，一个普普通通的形象，在帷幕拉开之后，变得如此光艳照人！那句为我深恶痛绝的唱词，变得这样富有感染力！生活，通过舞台这个三棱镜反射得更为壮丽和充实了。啊，人们，你还苛求什么呢？

走出剧场，漫步在夜的柔和的白光里，垂柳轻拂，沙沙作响，一条现代化的公路笔直地伸向远方。遥望湛蓝的夜空，在灿烂的星群中，我找到了失落的那颗星，那颗普普通通的不知名的星，原来它距我的头顶还有这么辽阔的空间。那些勇于为闪光的主角做铺垫的"小角色"，那些执着于艺术又具有韧性的人，他们的明天又该怎样去追求、去思索？

瘦瘦的中年人，如醉如痴的眼神，湿漉漉的两行脚印，没有和弦的单音，熟悉的那句唱词，风声、歌声、汗水、画面、造型、旋律、节奏、希望、阳光……统统地、统统地叠印在一起，凝聚在一道，化作一声永恒的召唤，化作一支悲壮、雄健的交响曲，和着我心中的歌，在遥远、浩瀚无极的夜空中回旋着……

心灵的一片帷幕拉开了。

发表在1981年11月4日《解放日报》上

46 吹捧

——记中央歌剧院一级演员沈振翮

有人对我说过几次了：应该宣传宣传美国音乐剧《异想天开》。他们说："最简捷的办法就是你先宣传一下你的老公。你了解他，而他的亨利也确实演得很出色。"

写自己的老公？大有"吹捧"之嫌，不干！要不就让他自己写一篇体会，让他自我"吹捧"去吧！

临上路前的几个小时，他还在慢慢腾腾地对着自制的"旅行备忘录"，不慌不忙地整理行装，生怕落下一根针。他那种全神贯注的劲儿真让人来气！一上车，他准睡觉，一下车他准忙乎演出。写"体会"根本没门儿！就这种人，哪是个喜剧演员的料？做什么事都一板一眼慢条斯理的，身上哪有一丁点儿的喜剧素质？我不由得瞟了他一眼。可奇怪，为什么在他演的那短短的一段戏里，笑声不绝，从声音到行动都那么逗人发笑，以至在他下场钻进"大箱子"里的那一刻，当他向观众频频送吻、高呼着"只有小角色没有小演员"时，观众席上又爆发出热烈的掌声，我甚至鼻子还有些发酸，颇有些"人生不胜苍凉"之感呢？这种联想，牵动了我的好奇心。

"喂！亨利（他在剧中扮演的人物）过来，让我采访采访你！"

"别闹了，离开车还有两小时，你还想写呀！"

"那当然，就写3000字吹捧吹捧，说吧！"

他不情愿地坐下来，手里还捏着他那张"备忘录"，眼睛还望着那堆乱七八糟没装好的东西。

"你还不清楚，开始差点儿把我给撤换下来。"他显然在搪塞我。

"干吗要撤你？"我问。

"就是因为我的性格。谁都觉得我不适合演喜剧。导演抱着先试试看的态度，正在考虑特邀一位擅长表演喜剧、有经验的话剧演员来扮演亨利。当时我并不知道，还在认真地、满怀信心地准备。我认为一个好演员不应该只是一个本色演员，而应该勇于创造和自己本人距离远、难度大的角色。在表演上要不断地有所追求、有所突破才行。"

"那你演这个角色的诀窍是什么呢？"我问。

"没有诀窍，用功呗！"他还在看他的"备忘录"。

"那就是说，随便谁用功就能成功，对吧！"我步步紧逼。

"那当然没那么简单。在排练过程中，美国导演马里奥先生对亨利的解释以及精心设计的舞台调度，为亨利的塑造提供了很好的依据。从戏剧学院请来的中方导演陈子度是个很有才气的青年教师，他给了我很好的指导。他们使我很快找到了人物的基调。所以当我一进入角色，导演的顾虑便烟消云散了。"

"还挺谦虚的呢。"我半认真、半挖苦地说着，打开抽屉去翻他的剧照。

"要什么，要什么？我来，我来！"他急忙过来，手里还捏着那张"备忘录"。永远是这个怪癖，他的东西绝不准别人动，连次序都绝不可颠倒。

"哼！还当喜剧演员哪，就这种狗脾气！"我甚为不屑地斜睨了他一眼。

这是他剧照的相册，我看过许多遍。不过，这次我很想找出他以往所扮演的角色和今天饰演的亨利有没有共同之处。没有！剧照里的人物，正直的西藏土司、奸诈的汉奸走狗、阴险的地主、机智的八路军特工队长、西班牙强盗、日本媒人、巴黎贵族青年……就是没有一个喜剧人物。

据说过去他因为身体瘦弱，不符合"高、大、全"或其他正面人物形象的要求，演"坏蛋"多些。而且在《南海长城》中扮演的卫太利给人留下了深刻的印象。当时，抓这个戏的中宣部副部长林默涵同志看戏后，称赞说，"卫太利"和"大光灯"演得最好，是他最喜欢的两个角色。此后，他好像跟反派人物结下了不解之缘，剧中一有"坏蛋"，导演就忘不了他。好不容易他在《茶花女》中扮演了漂亮小生，才算给自己"平"了"反"。

他似乎开始走进我给他规定的"被采访"的角色了。"过去演歌剧中的角色，主要拿歌唱来塑造，而亨利这个角色压根儿没有唱，需要出色的表演和娴熟的台词技巧。导演是在看到我演的亨利基本上成了，才放下心来的。"

当然，只有我最清楚他在塑造这个角色中所花费的精力。每每深夜，他还在伏案钻研剧本人物。有一次，我看到他对着镜子，模仿老人走路，样子滑稽，使我大笑不止。他却认真地说，他一直在寻找合适的模特儿，今天在小公园里发现了一位"行将就木"的老者，举止行动跟他的亨利很相近，便跟踪了半天，仔细观察、揣摩了老人的步态、举止，刚一到家便对着镜子琢磨起来。

最使我难耐的是，他放弃了一贯追求的美声唱法的漂亮发音，发出各种苍老、嘶哑难听的怪腔怪调。一遍又一遍，成百遍地录下来，放了听，听了放，对我简直是一种精神虐待。这还不算，他还让我听：像多大岁数？像什么个性的人物？更可惜的是，他演了这个角色之后，自己原来的歌唱习惯与声音感觉"丢"了。过了很久，花了许多力气练习才把它"找"了回来。真是！

"这就是你亨利的全部吗？"我故意问。

"当然不是，这只是人物的表面。有些人物喜剧性格趋于表面化，一言一行甚至外貌都引人发笑。而亨利这个人物的喜剧性是内在的。他原是一个专演莎士比亚戏剧的古典演员，曾经有过辉煌的过去，走红过，演过大主角。今天，他衰老了、破落了。但他是一个乐观又好强的人，他不服老，总觉得自己还和年轻时一样，总想证明自己仍是一个伟大的演员。但他那力不从心的蹒跚脚步，那为了掩盖皱纹施粉过多的面孔，那饱经沧桑、千疮百孔的戏装，都和他那过高的心气形成了强烈的反差，构成了一系列滑稽可笑的言论和行动。这就是亨利这个人物内在的喜剧性冲突。所以扮演亨利必须抓住他的思想实质，越符合人物内心逻辑、越真实、越有深度，就越富有喜剧效果。所以不少观众在亨利的一招一式、一言一语中体会到亨利一生的艰辛。他们的笑是含着眼泪的笑。亨利的出现，恰似一曲人生的挽歌，既悲凉又荒唐，

爱真诚

既夸张又真实。"

我很奇怪，为什么早已为人熟知的斯坦尼斯拉夫斯基的名言是"只有小演员，没有小角色"和今天《异想天开》剧中亨利所说的"只有小角色，没有小演员"刚好相反，而且，每每亨利说到这里，全场情绪热烈、掌声不绝，尤以文艺界、大学生观众反响为最。我问他对此怎么理解？

他说："这两句话表面看来似乎相反，实际上它们的内涵是一致的。斯氏的意思是演员的演技有高低之分（只有小演员），而角色是不分大小的（没有小角色）。是从演员的角度强调小角色也能表现高超的演技，不要轻视小角色。而亨利的台词是说虽然我现在演的是小角色（只有小角色），但我还是个大演员（没有小演员）。表面一正一反，其实都是强调小角色的重要，演小角色也可以是大演员。"

其实，他自己对演艺事业的态度正是实践了斯坦尼斯拉夫斯基的这句名言，多年来，无论他扮演主角、次主角或配角，哪怕只有一句话一句唱词，他也从不苟且，总是认真对待，悉心钻研，反复练习。所以，凡是他扮演的角色，从音乐到台词，我们全家每个人都能在不同条件，在不知不觉中听会。有一回在洗澡房里，扮演《卡门》中主角的王信纳听见一个十来岁的小男孩在吹口哨，吹的是《卡门》中难度很高的五重唱中的男高音部分，音准节奏极好。他大为吃惊，一问，原来是我们的小儿子！于是大笑了一通并且跑过来对我爱人说："喂，老兄，你有接班人了！"

我们在家还经常引用他的台词联络。最近，我们喜欢模仿他扮演"亨利"时那种颤颤巍巍的台词对他说："啊，埃及人，我要死了！"

他对此不过微微一笑，从不介意。但是，当我们给他所扮演歌剧人物的旋律瞎填歌词，胡编乱唱时，他就会严肃地进行干涉："喂，别瞎唱，我听多了。上台会唱错的！"

为了寻找适合亨利的声音，他不仅大大改变原来的说话习惯与音色，而且要求自己找出既苍老又不服老，既没有力气又随着激情所至偶尔爆发出苍劲有力的声音的"火花"。同时，他还要求自己：必须让坐在剧场每一排的每一个观众都能听到他说的台词。为此，他不知录了多少次音，听了多少遍，才终于"伪造"出比较符合人物性格的理想的声音，以充分地表现出亨利的性格特点与内心的巨大感情潮汐，引起观众的共鸣。这声音"欺骗"了许多熟悉朋友的耳朵。当他们知道扮演亨利的演员是谁时，都不禁哑然失笑，大为赞叹！

我不想重复我在几年前以他为原型写的那篇散文。但是没有办法，他可是重复着我文中描写的那个样子：瘦瘦的中年人，如醉如痴的眼神。夏天还是"因为关着门练声"成了"水鸭子"……彼情彼景依然如故，都没有变。

应当补充的是，他常引以为憾的是父母给了他一种典型南方男子的纤细体形，个头一米七五。按现在20世纪80年代标准看，该算是"二等残废"了。可惜，当我们谈恋爱时还没有这个标准。他这点比较执着：一旦爱上就全部献身，不再三心二意，于爱情、于事业均如此。无论平日受到怎样有意无意的"打击"（"都五十多了，还玩什么命？年轻人一茬一茬的。算了吧！"）全都无效，他自岿然不动，照唱！照旧认真准备角色！

他所扮演的人物，没有一个和他的性格、气质相像的。为此，他很快活，快活中带着点儿自豪与满足。

我们在家，彼此从不叫名字，一律称"哈喽"！现在他又多了一个雅号"亨利"。

这就是我"老公"沈振翻，1936年出生，1958年毕业于华东师范大学俄语系，历任中学俄语教员、中国煤矿文工团歌剧团演员、中央歌剧院歌剧团兼合唱团常务副团长、一级演员，退休后任中国音乐剧研究会副会长兼秘书长、《中国百老汇》杂志总编辑。

真人实事，是为"捧"。

散文篇

爱真诚

47 白衣少女
——记一段偶然而又短暂的友谊

生活有时候很奇特。你，一个南方年轻姑娘，我，一个北国中年妇女，像两片极不相同的树叶，在人生的长河中偶然地、匆匆地飘到一起来，又匆匆地各飘东西。可能永不再相逢，可能很快就会忘记彼此的名字，然而留在心底的这段记忆却是永久的。

四年前，我到重庆采访，住在一所大学的招待所里。招待所坐落在青翠的山麓下，窗前有几棵小树，遮蔽了7月午间的阳光。树叶的影子投在草丛上，纵横交错，斑驳陆离。门前铺着石头小路。清晨起来，它们总是湿漉漉的、光溜溜的。招待所客人林林总总，各不相干，自己忙自己的事。

那天傍晚，我正在梳理一天的采访笔记，忽然传来轻轻的敲门声。这声音是那样有节制，那样轻，似乎怕惊动了主人。仅就这敲门声就可判断，一定出自一位懂事姑娘的纤纤手指。

果然，出现在我面前的是一个陌生、苗条、美丽的姑娘。二十四五岁的样子，用真挚无邪的眼睛看着我，一对黑亮清莹的眸子十分灵动，发髻高绾，头颈颀长。雪白的连衣裙一尘不染，款式朴素，十分合体。她白净的面庞透着红润，整个线条是那么柔和，简直是个白描的天使。

那就是你。你带着歉意的微笑，递给我一封肖教授的介绍信。很简单，你想认识我。世界上真有那样的巧事，我俩在几秒钟的对视中，心灵的距离一下子缩得很短很短。好像我们早就相识、早就相互理解与信赖了一般。于是你我携手走了出去。

山风悠悠，芳草萋萋。你挽着我沿着小铁道缓缓向前。"我姊弟二人，小弟年幼没有我们这一代人的经历，只知道玩耍。我们，不，我们大多是从农村的土坑边开始懂得发奋的。我比班里的同学大两三岁，因为我比他们在农村多绕了一圈。我进了大学更是不敢偷懒，只觉得我丢失的时间太多了，所以不管被分配到哪儿去，我还是要继续进修，考研究生的。"你的声音那样甜，充满一种温柔的音韵。你举止落落大方，含蓄而热情，充满青春的魅力。

小火车从我们身边驰过，青草温柔地划着我们的光脚。你迈着轻盈的步子，白色的衣裙在薄暮低垂的氤氲里迎风飘荡、熠熠闪光。我的心立刻被这幅温馨动人的图画陶醉了。

初次会面时间不长。你怕耽误我工作，我怕影响你写毕业论文。当山城的星光刚刚闪烁的时候，你我便各自回到了自己的灯下。记得当时挥手目送你走时，你洁白的衣裙活活泼泼地上下飘动着，渐渐消失在朦胧的暮色里。

第二天，肖教授告知我，在他近几年的退休生活中经常出现你的身影。你时常帮助他们，为他老两口提供生活上的便利。"目前正处在毕业分配的前夕，会不会有所求呢？现在的年轻人可不像你们五十年代了！"肖师母在感激之余，流露出一点疑虑。

晚上，你跑来找我，邀我同观山城的夜景。我带着巨大的好奇心，参加了你们大学应届毕业生的夜航。那情景，我想你一定和我一样都是唯一的一次，都是一样的难忘。黄、白、蓝、绿，间或也有红色的灯光，织成了层层叠叠、错落有致的灯屏。船起碇了，船尾掀起阵阵波涛。青年人三五成群地大声谈笑着、奔跑着。船尾响起手风琴声。飘动着长发的姑娘们纵情高歌："再过二十年，我们来相会，荡起小船儿，晚风轻轻吹……"歌声揉入了庄严的憧憬。是呵，假如我二十几年前的同班同学此时此刻听到这歌声会作何感想呢？

欢快的喧嚣掩盖了轮船的机轮声和水花的飞溅声。长河的尽头是一片漆黑，你一直温柔地偎依着我，没有加入这狂欢的队伍。

爱真诚

我俩说话很吃力，非趴在耳边说不可。你指着一个小伙子伏在我耳腼腆地说："我和他还没定下来好不好。"小伙子很漂亮，很机灵，似乎发现我在看他，立即大大方方地走过来趋我为礼，同时递过来一瓶汽水。你笑得更甜了。

这午夜狂欢，这荡荡江水，这娓娓谈话，都是那样使我感动，那样令我爱恋，使我忆起业已消失的青春。

归途中，你问我喜欢什么颜色，我答喜欢明快的颜色；又说，因为我眼睛不好，喜欢多看绿色，森林、湖水……你说，你喜欢白色，白色代表纯洁。你希望世界上一切都能像白色一样纯真。你黑黑的眼睛凝视着茫茫苍穹说道："你们那时也这样快活吗？你们是怎样开始走向生活的？"

"当然，快活、年轻、美丽！头脑里沉浮着各式各样的幻想，总想做出一番非同凡响的事业，即使去教农村中学。"我陷入了回忆。

是呵，怎样开始人生征程的？如此简单，你能够理解吗？毕业志愿书上三个志愿栏：西北、西北、西北！于是从上海踏上了开往兰州的列车。从一上车便立即和另一个女同学唱起了歌。中国歌、外国歌，重唱、对唱、合唱，唱了十几个小时，一直唱到列车乘务员宣布熄灯。周围乘客无不好奇地望着这对疯姑娘……我们诗意的生活就是在那片一望无际的黄土高原上开始的。那儿人烟稀少，沙尘滚滚，夜晚灯光寥若晨星。当整个小城陷入一片昏暗中时，万籁俱寂。除了自己小屋里一盏昏黄的灯光伴着你之外，似乎一切都沉睡着。可是，一到白天小城又开始沸腾，街上传来车鸣、马嘶、人声，学校里充满青春与朝气……

"我羡慕你们那一代人，对生活、对事业不掺一丝渣滓。可我们同学里有人为了自己能分配到条件好的地方，不顾四年同窗之谊，到老师那儿去大揭别人之'短'，为自己编织种种'困难'理由。谁也不愿远离重庆，不愿去艰苦的地方，譬如攀枝花……"写到此，耳畔又响起你略带川味的普通话和你那因激动而浮现在面颊上的红霞。

行期到了，我匆匆上路，未及告辞。今天回想起来很是后悔。临行前的不辞而别挫伤了你真挚的感情。我原想，也许作为在你生活窗口一掠而过的我，肯定不会在你的记忆中储存多久的。

不料数月后，我突然收到一封来自攀枝花的信，我十分惊诧。原来是你！记不清信中的详细内容了，只记得你说去攀枝花是自己的志愿。你正在努力学习，准备考研究生，一片跋涉者的情怀。你和那个漂亮小伙天各一方，但正在热恋。似乎你在嗔怪我的无情……真使我懊悔莫及。

四年过去了，肖教授业已作古。肖师母在对肖教授的怀念中，在子女的安抚中安度晚年。我想她一定不会忘记你对他俩的帮助，也不会忘记在肖教授的介绍下我们这段短暂又美好的友谊，大概更不会忘记你用自己的行动，打消了她对你的那点疑虑吧。

四年过去了，那小火车道旁我俩漫步的足迹早已消失，你穿的那件白色衣裙大概早已破损。不知道现在你在哪里，你是怎样担负着自己的命运生活的。后来你是否考上研究生，是否还在攀枝花工作，是否和那个小伙子结为伉俪……

想到许多类似这样平凡的昔日，美丽又略带忧伤的记忆将融入自己的生活中时，不由得感到心灵上的温馨与和谐。愿我向你追记的这篇小文，作为我对于那段生活的忠实怀念、对于纯洁感情的珍惜，来弥补我心中无言的惋惜和缺憾。

呵，纯洁的白色连衣裙，可爱的白衣少女！

1986 年于北京新源里
发表在 1988 年第 6 期《散文世界》上

爱真诚

48 激情王一桃

不难想象，几十年前他会是何等天真烂漫、顽皮淘气。可他现在也不"文静"，华发满头，遮不住四射的激情，额上风霜，挡不住那对目光炯炯的眼睛。他精力充沛，中气十足，声音洪亮，快人快语。他所到之处常掀起一阵热风。假如有几群人在谈天，你往笑声、掌声络绎不绝处找，其中必有他。说他是个"老顽童"倒挺恰当！

这位明星式的人物就是中国香港著名诗人、香港文艺家协会会长，后来又兼世界华文文学家协会会长的王一桃先生。

那天晚上，第五届东南亚华文文学研讨会在厦门大学举行告别宴会。他正坐在我旁边跟我神侃，会议负责人走过来对他说："你来一下。"不料他就此一去不回头，直到大家吃完也没有落座。

原来他被请去做宴会主持人了。了解他的人都知道，这"活儿"非他莫属。你看他把握节目进程、营造热烈气氛、幽默打趣、轻松调侃、随机应变、即兴发挥、调动一切"积极因素"——其技巧与风度酷似一个著名主持人。整个宴会大厅被灼灼地点燃起来，欢歌笑语不断。宾客如云，人们雀跃着，杯觥交错，兴高采烈，如坐春风。王一桃趁势插入感情充沛的诗歌朗诵，把宴会一次次引入高潮——那晚大家的确很开心，热闹喧腾，依依惜别。只有一个人饿着肚子，那就是王一桃。

然而就是同一个王一桃，前天大会发言介绍自己写作经验时，竟声音哽咽、双眼潮湿，险些落泪呢。说起他诗中描绘的这段辛酸往事，就发生在他的童年、少年时代。

王一桃祖辈三代流落到马来半岛。曾祖父作为"猪仔"在那里安了家，饱尝了人世间的悲伤与艰辛。祖父用自己的勤劳和中医技术开创了家业，成了当地的大商家与侨领。为了继承与弘扬中华文化，他和当地热心人创办了中华维新学校，专事培养华人子弟。王一桃出生在1934年马来亚的丁加奴，自幼父辈便教他认识"神奇的方块字"。3岁时祖父去世，家道中落，加上太平洋战争爆发，日寇侵略战火的大洗劫使他陷入贫困并失学的困境。14岁的他只好走向社会，创办了新南洋书店，出售国内外一些进步作家的经典作品。在这期间他逐渐阅读了诸如《桃花源记》《木兰辞》以及鲁迅、茅盾、巴金、冰心、郭沫若等人的优秀文学作品。由于不断地接受中华文化的熏陶，他的"思想感情才得以升华"，他的文学情结才开始萌生。从中小学开始，王一桃就显示了非同凡响的写作才能，他的作文常在同学中名列前茅，从此他爱上了文学并与它"结下不解之缘"。

战争这个狰狞的怪物，无情地吞噬了多少无辜人民的生命。马来亚狼烟滚滚，河流山川伤痕累累，椰树蕉林弥漫着悲哀。

回忆那段腥风血雨、难忘又艰辛的长夜，王一桃感慨万千，他沉痛地说："英帝对民主力量紧急反扑，马共转入地下，我的书店的书被宣布为禁书，书籍全部被没收。我也被捕入狱。我的成名之作《马来亚狱中诗抄》就是在这里构思并在后来成文的。16岁的我，在党领导下的难友组织中任职，后来又因发动罢食与聚会、以'文字叛乱之首要者'名义而被驱除出境。回到中国时我刚刚18岁。"

18岁之前，正是求知学习、接纳人世间慷慨馈赠与温暖的年龄，王一桃的心却在流血。在回国前的10年中，他历尽坎坷、遍尝人间痛苦与艰辛。这些不堪回首、风雨凄惶，受凌辱、受欺压的日子，给他心灵上留下深深的创痛。然而正是这些苦难磨炼了他，使他早早成熟，并给了他呐喊的激情。8岁开始，王一桃就亲历了马来亚3年8个月的灾难。小小年纪便目睹了战争的残酷，目睹了日寇疯狂地挥舞"马刀""枪刺"屠杀手无寸铁的百姓、"清算"爱国者的罪恶行径，经历了家中财物被强盗们洗劫一空、孤苦无助的情景——国难、家恨,激发了年轻人的强烈仇恨,青春、热血,锻造着爱国者的诗魂。诗人回国之后,由 38 首诗歌组成的史诗《马来亚:三年八个月》诞生了:"最怕见到白的帽巾黄的军服/却偏听到狗的狂吠狼的怒嗥/最怕见到黑的短胡红的血口/却偏听到鹰的唳鸣鸦的聒噪/最怕仓皇的父老在泥泞中跌倒。"(《阴影》)"华侨的血泪滴成了一个太平洋。"(《历史》)

这些诗作在抗日战争胜利 50 周年时,被正式发表、转载。铿锵的、凝聚着血泪的、作为历史见证的诗句,引起了极大的反响,它获得了"中国作家协会所属报刊抗战文学作品征文奖"。

1952 年,正值新中国百废待兴的时刻,他回到祖国。对于一个深受残害、无依靠的漂泊者来说,祖国是他梦魂萦绕的唯一圣地。这里的阳光、田野、河流、房舍——都向他诉说着欢乐。他那深藏已久的对新生活的向往,再次把自己澎湃的激情唤醒。他像一棵干枯已久的小树那样,拼命地吮吸着知识,茁壮地成长起来。他努力学习,在广州的几所中学"成绩优异",以"三好学生""学生会干部"的身份毕业,后来考入广西师范学院中文系。他喜欢散文、诗歌、戏剧、电影——一切形式的文学艺术。他虚心听取一些优秀语文教师和著名作家的指点,他通过自己的不懈努力,开始在国家级的刊物上发表诗作。不料历史的风云莫测,一系列"拔白旗""大跃进"以及后来的"反右""反右倾"等政治运动,使他陷入了迷惘、苦闷与困惑之中。由于那按捺不住的对大自然、对明丽风光的爱恋,他悄悄写下了"脱离政治"的山水诗——《桂林·阳朔抒情》5 首,在《诗刊》上发表后受到贺敬之、贺祥麟等著名前辈的肯定和鼓励,这使他避免了受"批判"。后来他被聘为两个大学生诗刊的编委,甚至反右诗选的编委,不料却因"写不出一首反右诗歌"而被"革职",被发配"到深山老林中劳动"。在那个特殊的年代,在他读书"少年得志"时,即使在得到"白专道路""不能入团""中右分子"的"回报"时,甚至包括后来处于"每次运动日子都不好过"的境况时——他对文学的爱恋都没有动摇过。

自 1960 年开始,他先后在广西的几所大学里教书,除了勤奋的教学工作外,还给一些报纸杂志写稿。这个阶段,他发表了许多文学评论和诗歌,其中有在《人民日报》发表的长诗《娘惹——中国印度尼西亚之歌》,影响颇大。从此写作势头越发不可收拾。

可惜好景不长。20世纪60年代中叶，一个狂乱的、心灵与精神贫血的时代开始了。王一桃和全国人民一样，失去了10年宝贵的黄金时光。他亲眼看到无知的人们如何把美好的追求一一撕碎，把有价值的东西一一毁灭。他再次感到人格的屈辱，再次陷入绝望与痛苦之中。于是，他作为第一批"牛鬼蛇神"和那些"走资派"一起，尝到了"无产阶级铁拳"的滋味。

漫漫长夜终有尽，"四人帮"最终被正义打翻在地，文化的春天又来到了。新时代在历史的巨大阵痛中诞生。国家经过了血与火的洗礼、民族经过大起伏大跌宕的考验、个人经过大悲大喜的冲击，中国变得更坚强，人民变得更聪明，更懂得珍惜今天和未来了。王一桃先后在各报纸杂志上发表了许多作品，首先是一大批批判"四人帮"的檄文，还有组诗《告别昨天》《归侨短集》等，与此同时他还协助作协文联做了许多组织工作——1979年王一桃被调到《广西文艺》编辑部专事诗歌和理论的编辑工作。他孜孜不倦、努力奋斗，充满活力与激情的心在燃烧，他的工作成绩获得了肯定——正当中国以前所未有的速度重塑着自己的形象，正当王一桃也雄心勃勃地渴望做出更大成就、渴望建功立业的时刻，一个消息突然传来：他的海外亲人去世了，要他继承遗产。于是，他走上人生的另一个十字路口。

1980年，王一桃离开大陆定居香港。他带着广西壮族自治区宣传部林焕平"从产之余参加文化活动请大力支持"的介绍信，开始了一面经商，一面在新华社领导之下的写作生涯。他分别给《大公报》《镜报》《新晚报》撰写专栏。其中《50个文艺家之死》引起了香港文化界的轰动。然而，仅靠稿费，即使是丰厚的稿费，也是不能养家糊口的，于是王一桃把远离文学的痛苦深埋心底，开始做房地产生意。原来王先生既富有艰苦创业精神，又具有经营的才能，他竟然是经商的一把好手！他以少量的投资购房，先从最便宜的木屋开始，到石屋、唐楼到洋楼，一步步升高，最后"三翻五翻"，收到了较好的经济效益。一旦对文学的激情转化为理财的激情后，他生命之树上又结了另一种累累硕果。8年后，不仅他的子女求学、生活都得到了理想的安排，而且自1988年起，他便可以不再为生计忙碌，可以安心创作了。为了走到这一天，他付出了8年的巨大代价，真是一条铮铮硬汉！

爱真诚

海阔任鱼跃，天高任鸟飞。这时的王一桃不再是昔日的王一桃了。只见他文思汹涌、激情燃烧，像一匹年富力强的烈马，在文学大道上尽情地狂奔着。他不仅可以真正地拥抱他"酷爱的文学"，而且可以肯定地说："此生此世，我，永远再也不会失恋了！"他的著作一篇篇、一部部地面世，势不可当。其中有些作品获了奖。他先后出版了《50个文艺家之死》《中国作家的印象》《文化名人悲欢录》《香港文学之桥》《香港艺术之窗》《香港文学与现实主义》《热带诗抄》《王一桃诗世界》《生命的赞歌》《欢呼新世纪》《王一桃文论选》等58种（这仅是笔者落笔时的统计）。他文学研究的范围涉及的作家已有300多位，从鲁迅、茅盾、巴金、九叶派诗人到当代作家王蒙、余光中、蒋子龙等——均颇有影响。在此期间（1994—1999年）他还为香港大学中文系讲课，并且多次应邀回大陆访问讲学。

王一桃一生追求文学、追求真理、寻觅光明、坚持信念，他为此付出了巨大代价而"九死不悔"。虽然他在参加革命后受到不少委屈，虽然周围的人们信念发生过危机，而他却在任何场合一直"坚持礼赞光明、坚持为美好的事物做宣传"。他在《选择新中国》一诗中坚定地写道："当黑暗与光明决战时我选择光明，当分裂与统一决战时我选择统一，当封闭与开放决战时我选择开放——"诗中表明了他鲜明的人生态度和他"热烈的爱国主义和清醒的现实主义"的生活理念。他在《世纪之交：我的自白》一诗中又坦然表示："我生来/就是个乐天派/热烈地对彩虹而唱/——我同时/又是个善感者/笔下涌流人世的哀伤。"这发自心底的声音，可以看作他一生的概括。谈及他20多年的文学历程，他说："在这长达四分之一的岁月中，有一半是苦恋，有一半是热恋。"这句话听来耐人寻味。

1997年香港文艺家协会成立，王一桃当选为会长。在"以文会友"的宗旨下，团结了各界朋友，大家都在为繁荣文艺事业共同努力着。与此同时，他还担任香港新马侨友名誉会长。

他至今仍坚持自幼选择的现实主义写作手法。他毫不掩饰自己的观点，笑着说："有人说我'左'，但我是革命的'左'，不是极'左'，'左'得可爱。"

近些年来，研究、介绍王一桃的书、文、光盘相继出版，品种之多、内容之丰富，令人目不暇接：《王一桃诗欣赏》《王一桃散文佳作赏析》《王一桃评传》《王一桃和一百个文艺家》，还有《王一桃》电子光盘——王一桃几乎红遍了南国半边天！

那天，在厦门大学碧绿如云的枝叶下，在王一桃和文友们挥手告别的那一刻，一个念头跳进我的脑海：是什么让这个人有如此过人的精力、挑起常人难以负荷的重任、做出常人难以做出的成绩？也许正因为他承受过各种苦难，体验过强烈的爱憎，具备了胜过他人的才情与勤奋，也许因为他有做不完的梦、写不完的诗和永不枯竭的生命激情吧！

世界真忙碌。几天的会议刚毕，人们就急匆匆地返回自己既定的角色。就在离开厦大的那个下午，脑海里盘旋已久的"王一桃何以如此优秀"的问题，我似乎找到了答案。

发表在2002年第11期《海内与海外》上，
2007年5月、6月《萍乡高专报》转载

爱真诚

49 我国第一位民主推举的大学女校长、十五大代表吴启迪

机遇缘何都给她

有人说,吴启迪生逢其时,连上帝都给她更多的关照。譬如她本该1966年高中毕业,只要"文化大革命"一开始,她就念不成大学,更不必说清华!可她偏偏上了"位育",这个上海市仅有的3个五年制试点之一的中学,当时叫"51中学"。她搭上了"文化大革命"前的"末班车",这个机遇使她幸运地成了清华大学无线电电子学系的大学生。20世纪70年代末,一个纠缠着旧的梦魇、闪烁着新的希望的历史变革时代到来了,它给人们提供了为自己重新定位的机遇,给那些充满失落感的青年又一次上大学的机遇。其实青春本身就是一种机遇,一种比别人具有更多精力、更多智慧、更多成才条件的时机。吴启迪再考清华,她的孩子已经7岁,她和丈夫双双考回了清华大学,攻读硕士学位。而有的人在那浮躁的年代里匆匆地攫取又轻易地丢掉了知识。"当年不肯嫁春风,无端却被秋风误。"吴启迪的第三次机遇是她作为访问学者前往瑞士,后来留下来继续深造,成了赫赫有名的苏黎世理工学院的博士生。第四次机遇是全国高校民主推荐校长在同济大学搞试点,吴启迪在众多佼佼者中当选,成了全国第一位民主推荐的女校长。从此吴启迪的声名更是如日中天,她成了一颗耀眼的明星,成了国内外众多新闻媒体关

注的焦点，成了青年学者的偶像。

吴启迪仿佛抓住了所有成功的机遇，"海阔凭鱼跃，天高任鸟飞"，似乎任何时候她都能找到属于自己的坐标。她"好运气"，她"一帆风顺"，她是"上帝的宠儿"！

然而当你认真地探访她的灵魂，追溯她走过的每一道轨迹时，你就会发现，人们想错了，世上哪里有现成的好成绩和唾手可得的荣誉、地位？有人说，机遇不过是一位聪明的姑娘，她只对极少数懂得如何使她微笑的人微笑。她也有艰难坎坷，也需要付出泪水、汗水，正如哲人卡莱尔所说："世界上荣誉的桂冠，都是用荆棘编成的。"你还会发现，吴启迪不是一本艰涩厚重的大书，她直到1997年8月才算度过50个春秋岁月。走进她的人生就像走进一幢透明的屋子。屋子里的一切横陈于眼前，任你评说。当你看到和她具有同样机遇的人并不能都像她一样成功时，你就会明白一个再简单不过的真理，那就是：机遇只给准备好了的人！而且机遇是"好"是"坏"，还要取决于准备的程度，正如我国东晋道教理论家葛洪所说："云厚者雨必猛，弓劲者箭必远。"他把事先"准备"与事后"成才"的辩证关系讲活了。

无奈的大学生涯

1965年，清华大学无线电电子学系无线电技术专业班里来了个梳着短发的瘦瘦的女孩子。她被系主任李传信老师请去开座谈会。李老师有个习惯，每年新生入学后，他总要召集考试成绩好的学生开座谈会。这次，这位瘦瘦的女孩给他留下的印象尤为深刻。"一是她成绩好，二是她还有个姐姐，就在清华毕业，又留在清华任教，工作业务都十分出色。"李老师一下子就记住了她——吴启迪。

座谈会上还有一个瘦瘦的很帅气的小伙子，端正的鼻梁、眉宇间透着勃勃英气。小伙子有个好听的名字：江上舟，既富有进取精神，也富有诗意。

正规的、令人留恋的清华大学的学习只进行了9个月。9个月后的清华园，工字厅前的树木依然参天浓郁，天空依然蔚蓝高远，太阳依然明媚灿烂……然而，历史，却突然像拧错了螺丝与螺丝帽一样，胡乱地拧碎了吴启迪心中的追求与希望。

不久，大字报铺天盖地而来。飞飞扬扬，更换频频。被"火烧""油炸""炮轰"者不计其数，一时观者如潮。

一夜之间，吴启迪被称为"保皇派"，成了"修正主义苗子"。谁对？谁错？自己是谁？该做什么？这一切使她异常困惑。她忽然觉得一切都是那么没有意义，好像自己已被卷进一场莫名其妙、荒唐的政治旋涡里去了。她依稀觉得清华乃至全中国一定出什么大事情了。

吴启迪在交大的父母多少也受了些冲击，家由大房子三室一厅搬到两间小房子里，书也损失不少。那时，她便开始偷偷地自学英语了。工作组进驻清华。他们把师生划分为左、中、右。吴启迪被划到右边，在清华工作的大姐、大姐夫也被划到了右边。吴启迪没有资格加入红卫兵，出去串联要批准，她是"臭老九"的女儿。她不服气地跑到图书馆去查马列著作，她要弄明白，是不是有关于"血统论"的依据，但她没有查着。

有些胆小的女孩子恨不得明天就能有个出身好的男生做朋友，好有个靠山。

这时吴启迪接触的高干子弟江上舟的情况却比她还糟。江上舟的父亲被打倒了，属于"可教育好的子女"类。反正大家都不是"革命动力"，说话自然多些。

吴启迪、江上舟和一些"出身不好"的教员、学生一起下乡参加革命锻炼，"改造"思想，"斗私批修"。

闲暇中他们设法找书来读。在那个"知识越多越反动"的年代里，要找一本书是多难呵！他们还是找到了一些书，像一些哲学书、理论书、"灰皮书"，等等。看完了就一起讨论。他俩都爱运动，也常一起打球，交换书读。书是灵魂沟通的工具，读懂了书，也就读懂了对方。两扇灵魂相通的窗子打开了，两个在人生旋涡里苦苦挣扎的心贴近了。

林彪"一号命令"下达，清华有几个系奔赴四川绵阳，在那里建立分校，吴启迪、江上舟都在其中。当时那是个地广人稀、荒凉的小县城。没有现成的校舍，必须从"干打垒"盖房子开始。江上舟身体很棒，干活不惜力气，搬水泥等重活儿必定有他。小伙子吃不饱怎么办？吴启迪便给他一些粮票和经济支援。

谁也没有刻意追求。一种发自内心的思维艺术与精神修养的契合，一种充分理解对方、感受自己心灵世界的沟通与默契，一种无形中相互搀扶与关照的情感，使他俩默默地走到了一起。他俩自然而然地相爱了。

当时，绵阳的工宣队都很"左"，很"革命"。过年过节从不放假，师生们除了劳动这种艰苦的"自娱"之外，别无其他乐趣可言。1970年春节，工宣队突然"开恩"宣布放假三天，但不准外出。这些在"灵魂深处爆发革命"的年轻人，实在抑制不住那颗想"看看高山大河的玩心"。江上舟约了几个同学，吴启迪只身去成都"观光"，正当她风尘仆仆、满心喜悦地回到学校时，祸事临头了。工宣队大怒，给江上舟、吴启迪等人办了"峨眉山学习班"，称他们为"反革命集团"，后来实在找不出什么反革命的言行来，只好以"自由散漫"不了了之。

从云南重返清华

1970年3月，吴启迪、江上舟要离开绵阳清华大学分校"毕业"了。绵阳的生活经历丰富了他们的人生，成了一段既清醒又有些浑浑噩噩，既与世隔绝又与人们紧密相关，既简单又复杂的生命体验。毕竟在那片坦荡、粗粝的土地上，他们留下了炽热的感情和辛勤的汗水。所以，还是值得留恋的。

他俩双双被分配到云南省电讯局电讯器材厂当工人。在这里他俩结束了长时间的彼此守望，走出了距离的长廊，建立了属于两个人的家。他俩相互认同，相互体谅，相互弥补着生命带给他们的失落和残缺。江上之"舟"，生活之"舟"，静静地停泊到一个温馨、旖旎的港湾。爱情是超越功利的最崇高、最完美的境界，谁有了它谁便拥有了整个世界。他俩非常幸福。

工人们并不歧视这两个"出身不好"的青年，把他俩当骨干，颇器重他俩。这两个新工人工作很卖力气，均多次获得"五好战士"等称号奖励。吴启迪从焊管子开始，一连焊了好几年，后来她成了团小组负责人、车间负责人、工会委员，从计划生育到分房到职工打架等纠纷，样样都管。她和工人们一起打球、比赛、联欢、郊游。后来，她当了技术员，参加了长途电话载波通讯机的研制和开发。

5年！5年的工人生活，对于一个重点大学有才华的毕业生来说，得失该

爱真诚

怎样衡量？

吴启迪并不后悔，她珍惜这段经历。这里有纯朴的、以诚相待的工人们，这里开阔了她的眼界，她了解了工人们的生活、思考、爱情和追求，她的阅历增加了，书生气少了，心胸宽阔了。工人们也喜欢这个实实在在、质朴、努力的大学生，他们相处得非常和睦。正是在这个不能剪裁的人生中，她更加感悟了生命，懂得了"自我"的真正意义，增加了奋斗的勇气。

谁能从骤然陨落的一颗流星中发现一点光明，谁能从古人浩瀚的"逝者如斯夫"的洪流中找到一点紧迫感，谁就有可能成为强者。吴启迪夫妇痛感岁月的流逝，书没有读完的遗憾。他们多么希望能补上啊！

他们给清华大学自己就读过的系里的教授、后来的院士常迥写了一封信，表达了自己渴求读书的愿望，希望得到他的指导。常教授立即回了一封热情洋溢、恳切的长信，并把自己的著作寄给了他们。信中讲了许多有关学习的哲理，譬如基础与专业的关系问题，他还说了"你拿了镰刀不去割稻子，这把镰刀就没有用"这类寓意深刻的话。

常教授的这封对人生具有穿透力的信大大鼓舞了这对举棋不定的年轻人。像一阵春风，像一股暖流，使他们结束了徘徊、惆怅的心绪，结束了不切实际的幻想。两人边工作边补起课来。失落的时间、清华三年功课的空白全需要用自己的劳动把它找回来。从此，深夜里他俩的窗前那盏孤灯下，多了两个不眠的发愤读书的影子。

1971年，他们的儿子出生，一个新的美好童话开始了，与此同时年轻父母用于学习的时间也少了。但是，他们仍然顽强地坚持着。

1975年，吴启迪夫妇双双调回北京电子工业部，分别在该部所属的两个研究所工作。在这里吴启迪逐渐担任起技术员、助理工程师、工程师的工作，负责通信和计算机国家与部门标准的制定。这里有时需要单独出去调研，有时需要组织数百人的大会。具体工作使她的组织能力、业务能力均得到了实际的锻炼与提高。

一次，总工程师派她到广州军区调查通信产品的质量。当时西沙战场的硝烟刚过，总工说，我们发现一些军用产品质量问题很大，譬如说它不能起到寻找目标的作用，反而起到暴露目标的作用，譬如说"通知"发到指挥部后仗已打完等,你去调查一下。

吴启迪对这方面的工作并不熟悉,但只要是工作需要,她就一定要做好。吴启迪在清华的老师李传信说:"她是在工作过程中成长起来的,边练边发展,而不是发展好了以后再干,她经历上、事业上都是这样。"看来这既是态度问题又是方法问题。她的大胆而细致、敏感而冷静、耐心而顽强的工作作风,使她大获成功。她调查时仔细地搞清每一个问题,详细地做记录,再加上自己周密认真的思考与分析,报告写成之后深受总工赞赏。事后,她总结自己成功的关键时说:"做业务工作一要用心,二是胆子要大,哪怕你原来很不熟悉的工作,很不会干的工厂里的活儿,都要敢于去做,好好地去做,虚心请教行家,就能解决。"

像吴启迪本人一样朴素的寓意深邃的话,人人都可以说出,又并非人人都能做到。老子有句名言:"合抱之木,生于毫末;九层之台,起于垒土;千里之行,始于足下。"说明了凡事都要有个过程,一个脚踏实地操作的过程。

人生的路总是在山重水复中迂回、盘旋,又总在柳暗花明中出现转机。你在茫茫人海中苦苦追索,你在红尘滚滚的路上奋力挣扎,但你仍不能到达彼岸。也许,就在那烟雨迷茫的早晨,前路豁然开朗,它使你走出荒凉。这就是机遇,是人们翘首以待、不可逆转的机遇。

吴启迪夫妇的机遇再一次来了:他们可以报考研究生了。这一消息公布时,吴启迪正在农村的干校里劳动。

"一定要考研究生!"江上舟斩钉截铁地对吴启迪说。

"不一定考吧?"吴启迪有些犹豫。离开学校都8年了,整个抗日战争也不过8年呀!儿子大起来了,要读书,要照顾,要教育……母亲考虑的自然要比父亲多些。

"不行,一定要考!"江上舟坚定不移,紧盯不放,并把复习备考用的教材寄到了干校。

是呵,什么场景都经历了:五彩缤纷、打打闹闹、轰轰烈烈、凄凄惨惨、满目疮痍……唯独没有读好书、读完书!吴启迪同意了。只要同意做的事,她就会全心全意地去做,好好地去做。

农村的夜，四野沉寂。经不住一天劳顿的人们早已进入梦乡。

吴启迪在悄悄读书，除了人们熟睡的鼾声，便是她轻轻的翻书声。

停电了，吴启迪点起煤油灯。一灯如豆，风中跳动着昏黄的火苗伴着她的夜读。

休息日，人们上街了、娱乐了，吴启迪躲在静静的角落里捧着书。

吴启迪回到了北京。一家三口全进入应试状态。儿子7岁要考小学。已近30岁的父母要考研究生。三个人，一起参加考试，全都需要初试、复试。

多么富有戏剧性的1978年呵，两代人的命运均在这一年里决定。

1978年，吴启迪、江上舟双双考回清华。

1978年至1981年吴启迪完成了清华大学精密仪器系自动控制专业的学业，获得了硕士学位。

事情看来似乎很简单，你的理想，你的追求，会在一个泉水叮咚的早晨走向你。其实不然，为了这个美丽的早晨，却要花费无数个黑暗的夜晚。

苏黎世的骄傲

一个多么陌生的城市，苏黎世！一个充满神秘色彩的国度，瑞士。

春天的苏黎世美丽如画，微风中没有沙尘，碧空如洗，郁郁葱葱的大树以它广阔的绿荫遮盖着路面。清洁如洗的草坪上点缀着初展的缤纷蓓蕾。在碧波粼粼的苏黎世湖畔看鸟群怎样在哨音里起飞，飞过迷蒙的烟水，落到须髯飘拂的绿云间。登山眺望白雪皑皑的阿尔卑斯山顶峰，令人心旷神怡。

黎明，淡淡的朝阳把中世纪尖塔擦亮；夜晚，从引发怀古之幽思的罗马大教堂里传来悠远、轻柔的钟声……

这色调柔美、气氛幽雅的苏黎世，令吴启迪心荡神驰，恍若置身梦境。

然而，她孤独。一切都是那样陌生，加上她不会德文，很难和周围人沟通与交往。丈夫江上舟两年前先她而来。他是1979年考取联邦奖学金来此进修研究生的。他太忙，自己还要努力，她不得不时时从他温暖的掌中抽出手来，尽管那掌心十分亲切、十分柔情、十分可爱。她必须自己适应环境，独立"作战"。

苏黎世理工学院历史悠久，异常美丽。这里诞生了许多誉满全球的著名学者、科学家、教授、知名人士。诺贝尔物理学奖获得者爱因斯坦就曾在此就读并任教。爱因斯坦的前前后后还有20多人获得过诺贝尔奖。这里有严谨的治学精神，严格的阶段性考核与淘汰制度，这里很重视实践环节，学生假期要参加工厂实践。一个电工专业的学生，从入学到毕业至少要做60多个实验，实验设备更新也快，高年级实验还以实际物理系统为背景，进行直观的实际模拟，毕业论文不是纸上谈兵，都要结合工业实践的项目。它拥有第一流的师资和教学条件，这里的学生、教员都十分高傲。试想，一个大学本科及研究生学业并不是完全按部就班完成的"先天不足"的中国学者，噢，还是个女学者，想在此立足、进修，开玩笑！这里还没有过女博士呢！吴启迪接触到不少不友好又怀疑的目光。

怎么办？"打道回府"再简单不过，理由也充分且不失体面：完成了访问学者的任务，不能夫妻都在国外，家有白发老人和嗷嗷待哺的幼儿，没有学过德文……理由可凑100条！回国，很正常，不会有任何异议。

但是，她不能，她不能退缩。

她一生都没有退缩过！她把完成博士学位看成自己不可推卸的使命。她把理想付诸行动了。她开始拼命地利用一切机会去学习德文。她打破教科书中老的学习模式，抓住一切可能对话的机会，像小孩子学话那样从听、说开始，她不怕讥笑、不怕烦、不怕错误，反复地练习着，用心地记着、写着。渐渐地，她可以单独参加一些用德语交谈的公共活动了，经过一年艰苦的学习，她终于掌握了这把进入专业大门的钥匙。接着她又拼命地学习专业课程，准确地说有不少是在补国内缺的课。

吴启迪体会到，在一个讲究效率的现代化社会里，最重要的并不是占有商品和金钱，而是要占有永不复返的时间和它的使用权。这就是竞争的最大资本，这意味着占有不被人挤掉的一席之地！

吴启迪、江上舟都发奋地学习着。她顽强的学习精神、突飞猛进的学习成绩令苏黎世理工学院的老教授震惊与感动：一个中国女学者，有这种锲而不舍的顽强精神太可贵了！经过慎重考虑后，老教授终于开口了。

"你愿不愿意在这里攻读博士？"老教授和蔼可亲地问吴启迪。

呵，她的千里奔波，她久远的思慕，她一年多学习德语与专业的辛劳，不都是为了争取到这一天么!

"愿意!"吴启迪坚定地回答。

吴启迪一面在电子工程系自动化专业攻读博士学位,一面兼任助教,参与一些教学活动。很快,她的德语水平超过了英文。

1985年,在大自然赋予了森林与湖泊的美丽城市苏黎世,在明媚的阳光下,在人们热烈的掌声中,苏黎世理工学院自动化研究所第一个女博士的"证书"由一位中国女学者领取。她就是吴启迪。

她的博士论文 Stabilitatsanalyse von Regelsystemenmit Begrenzungen 是对一类具有饱和特性的非线性系统提出了系统的稳定性分析方法,被国内外专家誉为"填补理论与实践间鸿沟的非常成功的结果",是对控制理论"有意义的创造贡献"。

吴启迪学成就要回国了。

瑞士希望她和江上舟留下。这里有他们留恋的研究环境,有他们挚爱的师长、朋友、学生,也有舒适的生活条件、优厚的工资待遇。但是他俩自打出国的第一天起就没有想过留下。他们是属于中国的。中国,除了黄皮肤、黑头发之外还有更多的内涵!现在,她比任何时候都更渴望一次真正意义上的为中国奉献,渴望用自己的血汗使中国成为充盈于天地之间的强大国家。飘去的云彩,还要飘回来。心中的歌,调子虽有不同,但歌词永恒不变。

她选择了同济,同济选择了她

越洋而来的飞机带着令人心房震颤的抖动,降落在首都机场宽敞的跑道上。吴启迪走出舷梯,北京二月的风带着丝丝寒意,而阳光却温柔又明亮。

母校清华向她伸出热情的臂膀,其他一些单位也欢迎她。而付出20多年奋斗与求索的吴启迪博士,选择了上海,选择了同济大学。这不仅仅因为同济是驰名中外的一所重点大学,还因为同济素有与德国联系的传统优势,也因为她希望留在母亲身边,恪尽女儿孝心。

吴启迪自进校到出任校长前的9年间,一步一个脚印,一步一个台阶。从教研室主任到系副主任、校长助理、副校长,从副教授到教授、博士生导师,无论是行政工作还是教学科研,她无一不倾注全部精力。1988年,获得国家教委首届"霍英东教育基金教师奖"。

吴启迪和她的同事们把原来连硕士研究生都没有的同济大学自动控制学科，建设成后来居上的学科。她带领一班人努力攻关，完成了一个又一个重大的科研项目，如《上海第四机床厂箱体零件 FMS 控制管理系统》《FMS 中面向对象分布式数据库研究》《海南省浮浦管理局计算机综合管理系统总体方案论证》等都被专家评审为"具有当代国际水平"，"同时建立了一支精干的学术队伍，造就了一批专业人才"。

1993 年，吴启迪与同事们在 CIMS 培训中心的基础上建立了 CIMS 研究中心。这是一个面向智能制造技术和自动化技术多学科交叉与综合的研究机构，以计算机集成制造系统为主要研究方向。研究中心一建立就获得广泛信誉，德国友人一次又一次地在此投资，仅柔性制造单元实验室他们就投资 70 万马克。翌年，实验室就获得"上海引进国外智力先进集体"称号。如今，这个实验室不仅用于科研、学生实验，还与德方合作建立了培训网，为社会培养相关的多种技术人员和专业人才。

吴启迪在 CIMS 领域紧跟国际前沿，翻译了数十篇有影响的论文，出版了 3 部译著，发表了 60 多篇论文，提出了自己在智能与并行工程领域的理论。并行工程在国际上是一门新的前沿科学，吴启迪看准了它的前景，决心填补这个空白，指导自己的博士研究生闯关攻坚，现已初具规模。

她先后培养了 20 名博士、硕士研究生，他们在她的悉心指导下成长很快。她是导师，但总把自己的学生视作同仁。她总是对学生说："你不要怕，你提出来，我们大家讨论讨论，觉得你的想法好，我们就按照你的思路做下去。"学生得到这样的鼓励，当然也就敢想敢闯，调动起潜在的聪明才智。难怪她的许多学生已能在国内外新开拓的、有挑战性的科研领域自由地驰骋着。

作为导师，指导学生研究、写论文是常事，与学生合撰著作也屡见不鲜。通常情况下，发表文章时导师署名在前似乎天经地义，可吴启迪不然，坚持谁执笔谁就署名前面，如果学生把她的名字排在前面，她一定要勾到后边。因为吴启迪认为，导师不只是学生的学术领路人，更应该是学生做人的榜样。做人比做学问还难哪！吴启迪关心学生总是关心在实处，关心在大处。有位博士生来自农村，一年级时母亲生病，吴老师深知其家庭困难，悄悄塞给他1000元钱，并一再叮嘱："现在不要还，将来有了钱再还。"她还千方百计让学生参加勤工俭学活动，但不时提醒："勤工俭学是为了助学，而不是为了赚钱，业务可不能放！"

1994年，是同济大学历史上的重要的一年。11月，国家教委宣布该校为民主推举校长的试点单位。师生们为此欢腾起来，党委立即成立了一个由17人组成的具有广泛代表性和权威性的临时机构——推举校长联席会。

按照国家教委规定，任职高等学校校长必须具备相当的理论水平、学术地位、管理能力，还要有奉献精神和良好的工作作风，而且必须是56岁以下的教授或相当于教授的高级专业人才。只要符合以上条件，推举人选可以不考虑党派、性别、校内校外。天哪！仅56岁以下的正高职称者在同济就有200多位，该投谁的票，一时间众说纷纭，莫衷一是。每个人都在认真思考，努力寻觅。

经过全校性的酝酿，校党委召开了由160名中层干部、教授、系教代会代表、各民主党派负责人参加的校长人选提名大会。与会者根据推举条件，所代表单位群众的意见及自己的意愿投下了庄严的一票。投票结果有27人入围。吴启迪本已担任副校长，人们了解她，信任她，因而名列前茅。推举校长联席会在此基础上再作充分酝酿，反复讨论，筛选出4名候选人，吴启迪名列其中。

接着，校党委和推举校长联席会共同组织了4个考察组，按照"德、能、勤、绩"对4位候选人进行综合考察，在对236名师生进行谈访的基础上写出了考察材料。

为帮助师生员工加深对4名候选人的了解，同济大学特为他们每人摄制了10分钟的电视讲话，让他们在荧屏上当众亮相。

电视里的吴启迪一如平常：短发、戴眼镜、服饰平平淡淡、不事修饰，讲话热烈而坦诚。人们亲眼目睹这位47岁的女教授举止潇洒，谈吐自如，精力旺盛，思路敏捷，才华横溢，透出清新的人格，显露务实的精神。

平日的口碑、推举的评语本已被人们看好，电视里的风度气质更增加了凝聚力，同济人的视线越来越向吴启迪集中。

校党委又召开由各方面代表260多人参加的民主测评会，与会者抱着高度的责任感郑重投下自己的一票，吴启迪依然名列4名候选人之首。

推举校长联席会再次举行会议，进行无记名投票。吴启迪作为4名候选人中的第一人选，提交校党委审核。校党委在此基础上又作了认真讨论，最后以投票方式产生两位候选人上报国家教委审批。

1995年2月14日，国家教委批准吴启迪担任同济大学校长。我国第一位民主推举的大学女校长产生了，她为我国高等教育史写下了浓重的、光彩的一页。同年，她出席了第四届世界妇女大会。

吴启迪一下子成了新闻热点人物，尽管她要埋头工作，可怎么也躲不开记者的追逐，而且还要应答棘手的提问。但不管记者怎么提问，她总是既诚恳又坦率地回答。当问及她当校长有什么背景时，她落落大方地答道："热爱党的教育事业就是我的背景。"有记者问她："您有信心比您的前任做得更好吗？"她诚恳地回答记者说："每位校长面临的形势与任务各不相同，做校长不能靠一个人的力量，要依靠领导班子，依靠全校师生。至于我自己，则会竭尽全力，努力做好。"

她不止一次地提醒领导班子和手下人要尊重老领导，关心老领导，她说："如果人一走茶就凉，这个学校的凝聚力就成问题，我对这一点看得挺重。"

吴启迪的奋斗目标很明确："到2010年，要把同济大学建设成为一所以工为主、理工结合，兼有经济管理、人文社会科学和生命科学的社会主义大学，建设成为培养高层次专门人才和解决重大科技问题的基地，重点学科将达到或接近世界一流水平。"她出任校长两年多了，一直在为实现这一目标孜孜不倦地工作。在实施国家"211工程"和进行高校体制改革中，已完成了三校并入同济的工作。至今，同济大学已发展成为拥有5500多名教职工，23000余名在校生的全国最大的重点大学之一，各项工作正在有序进行。吴启迪以其突出的贡献光荣地当选为党的十五大代表。

1997年5月，是同济大学九十华诞，在隆重热烈的庆祝大会上，吴启迪站在著名科学家钱伟长、名誉校长李国豪、著名学者于光远，国家教委、上海市领导身旁，庄重地在大会上发言，她说："同济精神包含的是一种严谨求实的科学精神，一种开拓创新的探索精神，一种自强不息的奋斗精神，更是一种以天下为己任的团结奉献精神。这就是我们校名所代表的'同舟共济'精神，我愿与全校师生员工及各兄弟院校的朋友们，各条战线的同志们共建这种精神！"她的讲话激起潮水般的掌声。这掌声是最好的称赞。

不久前，在李岚清副总理的关怀下，她远在海南工作的丈夫，三亚市副市长江上舟已调回上海工作。这使她的工作有了更多的支持和力量，吴启迪定会不负众望，写出自己最好的人生。

卢梭讲过："你要宣扬你的一切，不必用你的言语，要用你的本来面目。"吴启迪本不事宣扬，当知道我应邀要写她时，她不安地说："写我太早，最好是'盖棺论定'时再说。"大家都笑了。

笔者坚定地认为，目前所写，不正是她的"本来面目"吗！

发表在1997年第11期《传记文学》上

50 中国心，中国芯
——怀念战略型科学家江上舟

如果我说，一个人的智慧、信念和毅力决定了他的生命质量，你可能不信，那好，我带你认识一个人，一个普通又卓越的传奇性人物——江上舟。

他和阳光一起走进你的视野。国字脸、宽肩、身形挺拔，气宇轩昂地站在蓝天白云下。一抹阳光把这个人勾勒出一道玫瑰色的轮廓。这双眼睛，在棱角分明的脸上闪烁着激情的光，跳动着活泼的思绪，目光犀利而坚定，间或带着些傻气。他操着夹杂少量福建口音的普通话。偶尔，他用手梳理下头发。他衣履整洁、风度儒雅，而且他的嗓门总是那么大，那么喜欢笑。

他就是江上舟，那个被称为"上海'芯'""中国'芯'"的男人。人们不应该忘记这个名字。

那年我刚到上海采访，市政府一位司机对我说："江上舟得的病死亡率高，有的人活活被吓死。我认识一位和江上舟同时查出此病的人，没多久，就没了……"

医护人员感慨地说："他的肺癌2002年发现，2003年转移，放疗；2004年又转移，切除、化疗、放疗；2006年又转移，化疗……共转移了5次。他用的这些药物非常伤人，放疗后约有一周时间最难熬，人虚弱、恶心，吃不进东西，身体的痛苦引来精神的痛苦更大，有的人坚持不下来，放弃了治疗。不是每一个人都具有这种精神力量，能扛过去的。他非常了不起，无论是手术还是化疗,他都十分配合,他有一种不怕死的大无畏精神。生病过程中他一直没有停止过工作,打电话、办事情、会朋友……他还说,我不是挺好的嘛,这病就像感冒一样,我能一次次地打败它!"

最后的日子里,亲友们不忍直视他那被病魔折磨得变了形的身体和无比憔悴的面容,轻声向医护人员打探病情。江上舟主动上前搭话说:"我自己说吧,肝转移了,生命倒计时了。不过我还要想办法战胜它!"像是在说别的病人,镇静、客观,听的人不由得阵阵心痛。奇人、奇事创造奇迹啊!

有谁能想到,就在他查出绝症的一年零五个月前,已经经受过一次致命打击:几十年相濡以沫的妻子、同济大学校长吴启迪因严重胰腺坏死生命垂危。医生说:"不手术肯定活不到天亮,手术成功率不高,九死一生。"术后更是惊心动魄:腹腔打开,切除坏死的胰腺。胰液像岩浆般涌出,腐蚀着多种脏器,十二指肠被烧烂、断掉,只好进行消化道改造,空肠营养手术。她的腹腔打开又缝上,缝上又打开,先后4次,不断地进行大清创,每次都要七八个小时。她因肺功能衰竭,呼吸困难,两次被切开气管,9小时中出现过8次心脏骤停……

但是,"斗士受伤了,但没有死"!只有在炼狱里淬过火的人才有资格说这话。吴启迪说了,她是胜利者!

在此期间,江上舟的头发"唰"的一下又白了许多……

两个人的感情太深了。

就在此刻,有关"生存"与"死亡"的命题,他们已彻底谈透。一个完全相同的共识,一个同样坚定的主张,主宰着两个人未来的生命历程:无论谁还有几度春秋,无论谁还经几番风雨,都要勇敢地活着。"不考虑还剩下几天,只想着活一天就赚一天!路,我们都要坚定地走下去。活一天,干一天,活着干,死了算!"

江上舟已经用生命实践了这一诺言。

谁能想到,江上舟在大病期间,还去了一趟井冈山。两步一爬,三步一歇,顽强的毅力支撑着他爬上山巅,俯瞰大地,豪情不减当年。"一点浩然气,千里快哉风。"他说,他还从没有走过父亲江一真和革命前辈们走过的路,一定要补上这一课,否则就来不及了。缅怀先辈的光辉业绩,给自己的生命充电，为国家民族再干些事情。

江上舟在重病的折磨中又拼搏了 10 年。从 21 世纪初开始，他与死神进行了几乎是零距离的鏖战，挑战了生命极限，忘我地燃烧着自己的智慧和生命。10 年来，病症 5 次转移，一次比一次凶猛。人们说他如果"治疗加彻底休养"会延长生命，可他怎能做到？越是人生苦短，他越要抓紧做事，他是要尽量多地给祖国和人民留下自己所能留的全部啊！

于是就发生了"上车带一大包文件，下车全部看完"的工作效率。

于是就发生了秘书所说的那个事："往来京沪之间，乘飞机就像乘公交车，对科学家的约见有请必到，全然忘了自己是个病人。"

于是就发生了，住院期间屡屡偷跑出去开会、出差、约科学家谈工作。

于是就发生了，在病房里开协调会、研究会，病房成了会议室。

于是就发生了，舍不得吃大闸蟹的时间，舍不得上洗手间的时间……

于是就发生了，最后一两年里，他连续撰写了《积极解决在沪常驻外籍人士医疗保险问题的建议》和《简化在沪常驻外籍人士办证手续的建议》，以便解决外籍人士来沪就医问题。

他又提出"合同能源管理办法"，是节能措施。他主张把工业企业、节能技术服务企业、银行和保险公司，一律在政府政策的指导下，以合同形式密切联系在一起，共享节能所带来的经济利益（包括社会效益），负担各自应负的责任，力争在 3 年至 5 年将上海工业能耗降低三成，万元生产总值能耗降低约 10%。

于是就发生了，辞世前半年，主持召开中国半导体行业协会的"专家高层座谈会"，主持起草了《集成电路产业"十二五"专项规划》的重要文件，主持起草了《"中国芯"工程建议书》。

于是就发生了，辞世前 3 个月，主持召开了"上海半导体产业发展规划讨论会"，为上海市政府再一次提供战略咨询。

于是就发生了，一次发烧，但想参加第二天北京的会议，请司机买来退烧药，9 点喝了睡下，请司机每两小时唤他喝药，药喝到第四遍，终于退烧，第二天他成功"出逃"……

于是就发生了，他违反医院规定、损害健康的事，使医护人员心痛、着急,把他的鞋子藏起来,他就让家人再带一双来,自己藏着备用。

于是就发生了,他和多名委员联合呼吁,尽快彻底解决虹桥机场到沪旅客乘出租车难的问题,建议取消"出租车在高峰时段禁止通过延安路隧道"的规定,以利于百姓出行。

于是就发生了,去世前1个月,他与中国银联协商,一定要使中国银行卡装上"中国芯"。他说,我国每年发出的5亿张银行卡全用的是外国的芯片,如果第二代银行卡还是用国外的芯片,我们中国的金融安全则没有保障……

夕阳的柔波日复一日匆匆流去,深秋的枝叶诉说着尚余的时光,江上舟为了多做些事,紧紧地拥抱着分分秒秒,顽强地与生命赛跑、赛跑。

去世前两周,他与科技部讨论01、02、03重大专项共同推动发展的问题,谈移动互联网发展问题。大家发现他变化太大,心里"咯噔"一下……从此他再没有出院。

最后7天,他强撑着极度虚弱的病体,参加了中芯国际董事会的电话会议。手机被没收了,他偷用助手的;会前他无力地半躺着,半睡眠状,手机铃声一响,马上来了精神;一个多小时的会议,他思路清晰地几度发言,为了听清人家的发言并让人听清自己的意见,他竟然一个多小时举着手机放在耳边……

科技、经济、激情

就是这个江上舟,当年在海南省,成为第一个海归博士市长,为"大化肥"在海南建址奔走呼号,为洋浦开发区率先实行"小政府、大社会"呕心沥血,为实行"公务员制度""自动化办公"雷厉风行……

就是这个江上舟,大病刚缓和一点,就在上海市决策咨询委员会专职委员、国家中长期规划组组长等工作上,又加了"码",迅速接受新增工作——中国残疾人基金会理事长。此前,他曾经设想过与操作过的一些蓝图,在2006年《国家中长期科学和技术发展规划纲要(2006—2020年)》中已有多处体现……

在病重的最后10年间,他为国家主持筛选的重大专项逾16项,为国家及上海筛选出50余项重大战略专项。每一个项目事无巨细，他全都是"一管到底"。

科技部主任许倞说："江上舟这个人是又懂科技，又懂经济，又有激情。"

耐人寻味的"重大专项"

2003年年初，国家"中长期科技规划领导小组办公室"成立。国务院总理温家宝任组长，国务委员陈至立任副组长，办公室主任由科技部部长徐冠华担任，与邓楠副部长一起主持工作。

办公室成员都是各个相关部门的部长、副部长、院士。下设4个专业组。制造业科技组组长由上海市原市长、中国工程院院长徐匡迪院士担任，交通运输科技组组长由铁道部原部长傅志寰院士担任……足见国家之重视。唯独江上舟，还有科技部两位秘书，是局级干部。江上舟被选为重大专项组组长，许倞为副组长。

重大专项组根据温家宝的指示，大家一起确定了"什么是重大专项"：

（1）凡能形成具有核心自主知识产权、国际竞争力强的战略产业，对产业结构升级、国民经济、社会可持续发展有重大带动作用者。

（2）凡对保障国家安全、增强综合国力和提高国际地位具有重大影响和战略性、标志性意义者。

（3）凡有利于抓住世界新科技革命的机遇，实现我国重点领域的跨越式发展并带动整体科技创新能力的提升者。

（4）凡切合我国国情、国力能够承受、在未来预定的期限内能够实现者，均可选为"重大专项"。

重大专项组责任和权力都十分大，无一不体现出国家的最高利益。

江上舟不接受任务则已，接受了，就一定要彻底搞明白。

有人问江上舟："你认为，重大专项与'其他'重点科技任务有何区别？"江上舟认为主要区别是：

（1）是国家项目；不是部门、行业、企业或事业单位项目。

（2）是科技攻关项目；不是工程建设项目或产业、事业的投资建设项目。

（3）是科技领域重大系统工程或重大战略产品等作为主要成果的项目；不是以理论、技术的研究体系或法规、标准等作为主要成果。

（4）是以集成创新为主的项目；不是以原始创新为主的项目。

（5）是有把握成功的科技攻关；不是不确定性、风险性很大的科技探索。

（6）是鼓舞人心的标志性任务；不是保密的、纯军事装备等武器系统的攻关项目。

（7）是举全国之力、政府投资至少10亿元的科技攻关项目；不是某个部门、行业、企业或事业单位独自就能完成，政府投资低于10亿元的项目。

（8）是中长期的、不同时期有里程碑的科技任务；不是近期就能完成的项目。

（9）是目标明确，具有明确的承担主体、使用主体的科技任务；不是目标发散，承担主体、使用主体不明确的项目。

（10）是充分发扬科学和民主精神基础上的政治决策；不是单纯由科技部门或专家学者进行的科技决策。

咦，江上舟不得了，他还真的说出了道道！大家都说："好！这种认识的统一非常必要，非常重要。"果然，江上舟的这一"论述"，对后来项目的论证遴选，对确定那些需要举全国之力集中攻关的重大专项，都起到关键性的指导作用。

江上舟惯用生动通俗的语言表达自己的理解，而且往往是警句妙语层出不穷。他说："'重大专项'是什么？一定要有重大产业和重大工程。说白了，'重大专项'应该是个'东西'，不是'东西'的，就不是重大专项。它一定要体现系统的、有内在大联系的工程或产业，一定要有标志性的成果。"

在场的同事们都哈哈大笑起来："东西？"对，得是个"东西"！与此同时，大家也就轻易地记住了这一论点。

许主任声情并茂地叙述着那些难忘的往事："2003年11月，我们真正地开始工作了。江上舟首先想到的是如何做好科技的决策问题。他认为决定国家重大专项实际上是战略思想，首先是战略决策问题。刚一上班，就见他的助手小何摆了一大摞子书，都是他买的，让大家挑着看。"

"你看，"许主任从抽屉里拿出几本书，笑着对我说，"这是他当时给我推荐的书……"

好深奥呵，《兰德决策》《麦肯锡决策方法》《极限项目管理》《项目管理——计划进度和控制的系统方法》《空中对决——波音与空客市场大战》。

"他首先看决策，然后是管理，他想的是在重大项目的管理上要用什么模式。他这种认真执着的精神，根本就不是一个官僚，他是真正认真做事情的人。"许主任顺手翻开一本书，书页上已经有斑斑点点、横道竖道，还有一些字迹，"这些都是他画的、写的，有归纳，有总结，有小批注。这些体现了他的性格与思考。他还同时看别的书。我很少看到高级领导干部做事这么认真的。他真的很有特色。"

"他当了组长后经常找人利用周六、周日谈工作。不久，我们知道了他的病，他有时需要去上海'药物治疗'，回来后看他的头发变短了……唉，任何人化疗后副作用都很大，都要休息的，可他却不。他对人非常热心：'我给你出个主意，我给想个点子……'为了'大飞机'的事，他从确诊、住院，到手术，到化疗期间，到住院期间的开会、写报告、飞北京科技部开会……一直没有停止过忙碌。明天就要住院了，今天还不放心，专程飞到科技部做交代，说，我明天就要住院了，拜托各位了……这个危重病人所经历的磨难与辛劳，是一个健康人都难以忍受的！"

这些专项是国家找到的最科学的发展之途，是科技界精英智慧结晶的浓缩，是一份永久的世纪答卷，深邃而厚重。

2008年，江上舟说了一番透着热度与张力的话，简略地解读了历史，解读了未来，让人心潮激荡："过去，我们国家定为'社会主义国家'，近几年是'中国特色的社会主义国家'，2006年开始提出'建设创新型国家'，这是新的定位，以前从来没有的，这是很大的决策，改变国家性质的决策。"

"我们全党上下，都要自己创新，不管是软的还是硬的。企业的设备基本上也都要靠自己。"

爱真诚

自我评价：遇上好机遇

我曾问江上舟："一个人的人格秉性，在某种程度上决定了这个人的命运。在任何情况下，一个人的思维心智、胸襟气度都是人格的体现，而人格又正是境界的关键。'人生易老天难老'，您怎么评价自己的这几十年？"

"其实挺简单：我遇上了好时代，50年一遇的好机遇。"

他几乎脱口而出，显然是在脑海里想过不止一遍了，接着便娓娓道来。自20世纪中叶始，我们这个古老东方大国便开始了不懈努力。为了富国强民，在这片广袤的大地上留下了一个个探索者深深浅浅的足迹。幸运的是，在危机四伏的"文化大革命"之后，我们终于找到了一条实现民族自救、国家"转型"的崭新道路。改革唤醒了人，磨炼了人，促进了几代人的成长，其中有些人快速地站到了新的历史制高点上。不要忘记，机遇是给"准备好了的人"准备的。

江上舟又说："我们国家这段时间改革和开放，一个大国的崛起，这主要靠工业化，靠加速工业化。改革开放主要是引进外资，当然也引进了他们的文化，引进他们一些好的制度，最主要的是引进了一些外面的企业和外面的技术。我在上海的这段时间是管工业，在中国工业化发展最迅速的时期，我在工业发展的中心、在上海地方政府做这些事情，这段经历还是比较有意义的。对于我来讲，即使当官不顺，包括后来生病，只要你没有私心，还是能发挥作用的。国家有很多大事情，需要有一批有思想有热情的，需要真正从产业利益发展着眼的人来推动。比如搞燃料汽车、搞大飞机、搞煤制油、搞半导体设备等，我都不是站在上海的立场上，都是站在国家产业发展的角度。也只有上海才有这么多事，像别的地方，你就碰不到大飞机的事。另外，大飞机也好，其他东西也好，我个人只是起了链条作用的一部分。有些事情我不做，别人也会做的。但是有的东西可能会失去机遇，像芯片，如果不抓紧，半年以后可能就做不了啦，中国就可能缺一大块。我毕竟在关键的环节、在关键的时候发挥了一些作用。但大部分，包括大飞机，都不是我一个人做的，就是我再努力十倍，没有国家的支持事情还是办不成。重要的决策不可能是一个人做的。"

听到这里，我眼前浮现出他那带着重病的身躯，在高温的飞机场受着"晚点"几小时的"燎烤"，出着虚汗、忍着化疗后的痛苦，跑来跑去、奔走呼号、接待访者，没日没夜，苦着累着干着的种种情景，不觉心里一酸。

江上舟刚毅从容的眼睛里闪烁着自信与智慧的光芒，赞叹的语调中略带不胜沧桑之感，他动情地说："国家中长期规划，新中国成立60年里搞过六七次，给人印象最深的有两次，第一次是1956年，第二次就是2006年。相隔50年啊！1956年，新中国刚刚起步，安排了12个重大的项目，付出了高昂的代价，其成果国人皆知，就是'两弹一星'！它极大提高了民族自尊心和国家实力，确保了国家安全。这个科技'规划'被后人高度评价。后面的五个'规划'，基本上没有采取重大措施，都没有'重大专项'。只有2006年公布的'规划'与1956年的'规划'一样，都有'重大专项'，16个大项目要花三四千个亿，每个都需要几百亿。这一系列大动作一旦完成，中国工业化也完成了，将是'先进国家''小康国家'了。"

唤醒他最后一次复苏的，是中国"芯"！

江上舟是否比一般人有更高的生命质量？我想读者已经有了答案。

江上舟生命中最后的艰难岁月，也是他做出最重大贡献的岁月。对此，国家科技部做出了客观、准确的评价：

江上舟同志一生热爱科技事业，长期从事科技发展重大战略咨询工作，积极推动科技产业化发展，为促进科技经济紧密结合、发挥科技支撑引领作用做出了重要贡献。江上舟同志是我国电子信息领域的战略科学家和资深管理专家，长期关注我国电子信息领域的发展战略，为推动我国电子信息产业技术发展建言献策。2000年，他倡导并提出了发展我国集成电路装备的建议，积极推动极大规模集成电路制造装备光刻机等立项和论证，加速了我国集成电路装备制造的跨越式发展。

2003年9月至2005年9月，江上舟同志参加了《国家中长期科学和技术发展规划纲要（2006—2020年）》的研究制定工作，作为国家中长期科学和技术发展规划纲要领导小组办公室成员、重大专项组组长，他高度负责，身先士卒，不顾病魔缠身，认真听取中长期规划各战略研究组的成果汇报，牵头组织国家科技重大专项的筛选论证，并亲自组织了大型飞机、探月工程等国家科技重大专项的可行性研究论证工作。他多次组织召开各界权威专家参加的大飞机和探月工程研讨会，到各行业、地方以及军队开展调研，听取各方面意见，并对建立我国大型飞机研制新型体制机制提出了建设性建议。他深入调研，严谨论证，为《国家中长期科学和技术发展规划纲要》最终确定实施16个重大专项奠定了坚实基础。江上舟同志在国家中长期科学和技术发展规划战略研究工作中做出了突出贡献。

2011年6月27日《科技部悼念江上舟同志唁电》是这样评价江上舟的："作为中国半导体行业协会理事长和中芯国际董事长，江上舟同志积极参与'极大规模集成电路制造装备及成套工艺'国家科技重大专项实施，组织产学研用联合攻关，支持国产化集成电路装备的应用和考核，'为提升我国集成电路装备整体科技水平和产业化能力做出了杰出贡献。他关心海外高层次人才引进，大力支持集成电路装备和电动汽车领域高层次海外人才回国创新创业，对他们进行悉心指导，为他们工作提供帮助'。"

"江上舟同志正直无私，热情助人，开拓创新，乐观向上。他无私的奉献精神和高尚的品行节操堪称世人楷模，他的去世是我国科技事业的重大损失。"

谁能想到呢，就这样一位读过万卷书、做过万件事、贡献卓著的战略型科学家，竟然没有评过职称！有人问他，要不要在大学兼个职（实际上他真的指导过博士生），职称就能评了。他说不用，要做的事太多，顾不上这个。前人说："名利最为浮世重，古今能有几人抛？"可江上舟就"抛"了！

在这个世界上，他想到了许许多多，唯独没有想自己！那个最能代表江上舟人格风骨的最后一个故事，是值得我们永远铭记与深思的。

生命最后三天，他已深度昏迷，用尽一切办法，谁也无力唤醒他。

项目组的蒋以任突然灵机一动，在他床头大喝一声："集成电路！"奇迹出现了，他竟然睁开了眼睛，眼睛被心灵的光芒点亮，眼神里充满期盼，他艰难地转过头来，双唇蠕动，他似乎还有话要说。

没想到，鬼斧神工的理想与梦境"芯片"，能把他从阴曹地府拉回人间，命悬一线时那灵魂深处的冲动、那唤起他意识最后一次复苏的力量，仍然是中国的"芯片、芯片"！

　　世上多少明目秋波，都不及他眸子里的希冀诱人；世上多少缠绵的遗嘱，都不及他这无声的语言丰富；世上多少流连的热泪，都不及他这庄严的顾盼深沉；世上多少细腻的蒙太奇镜头，都不及令人肝肠寸断的情景动人！

　　两颗心（芯）被生命的最后激情点亮，在一个美丽的终点，它们交织着、重叠着，形成一个不可分割的整体，谱写成经典的、绝版的、激动人心的交响曲。

　　"风萧萧兮易水寒，壮士一去兮不复还。"江上舟真的走了！

　　这个中国人，这个"红二代"，这个留学回来报效祖国的中国共产党党员，用自己64年光明的生命与血肉之躯书写的那一笔，正是我们应该读到的真正的国粹和真正的民族正气啊！

　　即便是地老天荒，这个人，这些事，仍将镌刻在历史的金色篇章里。

发表在2018年第4期《福建党史》上

爱真诚

51 江上舟的爱情

我承认自己没出息，很没出息，真的。有时候一个演员演过一个角色后久久不接新戏，因为他走不出原来角色的感受。有时候一个小说家写完一部作品后，久久不写新东西，因为他绕不开自己编织的那张网……可你算什么？区区 30 多万字的书，不过是转述着别人讲的故事，何至于依然沉重、"走不出去"呢？新书约稿推了几次："没心情写。"至于吗？不呵！没劲儿吧，没劲儿！

人世间的事有时候就是这么奇怪。这个人走了一年多了，有褒有贬、有颂有蜚，长短非议都很正常，与你何干？我承认这本书几乎耗尽我晚年的大部分精力、激情，甚至是部分健康，但我并不后悔。能向后人讲述一些高尚情操与精神，是我的责任与良心所在。若能对年轻人有所激励我就知足了。

好，换个轻松的话题，说一段鲜为人知的、两位主人公分别向笔者透露的细节：爱情。

一

"上海人，不行不行不行！"

说这话的是江上舟的弟弟妹妹们，一连几个"不行"表示了他们对"上海人"的极大偏见，表示了他们对江上舟所选择的女朋友最最强烈的反对。

然而他们并不知道，故事早就开始了。

"看，就是她，考试成绩最好的那位!"

男孩随着说话人的目光看去，教室门正被打开，阳光不失时机地挤了进来，光照充足，连空气里细微的尘埃都看得出。一个中等身材、苗条的短发女孩正和阳光一起走进教室，白皙的脸上洋溢着微笑——甜甜的笑，镜片后面的目光柔和而充满灵气，没有傲慢的神态也没有羞涩和忸怩。她简朴的衣着、轻盈的步履和她的青春、纯真、开朗，正好匹配。这个清灵灵的南方女孩大大方方地坐在男孩的前方。没错，她是个上海人!

"是的，我姐姐是清华毕业留校任教的。"男孩听到她那清澈柔美的声音，吴侬软语式的普通话，好听极了。

男孩有些心跳加速，一股温情从血管里弥散开来，心中忽然生出一种从来没有过的感觉，一种纤细的美妙的感觉，仿佛眼前打开了一扇门，亮了。清华参天古树的枝叶婆娑着，鸟儿在空中婉转地飞舞着，他感到快乐，快乐极了。

这个让人好开心的会——清华无线电电子学系成绩优秀的新生会，开完了。整个开会过程中，他的眼睛总忍不住时时地瞟向她。

女孩目不转睛地望着老师，全然没有注意到这个愣头愣脑的男孩。

1965年9月，从此一个男孩开始对女孩三年的"暗恋"。

18岁的男生，壮实帅气，眉宇间透着英气。他叫江上舟。

刚满18岁的女生，文雅清秀，眸子里满是聪慧。她是上海交大教授的女儿，叫吴启迪。

谁能想到，从这一刻起，命运之神竟把两个遭遇相似、性格不同的青年，渐渐地推到了一起。

当时，尽管江上舟热恋吴启迪，他的心和他的眼睛总追逐着她，两个人都爱运动，打球、游泳、爬山、骑自行车样样都会，吴启迪还弹得一手好钢琴……可江上舟性格中的"羞怯感"阻挠了他，使他始终没有勇气向她表白。当时同班男生大多有了心仪的女孩，课余时一对对的"情侣"时常"轧马路"，只有另一位男生和江上舟除外，大家戏称他俩为"老光"，江上舟顶着个"老光"的帽子，不找别的女孩，一"顶"就是三年!"老光"意味着有独立见解，意味着单纯，意味着不媚俗，意味着对自己感情的坚守，

"老光"这个帽子,让吴启迪产生了好感。后来吴启迪还知道,他的学习能力很强,是从福州一中(那是省重点中学)直接考入北京四中的。当时,"三角课"他没有学过,通过自学,成绩跳到了别人的前面。考入大学不久,他被蒋南翔请去开"高等教育会议",足见其出色。

一天,她看见江上舟一个人正坐在石凳上读书,那专注的神情和周围的环境有些不协调。身边的一些同学拿着大字报的、拎着糨糊桶的,来来往往、匆匆忙忙地从他身边走过。他岿然不动。

"还挺用功的嘛!"吴启迪轻盈地站在江上舟的面前说,"什么书这么吸引你?"

江上舟把书一合,指了一下作者的名字德热拉斯说:"你说,南斯拉夫是不是社会主义?"

"可能不是。他们好像取消'国有制'提出'发展商品经济''利用价值规律'什么的,不是修正主义是什么?"

"看看这本书!有南斯拉夫修正主义的种种流派,有共产主义内部的一些情况,挺有意思的。人家借给我两天,我看一天,你看一天。看完咱们讨论。"江上舟用他那带着福建口音的普通话,爽快利索地说。

从此,两个盼望搞清许多问题,盼望在知识海洋里遨游的青年,时常交换借来的哲学书、理论书和当时流传的"灰皮书"。世界对于他们有太多的未知数,他们太需要书的滋养了。

爱书、迷书、渴望书和不停读书的快乐,使他俩享受到饕餮的文字盛宴,使他俩心灵得到沟通,思维得以跳跃,认知与乐趣合而为一,"书风通道义,翰墨渡深情"。

"原来江上舟有些独到的思考,他挺爱读书也善于读书。他可不像那些'大轰大嗡'之辈,应当也算'大智'了。"想到他,吴启迪感到温暖,她同时还发现,有时开会或什么集体场合总会有一双眼睛在默默地注视着她,就是他!但他不像有的男生,把女孩子的门槛都要踏破了,他从不去女生宿舍。

"他有一股男子汉的气魄,不像有的男人——娘娘腔!"此刻的吴启迪已对江上舟有了相当多的好印象。

书,是他们爱情的纽带。

二

正规的、不可多得的清华大学学业只进行了 9 个月。"文化大革命"开始了，吴启迪困惑了、迷茫了。

历史把沉重的十字架放在国人背上，谁敢又谁能不背！吴启迪成了"臭老九的女儿""修正主义苗子""走白专道路的黑尖子""保皇派"，总之，她没有资格"拿起笔来做刀枪"，没有资格当红卫兵，出去"串联"需批准。江上舟则是"根红苗壮"响当当的"造反派"年级组的小头头。

江上舟一方面心里有点暗自高兴："机会终于来了，谁让她是我的'对立面'呢？"另一方面他的确也不愿意自己心中的恋人"落后"，他必须拉她一把，让她站到"正确路线"一边。

江上舟的红卫兵组织中的一帮人"帮助"（用吴启迪的话说是"整"）她来了，一个个义正词严：

"你要彻底和资产阶级知识分子家庭划清界限，站到革命队伍这边来！"

"原来觉得你挺好的，现在觉得你挺反动的。"

"你说，怎么个反动法？"吴启迪不温不火地反问道。

对方语塞，只好走掉。

"吴启迪，你那种'白专道路'在资产阶级教育路线下你能适应，在我们这种无产阶级教育路线下你就适应不了啦。"

"我们就该和你这种人斗！"

吴启迪直愣愣地望着每一个教训她的人，不回避不退让不畏惧，眼镜后面放射出顽强不屈的光芒，这明亮的光芒咄咄逼人，让人望而生畏。训她的人无奈，只好"转移"。

吴启迪不是那种胆怯柔弱的女孩——恨不得明天就找一个"红五类"男生做朋友，当靠山。吴启迪坚定地说，我就是跟他好了，怎么的？她就是这么个性格！

她认真思考，想搞清楚许多问题，比如："什么叫'老子英雄儿好汉'？我不信马列著作里有'血统论'的学说！请拿出依据来！"果然她去图书馆拼命查，没查到。

爱真诚

江上舟没想到，这个清纯文静的女孩子竟表现得如此顽强！吴启迪这样"不会轻易被什么人压倒"的性格，让江上舟非常喜欢："'聪明人喜欢思考，可是傻瓜却喜欢教导。'当然我也不会成为后者。"他心里想。

两情同依依。"曾经沧海难为水，除却巫山不是云。"什么也影响不了他俩的感情。

三

林彪"一号战备"令下达后，两个人一起随无线电电子学系去四川绵阳农村，劳动锻炼、改造思想。

临行前，双方的家长都有交代："你的朋友问题该考虑了。"

江上舟父母给他介绍了个表妹，可他坚定地说："我心里已经有了一个人。"

班里有几个男生对吴启迪不错，但她在站台上用余光"扫"的却是他！她轻声告诉在清华工作的大姐说："喏，那就是江上舟！"

南下的列车慢腾腾地在一个人烟稀少偏僻贫穷的小县城停下。学生们再徒步20里走到乡下。这里没有校舍没有住处，必须从"干打垒"开始盖房子。好在那里有河有水有石头，而他们，这些青春鼎盛的学生则有的是力气。

活是壮工的活。江上舟身体好干活不惜力，有时自己干完还要帮助别人，吴启迪就是他时常要去帮助的人。小伙子一顿要吃一斤半，女孩子一顿要吃八两。小伙子吃不饱怎么办？启迪便给他一些粮票和别的经济支援。

他们踏着石子嶙峋的小路，穿着沾满泥浆的鞋子，直着嗓子、跺着脚，无拘无束、声嘶力竭地叫喊着、歌唱着、宣泄着、调侃着。他们把流行的南斯拉夫电影插曲中的那句歌词"这里处处是春天"改成"这里我们没有星期天"，嘻嘻哈哈地唱着。

"我们没有星期天！……"江上舟直着嗓子、跺着脚，喘着粗气，嘻嘻哈哈地唱着。

"我们没有星期天！……"吴启迪也直着嗓子、跺着脚，喘着粗气，嘻嘻哈哈地唱着。

青春啊，青春，火热的青春！除了你之外我们还能有什么？我们根本没有权利编织自己的命运。

绵阳的工宣队个个都很"革命"，人人脸上挂着"天降大任于斯人"的庄重表情，学生们只能老老实实地接受改造。那年春节突然"开恩"宣布放假三天，但不准外出。这些"在灵魂深处爆发革命"的年轻人，实在按捺不住想看看高山大河的"玩心"，江上舟约了几个同学，吴启迪背上相机，悄悄地上了峨眉山。

有人带了一口大锅。途中，突然有男生尖叫起来："看，一只鸟，天上掉下来一只鸟！"

可怜的鸟，不知是被人打死或是自己体力不支猝死的，反正是老天送给他们的礼物。吃掉它！对于这些在绵阳数月不知肉味的年轻人来说，没有什么商量的余地。

一个上海男生兴奋得眼睛都直了，他撸起袖子拎着鸟就拔毛："他妈的，咱们今天'肉'它一顿！"

"傻瓜，先烫一下才能拔下毛的！"还是女生懂得多些。

一大锅汤炖一只小鸟。十几个人叽叽喳喳有滋有味地啃着。

正当他们无比喜悦、无比快乐地回到驻地时，大祸临头。工宣队大怒："啊，竟敢擅自离校去游山玩水？竟然有人敢写'响应毛主席号召，搞教育改革，要有劳有逸'，这分明是跟毛主席的革命路线唱对台戏嘛！谁搞的？反革命小集团，要一查到底！"

江上舟、吴启迪等一行人进了"峨眉山学习班"，被要求互相揭发交代"罪行"。最后实在揭发不出什么反动言行来，只好以"自由散漫"不了了之。很快大家也就忘了。

四

有趣的是，这些年轻人既没觉得苦，也没觉得累，甚至当时也没有觉得滑稽，他们是高高兴兴地一路走了过来。

对于江上舟和吴启迪来说，什么"好事"，像参军啦、进首都啦、去大城市啦，都没有份，他们命运的"开关"捏在别人手里。因为他们心里都有了彼此,他们同样不觉得烦恼,不觉得苦和累,他们只有开心。到了后来,他们则更感到幸福,因为每天都有一个约会,在"老地方"等待。当白天的重体力劳动结束,大家都渴望安歇的时候,两人便急匆匆地奔向目的地。

月上柳梢头,人约黄昏后。

一缕清风,一声犬吠,一盏昏黄的路灯,一轮朦胧的月亮,都让他俩陶醉,他们进入远离尘嚣的天籁之中。

这里没有倾轧、没有排斥、没有告密,没有一切世俗的熏染,有的是对生命、对历史、对世间百态的探讨与思辨,有的是"同是天涯沦落人"般的相互关照、理解、搀扶和怜惜。

他们相依而行,他粗糙的大手拉起她粗糙的小手,这小手有些凉、有些微颤抖,他把它们放在自己手里揉搓,江上舟心痛地说:"这双手还能弹琴吗?还能弹肖邦吗?"

吴启迪笑道:"能弹更好,不能弹就拉倒,反正也不是搞专业的。无所谓。"

她总是那样豁达、那样大气,她性格里那种一般女孩所没有的豪气与柔娴相间的气质,让他钦佩、让他喜爱。江上舟知道,她酷爱音乐,尤其是肖邦,想着想着不免有些伤感起来,迄今为止他还没有好好听过她的琴声,没有看到过那流动的旋律是怎样在这双原本很好看的小手下跳跃的。今后还能不能听到她弹琴呢?

江上舟拉着她的左手温柔地放进自己的右口袋,两只手渐渐地热起来,两颗心也渐渐地热起来。血在两只手里奔流,在两个年轻的躯体里奔流。

寂寥的路灯照着两个紧靠在一起的身影,空气里飘浮着清淡而悠远的甜蜜,月色如水,树影幢幢,如诗如梦。他们深深地相爱了。

爱因斯坦的"相对论"在这里得到充分的证明:热恋中的人只恨时光流逝得太快呀!

不久就有人出于妒忌或无聊,向工宣队"告密",说他们天天晚上"轧马路",聊得很晚。

爱情,是两颗心共同撞击的火花,一旦它熊熊燃烧,是什么力量也阻挡不住的。他们早已顾不得那些闲言碎语，"汇报""告密"他们也早已不在乎。当他们柔情缠绵，依依不舍，觉得该回宿舍的时候，大家早已酣睡，宿舍的门也已关闭。

江上舟便披了一身月色，轻轻地"越窗而过"，安然入睡。

吴启迪也披了一身月色，轻轻地"越窗而过"，安然入睡。

两个人都做着同一个甜蜜幸福的爱情之梦。

第二天，有的女生会大叫起来："哎呀，吴启迪，原来你天天爬窗户呀？"吴启迪微笑不语，天天照"爬"不误。

五

历史有时是那样的荒诞。1970年，他们什么专业课也没学，稀里糊涂就算在绵阳清华大学分校"毕业"了。哈，毕业了！人人都笑了，只是这笑，说不清是高兴还是伤心，总觉得充满讥讽和苦涩。

一大帮人，个个穿得破破烂烂，打着补丁，满是尘埃，男生胡子拉碴，向着全县唯一的一家小照相馆进发。

"我们没有星期天！……"江上舟直着嗓子、跺着脚，喘着粗气，唱着歌，前进。

"我们没有星期天！……"吴启迪和大伙一样直着嗓子、跺着脚，喘着粗气，唱着歌，前进。

谁也没想到，毕业照引来一阵狂笑："怎么都是X光片呢？"

"快看，江上舟，你像不像劳改犯？"

"你呢，怎么也是刑满刚释放的吧……"

"这个人像谁？盲流……哈哈哈……"

就这样，大家叽叽喳喳、闹闹哄哄地唱着"没有星期天"的歌儿返回了连队。

黄土地上的阳光是冷色的。稀落的星星在不知名的地方坠落着，他们觉得自己的命运似乎也在遥远的地方无依地坠落着。

曾经明媚过，精力充沛过，令人心醉过的花样年华，瞬间就变成隔山隔水的老故事。

毕业了，理想又在哪里？

一段荒唐可笑又滞重苍白的历史。

江上舟他俩在毕业分配时公开了恋爱关系，于是便被照顾分配在一起，到云南昆明的一家电讯器材厂当工人。

"大家都想远走高飞，不愿留在学校，学校的气氛太差了，都想尽快离开这里，当农民也行，去插队也行，只要两个人在一起。我们没想到会这么幸运，分到不远的'边疆'昆明。"回忆起当年，吴启迪不无"感恩"地说。

不久，他们筑起了和谐美满、永远可以依托、可以栖息的家园。

尽管家里人反对，可人家就"结"了！意外的是，这位嫂子和弟妹们想象中的"上海小姐"差距实在是太大了。记得在绵阳时，有一次过河，大家都过去了，只有一位"上海小姐"站在岸上不敢过，后来是一位男生自告奋勇"英雄救美"把她背了过去。吴启迪就撇着嘴笑笑："娇气！"然后又义无反顾地站在河里给这一"动人情景"拍了一张照片。

吴启迪不仅不娇气，生活上不讲究，饮食不挑剔，努力工作，卖力干活，连农民都嫌脏嫌累比如掏大粪之类的活，她都干。到工厂不久，她和江上舟一样，很快都得到了工人的尊重、肯定与关爱。"五好战士""先进工作者"称号纷纷向他们涌来。吴启迪有了身孕还不管不顾地往大卡车上爬上爬下呢。更有意思的是，两个人在生活上都是马马虎虎、大大咧咧的。他们的"马虎"是出了名的。昆明的新家谁也没时间整理，怎一个乱字了得！

1978年"高考恢复"，"开始招考研究生"！令人振奋的消息像盼望已久的甘露，决不能与这梦寐以求的机缘失之交臂！这时大儿子已经7岁，要考小学，乖乖地拿着小纸片写写画画，30岁的爸爸抱着本书在"啃"，30岁的妈妈外文书的字都快贴到眼镜上了。夫妇俩同时报考清华大学研究生。

室内鸦雀无声。三个人同时都经历着初试、复试又都被录取的过程。那些日子实在是具有喜剧意味。

这是他们命运大转折的一年。儿子顺利考上小学，夫妇俩同被清华大学录取，返校攻读研究生。

后来，两个人先后到瑞士联邦苏黎世理工学院学习，分别获得博士学位后，又先后回来为国效力。这些，在拙著《中国心，中国芯》中已经写过，不再重复。

发表在2012年7月17日《东方早报》上

爱真诚

52 发生在德园酒店里的故事

她微笑着，身着白衬衫红围裙工作服，来来往往、匆匆忙忙地张罗着，这微笑灿烂真实，它把旅人心中的暖灯立即点亮。

我们原不曾相识，第一次邂逅就是在德园酒店里。2023年7月，我和我先生就是在这里——一个中俄游客如流的餐厅里用餐，这是我们比较了多家餐厅之后选定的地方。这里食品多样、清洁，具有俄罗斯风味。在这里，服务员个个面带笑容，和蔼可亲，给人一种宾至如归的感觉，既舒服又方便。问及酒店经理，酒店何以能够让客人这般开心？经理真诚地说："这些我们都是跟着老板学的！"他示意我们，喏，就是她。

原来是她，就是那位身着白衬衫，系着红围裙，像个机敏勤快的服务员那样忙碌着的人……她说起话来和蔼可亲，语气坚定，动作麻利，讨人喜欢。

一日，我有些腹泻，没有去用餐。据说她知道了，感到"心里很纠结"，立即认真地去厨房查证食物的原料是否全部新鲜。当证实饭菜像以往一样确无问题时，细心的她请大师傅专为我做了热粥、炒鸡蛋和烙饼，热情的服务员领班小杨亲切地微笑着交给我先生，请他带给我，且不肯收费。不料几天后，我先生也有不适未去用餐，她发现后又让领班小杨送来热腾腾的食物，让我带给先生，依然是拒绝收费……更让人感动的是，他们对我们又加了特殊的亲切照顾，让我们像在她酒店下榻的房客一样，享受着"免费早餐"。考虑到我们的肠胃较弱，每一次晚餐都安排我们坐在没有空调的单间里，享受着为我俩特别制作的热汤面或热粥。我们住在别的宾馆，她听说我为了打房间里的蚊子摔了一跤，很快专门买了"电热蚊香液"送来。当她得知先生有腰病，特地让自己的服务员抬来一个新棕床垫，借给我先生使用，先生的腰病立即减轻……我们心里好生过意不去：无端地得到别人的"春风"，自己该怎样回报以"夏雨"呢？

后来，我们干脆换到她的宾馆里去住了。不知怎的，突然产生了一种"天下之乐无穷，而以适意为悦"的特别感觉……

她不知道我们的身份，只知道我们都是年长的客人，这些细心的关怀与深度的照顾，完全都是酒店分外的事，我很感激也很惭愧，无端地给人家增添了许多莫须有的劳动！

我无语了……漫漫人生、浩瀚岁月，也曾在国内外各种档次的饭店体验过舒适，也曾在不同风味的餐厅里品尝过美味，但享受到这般细致入微、特殊关照、量身定做待遇的，唯此一家！具有如此深度人文关怀精神的老板仅遇此一人！

此后，我们成了无话不谈的朋友……

这位德园酒店的老板，这位给了我们美丽的微笑、给了我们真挚无私帮助的人，就是她——45岁的优秀企业家王淑凤！她在优秀的农民父亲的言传身教下健康成长着，她谦虚自信、真诚善良、勤奋好学、通达开朗……她说："到这里来的客人，无论中国人还是外国人，我一律做好服务，让他们开心满意。让他们感觉到酒店的暖人温度。"她身上的美质，铸造了她相对完美的人格，铸造了酒店服务业的标准和人文关怀精神的新高度。

她在旅游职业大专毕业。曾经从事过导游、酒店服务员、旅游饭店管理等工作。在大学进修财务会计电算化后，进入城管局从事财务工作。在这里她遇到了令她终生感激不尽、"不是亲人胜似亲人"的领导高连邦局长。高局长高屋建瓴，既有很高的领导才能，又有惜才爱才的情操。在高局的关心、照顾、包容与培养下，小王很快地成长成熟起来，她永远感激培养帮助过自己的所有人。

王淑凤的父亲王景成出身农民，虽已年逾七十，依旧是相貌端正，神采奕奕，有一种正气凛然、勤劳善良、真诚又充满智慧的气质，给人印象很深。

爱真诚

他是从艰难岁月中走过来的。小时候家里很穷,他11岁辍学,跟着奶奶去拾柴、做工。12岁学木匠,14岁学瓦匠,15岁外出打工,父亲为了自身和乡亲们能够摆脱贫困,曾带领家人和乡亲们搞建筑业、搞种植业,帮助村里老弱病残者更好地生活……后来,他参加北戴河百货公司拍卖活动时,靠家里所有积蓄与借款,用低价"拍得"了一座楼,就是今天德园大酒店的前身。经过设计与翻修,这座楼被改造成了今天有80多个客房和一个中等规模俄式餐厅的酒店。你每天都会在大堂里看到一个动人的现象:一批批生龙活虎的俄国游人笑嘻嘻地进来,一个个拎着大包小包的俄国客人开开心心地离去……朝气蓬勃的工作人员一刻不停地在忙活着……这不正是德园大酒店生动又美妙的写照吗?

王景成先生现在自己开办了一个公司,是专门检测建筑质量的,他是用自己无数的建筑成就、极好的口碑,换来了开办这种业务资格的。女儿,也就是一刻也不放松酒店业务的老板王淑凤,在父亲的公司里兼任着要职,两份同样重要、同样需要付出巨大劳动的工作,填满了她的每一天。她依旧微笑着,用她那永远善良、友好、美丽的微笑迎接着每一个人。

父亲卓越的人格对她的影响很大。父亲说:"干活不能为了赚钱偷工减料,糊弄人、骗人。这一砖一瓦关系到人家的一生。"所以他干活不仅真材实料,而且特别仔细认真,一丝不苟。譬如他与同行各自承包了一样的建筑工程,对方5年后便开始维修,而他施工的建筑经历了30年风雨仍安然无恙。所以,他受到人们的极度欢迎与敬重,口碑特别好,许多工程都愿意找他来做。乡里一提起老王的名字,都赞不绝口。一提起"这是王景成的女儿",都伸出大拇指。王淑凤心里充满骄傲与自豪,她下决心绝不给父亲丢脸。后来老王成立了修建队,自己当队长,他在工程特别困难的时候,宁可自己苦着,也要设法尽量保证工人们的收入。

王景成的行动给子女做出了光辉的榜样和严格要求的标杆。他常对子女们说:"父母不会陪你们走多远,也不会永远给你们创造财富的,一切要靠你们自己。"他还说,"来到这人世间总是要做点什么,我创造的是我给你留下的,不代表你的成绩。"王淑凤继承了父亲的优秀品格和资产。智慧、诚信、勤劳、善良,帮助铸造了今天的她。她尤重感恩,所以愿意帮助她的人也就更多。她19岁时接管了这座酒店，带出来一支精干的工作队伍，迎来、送走了一批批兴高采烈的客人。像许多旅游区一样，她带着这批人、带着北戴河的工人们，日夜劳作，不怕辛苦，因为一年的收入就是靠这半年的劳动。然而我们看到德园酒店的工作人员，个个自信真诚，每时每刻都在劳作，而且都把快乐带给客人。

酒店命名为"德园"是有积善积德、功德圆满的意思。王景成说："绝不能昧着良心去挣几块钱，给人吃不干净的东西还是人吗？"现在餐桌上的肉是他们自己挑选好的才买，蔬菜是父亲大农场里种的，不打任何药物。俄国人爱吃油炸食品，也是用好的放心油做……

2008年、2010年适逢俄罗斯旅游年，北戴河区政府选择了这条直通中海滩的保二路进行重点开发。德园酒店就是在政府帮助下，王景成亲自领着后人们打造的。后来，酒店又做了扩大和修缮，才有了今天的规模。王淑凤还在继续完善着它们。

王淑凤的理念很坚定："我就想把它打造成一个有温度的酒店，让人觉得温暖舒适。挣钱不是最重要的，我要全心全意为来的客人——中国人、外国人服务。我要把这份温暖传承下去，哪怕是一个微笑，一个问候，我都特别开心，都会载入生命的记忆中。我要实现自我价值！"当你看到客人们平静地进来，快乐地用餐，满意地离去时，你就明白了，她基本上实现了自己的美好愿望。有这种见地的企业家并不是很多，德园酒店和它的老板得到了人们的喜爱与肯定。

目前的酒店业务已是风生水起，一片繁荣，宾客络绎不绝。服务人员微笑待客，客人们开心用餐。笔者在酒店与俄国客人们寒暄聊天时，听到他们对酒店良好的反映。许多俄国客人说，他们在别的餐厅里品尝过其他"美食"，结果多不满意，有的还吃不饱，后来大家纷纷来到德园餐厅。这里不仅饮食可口、清洁卫生，蔬菜都是菜园里种的，不打农药，品种多样，分量十足，而且餐厅氛围轻松快乐。笔者在此遇到了一些俄国朋友，有的非常真挚地留下自家的地址电话，邀请我们赴俄时住到他们的家里，去贝加尔湖玩……是嘛，我们和老板原来也都是陌生人嘛，相逢何必曾相识！在这纷繁复

爱真诚

杂的人世间，只要能得到真诚、善良和美好，生命里还需要什么？

　　这座惬意的酒店，这个可爱的老板，这些热情的朋友，已经在我们心中种下了美好记忆，不会消失，它们都将在我们未来的漫漫长途中，永远闪烁着快乐、温暖与光明。

2023 年 11 月于北京翰乐斋

部分文字发表在 2023 年第 80 期《香港文艺》上

53 与夏利亚宾对话

任何时候到这里来,它都是那样肃穆、庄严、冷峻、超然。

密闭的枝叶挡住了蓝天白云和阳光,飒飒冷风从每一块墓地吹过来,淡淡的雾霭笼罩着这些寂寞的灵魂,这些如秋叶般坠落的、从辉煌走到尽头的生命,被后人细细地揣摩着、评说着,同时也饱享着后人的尊敬和爱戴。

莫斯科"新圣母公墓"是一本大书,每一块石碑下面都有一个素白的灵魂,都藏匿着一段纷繁复杂的动人故事。不知为什么,每次到这里,总有一种心灵被重重敲击着、淘洗着的感觉。

11月的莫斯科已是无边落木萧萧下,不知什么时候又悄悄地落下一层薄薄的雪。公墓的墓碑和它的地面形成一幅起伏错落、密集的、黑白分明的图案。

一座巨大的白色大理石全身雕像,非常雄伟,非常突出,也非常醒目:

费奥多尔·伊万诺维奇·夏利亚宾
(1873—1938 年)

我的心头不由得一震。那位用自己卓越的艺术、绝妙的声音征服全世界的俄罗斯歌唱家在这里!久违了,夏利亚宾!

一阵冷风,把夏利亚宾身上的雪绒吹到我的身上。我仿佛觉得斜靠在沙发上的夏利亚宾微微地动了一下,他把右手款款地放在扶手上,左手插进坎肩。他的双腿舒展地交叉着，头微扬，目光深邃地遥望着远方，淡淡地微笑着，是在倾听那个叫"玛什卡"的小马的鸣叫吗？是要跟我说话吗？我崇敬的歌唱家，是用你那浑厚而迷人的声音吗？

啊，夏利亚宾，这里没有你说的"彼得堡乳白色的寒雾"，而眼前这种"可爱的、悲凉的、沉寂的"氛围，像不像你喜欢的"林间草地"？这里不久将"冰雪消融""许多鸟儿将飞来""太阳会照得更加明亮、更加有力"，会有更多的人来陪伴着你。你的天空中仍然是"一条剧场的银河"，展现着你扮演的所有灿烂的角色和你在遥远异国的梦……

"作为一个被俄罗斯和世界人民深爱着的歌唱家，你为什么出国后一去不复返呢？你曾经被多少人咒骂、批判，包括玛雅科夫斯基，知道不？"我忍不住心头多年的疑云，问道。

"知道。"夏利亚宾轻轻地说，像个做了错事的孩子，"说实话，我的'逃离'是预谋已久的，我不想隐瞒我的软弱。我实在受不了那种铁石般的冷漠，我病了，没有任何人关心、帮助，连一句牵动人心的话也没有。更不要说无休止的搜查、干扰，对精神和人格的侮辱，当然还有饥饿与贫困——我被夺走了一切可以夺走和不能藏起来的东西，像房子、存款、汽车，还有一些储藏品。我是个艺术家，可我却要花费许多精力在奔波和'请求'上——请求苏维埃政权免除对我和对别人妄加的挑剔和侵犯。这是我日常生活中遭受的最有代表性的一种屈辱。从那时起，我便决心离开这个国家了。"

"有人说你认不清革命最初几年的政治形势，被生活与物质上的困难吓怕了，以致采取了不可挽回的行动。你怎样看？"

"这样看是有理由的，但也不全面。高尔基早就劝过我出国。我不是搞政治的，为了艺术和我的孩子，我必须走。"

夏利亚宾就这样离开了祖国。那是一个夏日的清晨。他和家人站在轮船的甲板上，涅瓦河畔的滨河路上站着送行的朋友和亲人。玛丽亚剧院的乐队队员们演奏着进行曲。对于夏利亚宾来说，这是一个忧伤的时刻，他的妻子儿女挥动着手帕，早已是泪流满面。他站在船尾向这些朝夕相处的亲人们鞠躬、挥舞帽子，他的心在流泪、在滴血，他知道，天涯海角，相见的日子不知会在何年，"日暮飞鸟还，行人去不息"啊！乐队演奏的《国际歌》

乐声渐弱渐远，轮船在涅瓦河冰冷的河面上驶出人们的视线，慢慢地消失在迷蒙的远方……

我轻抚着歌唱家的衣襟，他的厚呢子大衣的每一个皱褶都是僵硬和冰凉的。雪絮轻柔，梦一般的游荡起来，缥缈又虚幻。我听到了一个沉重又忧伤的声音，有点像《伏尔加船夫曲》中"船夫们"的呻吟，是那种沉重、富有节奏而又好听的声音：

"谁都知道，还乡是接近本原。有一点我不能欺骗自己——我爱俄罗斯，爱它的森林、湖泊、山峦、草地、春天、白雪，爱它纯朴甚至是粗鲁、没有教养的农民，爱草原上响着铃铛的三套车，爱车站候车室里黑黢黢的煤油灯，爱它任何国家也不具备的粗犷、辽阔、深邃、复杂、朴实、自然的音乐，爱列维坦和他的风景画，爱布洛克的长诗，爱俄罗斯的每一个生动的节日……当午夜梦回时，我常恨自己为何身在异乡！当我在这里得到了独立、自由和财富的时候，我是更加痛苦地思念它。我心里不止一次地呼唤着，我可爱的、亲爱的俄罗斯啊……"

这是一个真实的人的自白，一个经历过强烈爱情的人的泣血自白！人心是不能伪装的。在优越的物质条件下，无论夏利亚宾对俄罗斯如何佯装漫不经心，一旦他看到了祖国的文化珍藏，他的心仍然抑制不住地剧烈跳动，他仍然深深地为俄罗斯自豪，他给女儿的信中都写到过，人们在他去世之后，才读到这些沸腾着爱国热血的文字。

我不怀疑夏利亚宾是一个重感情的人，他不仅爱国，而且爱人民。自从成名之后，他一直在物质上帮助他能帮助的人，包括他的启蒙老师。大概也正由于他的善良和慈悲胸怀，给自己招来了巨大的麻烦。有一次他捐给巴黎的俄国贫苦儿童5000法郎，被诬陷为"给白匪捐款"。夏利亚宾，这个光辉的名字被人不可宽恕地损害了。他被取消了"人民演员"的称号，被取消了国籍。这是留在他心中沉重的、永远的痛！

当苏联驻巴黎大使用尽量温和、尽量有分寸的态度与声调，向夏利亚宾宣布他被取消国籍的那一刻，他的精神支柱被人彻底地摧垮了，他的"血脉"被人残酷地割断了。他失声地痛哭起来，久久地痛哭着，无法平静下来。最后他满脸泪痕、一腔愤恨地离开了大使馆。他决心永不回祖国，他那颗火热的心彻底凉了,他那真挚的灵魂"死"了……这是一个多么残酷、悲伤又令人痛惜的时刻啊!

"可是,20世纪30年代中后期,苏联经济形势已经好多了,你的挚友高尔基、高尔基的儿子都劝你回国,也有人向你转达过斯大林欢迎你的口信,那你为什么不回来呢?"

"我怕,不是怕某个人,而是怕那些'关系结构'、怕那些'机关'、那些随意篡改领导人决定的机关,任何一个对我有利的决定都可能落空。不过即使后来我想回来也不可能了——我已经失去了资格。有时候人心灵的痛苦是致命的,永远也不会消失。"

也许,夏利亚宾是对的。有多少纯洁的、出类拔萃的人,都没能逃脱斯大林大清洗的屠刀,更何况是一个"叛国者"!1921年,天才诗人、"阿克梅派"代表古米廖夫不是被指控卷入"反革命阴谋"枪毙了吗?1925年的严冬,被称为"天才的、具有俄罗斯灵魂——崇高灵魂"的诗人叶赛宁,用一根绳索结束了自己年轻的生命。这位敏感、脆弱的农民的儿子没能在这个"摧枯拉朽"的时代里站稳脚跟,制造了高尔基所说的"泥罐子碰铁罐子——来自农村的人毁灭于城市的悲剧"。叶赛宁没有死在他希望的"密密的长青藤"下,而恰恰是死在他不愿意的"自己的床上"。生活就是这般没有诗意!被那个时代无情的车轮碾得粉身碎骨者比比皆是。这些都给夏利亚宾的心灵蒙上厚厚的阴影。就连宣布取消夏利亚宾国籍的那位忠诚的外交官,也于1938年因"托洛茨基"问题,死在暴政的枪口下。夏利亚宾如果回国,能否在那个风雨如晦的日子里逃脱这一浩劫呢?我持怀疑态度。

一股冷风扑面而来,稀疏的雪片飞絮般地落下又扬起、扬起又落下,像一个人放又放不下的陈年心事。

夏利亚宾凄楚地笑了一下,接着又是一声深长的叹息:

"沙皇给过我一块金表,幸好它没有被抢去。这块表曾经指示过我是'陛下歌唱家'的时间,后来又指示过我'第一人民演员'的时间,再后来我的表就永远地停了……最后,当我再看它的金壳时,看到的不是取消了一切头衔的夏利亚宾,而是一个圆圆的零蛋。我,夏利亚宾还有什么呢?……"

"不,夏利亚宾你错了!真正的艺术不会因什么'称号'的取消而失色,也不会因岁月的流逝而消失。你的演唱至今仍深留在一代又一代人的记忆里。当人们播放你在歌剧《鲍利斯·戈东诺夫》《水仙女》《普斯科文姑娘》里面重要角色的录音时,当倾听你的艺术歌曲《木棒》《跳蚤》《伏尔加船夫曲》的唱片时,依然能感到振聋发聩的魔术般吸引人的力量,依然能感到无与伦比的艺术享受,依然能感到生命之美好。"

"是的,我没有理由不相信你的话。"夏利亚宾缓慢地、轻松地说,"我知道,我在巴黎去世的那一天,人们在剧院门前瞻仰我的遗容,久久不散。送葬的巴黎人绵延数里。我还知道,国内有不少人在为我流泪……"

"后来,你的名誉被恢复。1984年,你的灵柩被运回祖国,安放在这里。"我再次抚摸他的身躯,雪开始融化,空气中飘来丝丝暖意,"人民为你建立了纪念馆、博物馆。库斯塔基耶夫为你画的肖像悬挂在你故居的墙上。在你120周年诞辰之际,莫斯科举办了盛大的纪念活动。你的成就已成为世界人民,尤其是俄罗斯人民珍贵的文化财富。当年列宾没有给你画成肖像,可是雕塑家却根据照片,为你完成了这座不朽的塑像。你看,你现在的这个姿态不正是列宾想画的那个姿态吗?"

"是啊,就是这个姿态。"夏利亚宾那洪亮的、金属般的声音响起来,在整个园林上空回旋着,"很遗憾,列宾没有给我完成这幅肖像。当时我和我的小狗'布尔卡'坐在沙发上,列宾说想把我画成一个贵族老爷,穿着睡袍躺在沙发上,就是缺一个老式烟斗……因为我不能长时间地坐在那里当他的模特,他根据记忆画出的夏利亚宾像使他自己很不满意,他说他涂来改去只剩下我的小狗了,于是便毁了它,浪费了那么多劳动。我真对不起他!"

"请原谅,问一个有关隐私的问题。1981年,莫斯科大剧院一位著名男低音歌唱家去世,他的声音酷似阁下,传说是您的私生子,名叫奥格尼夫采夫,确有此事吗?"

夏利亚宾宽厚地莞尔一笑:"欧洲有许多著名男低音都说是我的私生子,我哪有这么大的荣幸,当这么多优秀演员的父亲。所以对此,我最好是'无可奉告'。"

风从高处树隙里挟裹着稀疏的雪片拂面而过,这里是没有尘嚣纷扰的清洁的世界，这里是消除隔膜、启迪思索、充满灵感的世界。

　　现在，夏利亚宾生气勃勃地、很潇洒地坐在那儿，像一个思想家一样沉思着。它在周围白雪的衬托下越发闪烁出圣洁的光芒。啊，夏利亚宾，如果因为打破了你的平静，对你进行了这番心灵的探索和无情的拷问，使你感到伤痕的痛楚的话，那么，请原谅我吧！

发表在 2003 年第 12 期《今日中华》上
获中国散文学会颁发的"中国当代散文奖"

54 邂逅的怀念

那是遥远的孩提时代的梦。一个人，只有我一个人，或到天涯去追踪航船，或到海角去捕捉飞鸟，背井离乡，四处流浪。

终有一天，当我不再做这孩子气的梦时，它来了。

书页里夹着形状各异、色彩斑斓的落英。这是我成为"一个人""流浪"东欧六国、十多个城乡记忆的索引。在我静静地睁大了眼睛看过的陌生世界里，一个个凝重的情结缠绕在心头。

莫斯科是我旅行的第一站，也是最后一站。9月的俄罗斯，深黄的落叶轻轻地落在淡黄的伏尔加小汽车上。阳光缝隙中，老人在铺满柔软的秋叶的街心公园里，倚着长凳打盹儿。还真有普希金笔下金秋的味道哪！但我未能久留，办完了一些基本的事情以及去波兰、民主德国、捷克斯洛伐克、罗马尼亚、保加利亚诸国签证，排了一天半的队买完票之后，便匆匆地踏上了西去的列车。

只有我一个人。三个月来我首先看到了人，各式各样的人。

也曾领略了异质文化的积淀，也曾在15世纪古城的残垣断壁旁流连，也曾到过低矮茅屋、羊棚，也曾步入富丽堂皇的宫殿与大歌剧院，也曾在匈牙利幽暗的胡同里观察过妓女的神态，也曾混杂在华沙青年人狂欢的迪斯科舞厅……那为疯狂涨价灼伤了心的波兰人，那为几个卢布久久伫立在寒风中的乌克兰老妇人，还有民主德国昂纳克辞职，匈牙利改共和国……无一不触动我那根脆弱的感情之弦。这动荡的、令人困惑的时代风云呵！人们为了生存与希冀寻觅、奋争，付出了多少高昂的代价！

当我拎着百十来斤的"行头"（因我患胆结石怕凉）大汗淋漓地蹒跚在或古老苍凉，或繁华喧闹的陌生国家的街头时，当我大约十天胆病小发作一次时，我的快乐心情与神圣感依然没有消失。

然而，时间久了，突然在哪个地方、哪个国家冒出"中华人民共和国"几个大字时，不由得心脏怦然而动、喉咙哽咽、热泪夺眶而出。这时候，真希望也有一个像我一样痴的人呆立在旁，突然彼此惊呼着"中国人"，抓住对方的手……然而，没有，整整几十天，无论在街上或车上，都没有见过一个黄皮肤、黑眼睛的同胞。最遗憾的是人们常把我当成苏联人或欧洲人，不同我谈那个伟大、深邃、痛苦又"令他们神往"的中国。我心里顿生遗憾和寂寞！

可我毕竟是幸运儿，沿途都有认识、不认识的朋友相助。在那些无所需求、无所顾忌、无所防范的真挚的爱中，我读到了人类生命的华彩乐章。

中国人为自己设置的墙有多少，从有形的到无形的墙，从伟大的万里长城到小小的四合院，无一不体现了中国人的生存危机感，紧紧地裹着自己的心灵与疆土，防范他人。作为一种心绪、一种美德、一种梦魇，早已沉潜于中国人心灵深处。谁让中华民族救亡图存的历史饱蘸着那么多威胁与屈辱呢！

我就是带着这种心理准备，开始孤独地流浪的。但是，东欧一行，世俗的藩篱与自我危机意识大大解体了。

"请到我家来，我们商量商量你的事！"外国老朋友、新朋友，还有许多美好的奇遇，沾满了我的记忆之网，引起我深深的怀念。

他叫鲁勉，站在索非亚街头报亭前，年轻、文雅，戴着一副淡茶色眼镜，看起来挺帅。我问他附近可有供游览的地方，他用保加利亚口音很重的俄语回答我："你何不坐我的车去呢？"他指指路边的小轿车。我说："对不起，不好意思，我没带钱。"他朗朗地答："这是我自己的车，要什么钱？"说着，便打开了车门。我坐在他旁边聊起来，当他得知我不是苏联人，而且不仅来自遥远的中国，还绕了东欧一大圈时，他的长睫毛颤动着笑了起来。他笑起来很动人。"真不简单，一个人！"他是个钳工，领导着一个10人小组，这辆汽车是他自己组装的。"哎咻，这算什么，小事情！我有6个职业。"他给我说了一连串，我不懂，也不想懂。他说，"我每月可挣450列弗，一般人工资约70列弗，我没有休息日，用美国人的话说，'时间就是金钱'。"他说他喜欢自己的国家，从没有想到过离开她，但他不关心政治。"我可没有时间过问政治。"他说。

车速慢了一点，他说："前面就是我家，你是否愿意到我家喝杯咖啡？我今天还没有喝咖啡呢！"

我心里有些紧张，家里就他一个人……我身无分文，只有一个"傻瓜"照相机，可照相机不能丢，里面记录着我东欧的行踪……他挑衅般地（至少我觉得他是这样）问："怎么样？"我不愿显出怯懦，去就去！正好看看一个工人的家是怎样的。从上楼开始，"傻瓜"一直紧抓在手里。

他住在斜顶亭子间里，有七八平方米。他第一个动作是打开天窗，阳光从天顶上泻进来，温暖、明亮。他第二个熟练的动作是在录像机里装进彩色录像带。噢，西方歌星的演出！然后，他又轻巧地打开嵌在墙壁里自制的柜门（实际住房面积又大了），那里面有一个小锅炉。全是他改装或自制的。好厉害啊！

不一会儿，咖啡好了，我们边喝边聊。他不时起身给我看他以前的雕塑作品，说："现在不搞了，没有时间。"他拿出一束树叶标本，说，"你可以随便挑选。"我没有拿，因为我觉得我收集的比他还丰富。我问他，为什么不买套房子，准备结婚。他说："30岁了，是该考虑结婚了。不过，暂时还没必要买房子，因为这房子是由我母亲出钱。"他真精明！

喝完咖啡，他驱车陪我绕了一圈。他说如果第二天还能抽出时间的话，再陪我。我想，他那么忙，大概不可能了。不料他还是抽出了两小时，开了车来接我。他谈起话来似乎很散淡，微笑着，翻动着长睫毛，慢慢地，大概在想俄语词汇吧。但是，下车后他走起路来很快很快，我几乎要小跑了。我送给他的湖南小臼，他第一次看到。"怎么做进去的？"他握在手里轻轻抚弄，沉思着。不一会儿，他说，"我已经知道是怎么做的了。"这家伙的脑袋瓜够灵的！这次，我主动把相机交给他，请他帮我拍照。当我要给他拍时，他谢绝了，说："我有那么高级的相机，全是给人家拍的，自己不拍。我不爱照相。"我说为了记住他这个善良的人时,他指指脑子,"记到这里就行了。"该分手了,他说他要去上班,还要工作八小时。我很不安,一再道歉,问他:"是否经常这样帮助人?"他很坦率:"那要看我有没有时间、喜欢不喜欢这个人。"他向我调皮地眨了眨眼睛。轻轻地吻了我的左颊,我没有躲避。在道完珍重之后,他向我招了招手,缓缓地湮没在车流之中。一串长长的回味与惆怅,留在我伫立的脚下……

还有一次有趣的邂逅,也很难忘。

从索非亚到莫斯科的包厢,只有我们两人。他是个中年男子,清瘦,大大咧咧,一个劲儿地喝酒,不吃东西。他的提包敞开着,放在我俩共同的桌下。他是根据苏保合同在苏联一个中等城市开设的酒吧中当配酒员。怪不得那么多喝的。可是……"真糟糕,夜晚包厢门一关……"我正在胡思乱想,这老兄去乘务员那儿自说自话拿来杯子给我倒了酒。我说,够我从索非亚喝到莫斯科了。他笑笑,又给我倒了杯可乐,还非请我吃水果不可。"这么殷勤,更要小心!"我不理他,躺下看书,并用毛巾挡住我俩可以彼此相望的视线,还悄悄地把针灸盒放在手边,以防万一。突然,他用手拉拉我背在背上的皮包带,我一个"激灵"。他问:"这是什么?"我答:"是护照。"还是不会撒谎,"朋友关照过的,不能离身,上厕所也要背着。"他笑了,立刻从敞开的提包里取出自己的护照说:"你看,我也可以挂在胸前,就我们两人,没有必要嘛!"他立即做了一个挂护照的姿势,然后又放进提包。我有点尴尬:"请不要介意,这是我的习惯!"他认真地说:"可我觉得你是在防我!在有的国家要防范,那里有黑帮。晚上最好不要单独出去,而我……"为了强调后半句,他停顿了一下说,"我是保加利亚人!""保加利亚"几个字说得很慢,很沉重。民族自尊与自重,使我产生了几分敬重。我取下背包说:"那对不起了。"把针灸盒悄悄地收了起来。此后,我们便话多了起来。他是个不问政治的人,名叫奥列格。他的俄语不如英语流畅,且带保加利亚口音。他说:"我干什么活儿都不害臊,擦地板、端盘子、洗碗……我教孩子也要这样劳动。"然而,他却计较着人类之间的信赖与尊重。他要我称呼他"你"而不是"您"。

我定定心心地睡着了。深夜一点钟,奥列格把我唤醒。他向我告别,要在布加勒斯特转车了。本来我也可以在此下车，签证已办妥。但许多朋友说，罗马尼亚电力困难，供应紧张，加上列车在罗马尼亚境内行驶时，罗马尼亚人排着长队逐个包厢索问有无香烟、咖啡、衣物等，令人望而生畏，便决定不下车，直回莫斯科去。奥列格说："我不像别人那样看罗马尼亚，我认为他们三四年之后会好起来的。"我说："衷心地盼望着。"临别时，他送我一个旅途用的塑料针线包，并说，为了让我不害怕，这个包厢的门应该如何如何关。最后，他温柔地撩开我的头发，像兄长那样吻了我的额头，匆匆离去。我觉得应该送送他，便穿好衣服赶到车门口。他放下东西上车吻吻我的双颊，亲切地说："去睡吧，睡吧！"便消失在布加勒斯特漆黑的夜里。

再次回到莫斯科，已经没了离开时的辉煌景象。天空与大地一片灰蒙蒙的沉郁。

11月7日，我和另外几位中国同志在苏联作协安排下，在红场观礼台上感受庄严肃穆的节日气氛，观看了雄壮的游行队伍，归来后兴奋不已。突然，奥列格来电话，说他在莫斯科转车，还有半天时间，要履行诺言，请我去吃饭。节日车不通，出租车乘机敲竹杠，三两个卢布的路程要了10个卢布。他带我一连去了几个大饭店，花了几次出租车钱，均未成。所有的饭店均不接待临时客人，只好回到我住的乌克兰饭店。那里也不接待临时客人。最后，他花了美元，才请我吃上了这顿节日的晚宴。真是大煞风景！

奥列格离开了，他把我托付给他的同胞廖瓦夫妇。他们也像奥列格一样真诚、善良。在莫斯科他们给了我许多帮助。我回国时，廖瓦开了车送我并帮我安置好卧铺才安心离去。廖瓦的两个天使般的孩子，那童稚的纯洁的感情，同样点缀着这个灿烂的世界，永远温暖着我这个日渐衰老者的心。

1989年12月于莫斯科
发表在1990年8月25日《文艺报》上

55 东欧五国看戏

总恋着那不甚遥远的秋季，恋着落英缤纷的那些个夜晚。在弥漫着忧郁与美丽的清晨，我总喜欢在那些国家静谧的公园里独走，感受淡淡的孤寂。此刻，肖邦、贝多芬、莫扎特、浦契尼、柴可夫斯基深邃的目光透过片片碧绿，跌入我的视野，思绪纷纷飘落。一个个冷峻、刚毅、悲哀、崇高的主题敲击着我的心扉，诉说着岁月之苍凉和生命之久远……

华沙

白天，一个缤纷喧嚣的世界，即使在远古的森林与城堡也充满活泼与柔情。一旦夜幕降临，新婚夫妇教堂前的宣誓、汽车司机对政局的调侃、售货员口袋里随时上涨的价目表，全都坠入维斯拉河畔的迷雾中。

这晚，著名翻译家胡佩方女士请年轻的中国留学生岑叶风代她陪我去看浦契尼的歌剧《蝴蝶夫人》。步入金碧辉煌、光彩炫目、华丽高雅的艺术殿堂——波兰大剧院，顿觉自己和周围的一切都变得神圣、庄严起来。观众衣着华丽、神情庄重，十七八岁的学生同样温文尔雅，举步轻轻，交谈轻轻。两位外地中学生礼貌地告诉我，他们每月必看两场演出，有时是歌剧，有时是音乐会，今天是乘参观之便来看歌剧的。一个学生说他更热衷于瓦格纳，喜欢他的"丰富的管弦手法"。

剧场经理是一位身材高大的中年人，他的脸上表情颇丰富，时而明朗，时而狡狯。他告诉我:"这座大剧院在第二次世界大战时被损坏,所有的建筑均被夷为平地,重建后是原来的三倍,舞台容积为10万立方米,有2000个观众席位,舞台深度12米,高48米,周围有150个升降梯,目前世界各地的芭蕾舞、歌剧常在此出演。"

帷幕在富有东方情调的序曲中徐徐拉开。男主角平克尔顿"走遍世界寻欢作乐"的咏叹调博得观众的热烈掌声。他的音色明亮、音质纯净,但气息不够好,声音不够松弛。饰女主角乔乔桑的演员音色一般,高音不很理想。她唱到著名咏叹调《晴朗的一天》,当曲调平稳的四分之二拍与歌词"谁来了,谁来了"同时出现时,我的心亦开始迫切地等待着八分之二拍急促的说白。那辉煌、灿烂、广宽优美的旋律并没有通过她的声音表现出相应的辉煌来,我很失望。显然,就声音而言,他们的主角与我国中央歌剧院历届主要演员相比逊色不少。他们的演员与演奏员的音乐素养相当不错,整个音乐表现比较完整和震撼人心。给我留下深刻印象的还有两点:一是导演为了表现东方味道,让演员人手一扇,待到几十位群众演员出场,满台扇子齐动,习习飒飒,忽明忽暗,给人一种急促不安之感,实在可笑。二是指挥颇富经验,这部节奏复杂、色彩丰富的歌剧在他手下表现得淋漓尽致,乐曲处理得细腻感人,指挥风格严谨、刚柔兼备、层次清晰,风度稳重、果断,对乐队控制自如,令人钦佩不已。

剧终,小岑充当我的英文翻译,陪我到后台会见著名指挥家拉多舍夫斯基。老人中等身材,清癯长相,一张沉淀着人世沧桑的脸上闪烁着睿智敏锐的目光,有70多岁。他本可以在戏散之后立即回府休息,因我们排队取衣物,使他等了十来分钟。我们在出剧场的走廊里遇上正要回家的他,感到十分不好意思,而且没有准备鲜花。此刻他脸上虽有明显倦容,但依然热情洋溢地接受了我的采访并给我签名留念。他坦率地告诉我,今天的演员阵容不是最好的,演员不能像他那样表现音乐。他指挥这部歌剧已经300多场次了,第二次世界大战前,一些世界著名歌唱家的演出就是他指挥的,他说:"今天很高兴还能继续指挥这部富有人道主义的最完美的悲剧。波兰人民喜欢它。"当他知道我来自遥远的中国时,脸上漾起真挚的、可爱的微笑,"非常高兴能和你们这样的观众交谈,很高兴亚洲人能有这样敏感的耳朵。"他还说他知道我国中央歌剧院在芬兰演出《蝴蝶夫人》的消息,他对这部歌剧有着非同一般的感情。

走出剧场,清风徐来。在这星月交辉的深夜,我生平第一次漫步在悄无声息的华沙街头,如梦如幻。一路上几乎没有车辆,更没有行人。浦契尼使我忘却了身在何地,走向何方。那如泣如诉的动人旋律早已融入了沉寂的夜色中。

柏林

德意志合并前夕的东柏林空气显得有些凝重,游行示威者频频,不时地看到要求昂纳克下台、要求准许自由出入境的标语口号,到处是集会、演说……这个诞生了音乐奇才贝多芬的国度今天是何等热闹又寂寞、执着又迷惘呵!

就在昂纳克辞职的那一天,著名汉学家尹虹女士请我去柏林歌剧院看戏。不承想德意志社会动荡与人民骚动不安的复杂心态,竟在18世纪莫扎特歌剧《后宫诱逃》演出过程中,生动及时地反映了出来。

这是一部描写一位青年来到土耳其、埃及高级官邸中拯救情人的故事,青年不幸落网,最后仇人却为他们的真挚爱情所动,准予给他们自由。尹虹说:"这是该剧院的保留剧目,20世纪80年代后一直没有上演过,自上月开演以来场场爆满,观众反响强烈。"

也许这座歌剧院的规模、漂亮高雅程度与波兰歌剧院不相上下,但演出水平显然高于前者。

乐队技巧娴熟、音响丰满、音色优美,合奏效果完整,指挥出色,风格明快利落,热情奔放,富有感染力。饰女主人公康斯坦察的演员声乐修养很好,声音甜美、结实有力,感情真挚、朴实。饰总监的男低音音质漂亮、气息流畅、声音浑厚圆润。整个歌剧演出给人以强烈的艺术感染力,音乐处理细腻,观众在脉脉柔情般的音乐语言中得到美的享受。

在这部台词很多的歌剧演出过程中,观众时而发出欢笑,时而默默静听。忽然,演员说了一句什么台词,剧场哗然,台下爆发出一片哄笑和猛烈的掌声。有的青年人忍不住在座位上晃动起来。我大惑不解:"究竟是什么话,像电一样触动了观众敏感的神经？"尹虹笑着说："台词是这样的：'你得不到她的爱，就让她走么！'"原来这句话恰好反映了一些年轻人要求自由出入境的心态。好一个"借古讽今"！

戏散了，观众情绪高亢，热烈地、长时间地鼓掌，久久不肯离去。

当尹虹送我返回距大剧院不远的尼古拉广场——我的住处时，又经过那尊严肃的马克思、恩格斯合雕像。白天我曾同他们二老合影，夜色中他们似乎显得更加忧郁。尹虹说："现在老百姓里流传着这样的话，你看，马克思、恩格斯二老背对着国会大厦……"此刻她做了一个急速转身模仿两位导师身体相背的姿态继续说，"马克思、恩格斯说，唉，这个德国怎么办？"我俩都笑了。她笑里带着苦涩。

夜晚，我失眠了，因为莫扎特，也因为德国。

布达佩斯

记得那个暖风幽幽的傍晚，匈牙利诗人、翻译家鲍拉希款款地挽着我的手臂，沿着多瑙河雾蒙蒙的岸边走去。河对面房舍在薄暮低垂的氤氲里已经朦胧不清，一路上我们都在用俄语毫无顾忌地说笑着。

二楼侧面，在一间用金丝镶边的包厢里，坐着我、鲍拉希和中国驻匈牙利使馆一秘罗素冬。那晚上演浦契尼的歌剧《波希米亚人》，因为进剧场较早，我得以用望远镜仔细观察匈牙利歌剧院的华丽、庄严与壮观。剧场共有五层，四层全是包厢。每个包厢里可坐8个人，包厢壁上挂着观众精心挑选的衣服。包厢的护栏及观众放手边杂物的护栏全部用柔软的绒布包裹着。罗素冬说："我们的票价是200伏令，普通人月工资的三十分之一。"

灯光柔和下来。在几小节活泼的旋律中，贫困而又无忧无虑的波希米亚青年出现了。扮演鲁道夫的是著名歌唱家雅努什。当他充满激情地唱完"这双可爱的眼睛、占据我的心灵"咏叹调时，掌声突起。我的心也随之激荡起来。扮演咪咪的著名歌唱家尤里娅音乐造诣很深，修养很好，技巧娴熟、声音控制自如，舞台经验丰富。扮演画家的男中音音色漂亮动听。乐队巧妙地表现了原作如歌的旋律及丰富的和声。它充满激情，只是有时声音似乎不是很纯净，偶尔出现些微杂音。

鲍拉希问我："怎么样？喜欢吗？"我答："很喜欢。演员、乐队配合默契，彼此都得到充分的发挥，把浦契尼作品的光辉表现得非常充分。"鲍拉希骄傲地说："匈牙利古典歌剧水平在东欧其他国家之上。"我笑了笑。孤陋寡闻又外行的我，很难肯定谁最好，我只知道，包括我在内的所有人，都对自己祖国有偏爱。

写到此，眼前又出现鲍拉希胖胖的身影。朗朗的笑声和那不地道的俄语又流泻耳畔。想到这场歌剧之后不久遽迩物化了的这位可亲可爱的朋友，想到多瑙河上的落日烟波，想到那支缠绵悱恻的咏叹调《冰凉的小手》，想到咪咪死在鲁道夫怀抱时乐队那个突发的强音，心里充满不尽的思念与悲哀。

索非亚

没看上保加利亚大剧院的歌剧，是一大遗憾。但赶上看音乐剧场上演的小约翰·施特劳斯的歌剧《吉卜赛男爵》，也很快活。

这是个别开生面的小剧场，前厅挂着小型现代派美术作品。色彩鲜艳的油画与织物吸引了不少年轻人。今天的观众大多是中小学生与他们的家长。这里的气氛与大剧院大相径庭。这儿是童稚的天下：优美、轻松、诙谐。剧中扮演男主人公的演员已不十分年轻，但声音、形象依然富有魅力。他身着紧身套服，魁梧、潇洒，他的音域宽阔、音质优美、气息流畅，一下子就成了小观众们崇拜的英雄。一支支洋溢着青春活力的圆舞曲、欢快优雅的轻歌曼舞都不时地掀动小观众的心潮，看到那一张张灿烂的笑脸，自己仿佛也回到了快乐的童年。

坐在我旁边的芭列娃母女对剧院忠实的程度令我大为感动。母亲样子有点儿怪，髭须很长，若不是身着女装，你会以为她是男人。她很热情，真挚。她们从家到剧场往返需两个小时，她们是剧院常客，每逢剧院换演剧目，她们必然捧场。每场戏毕她们必到后台献花、慰问，看演员们卸妆，同他们聊观感与家常……她们和剧院的导演、指挥、演员、乐队、剧务、看门人都异常熟悉。这种亲密关系"已经延续了十几年"。

"你家里有人在剧院工作吗？"我问芭列娃。

"没有。"

"你女儿是否希望将来也当演员？"

"没有这个想法。我们只是非常喜欢音乐与歌剧而已。"她的俄语说得非常流畅。

回答使我非常意外，我为自己世俗的思维方式感到惭愧。

幕间休息时我问一位保加利亚妇女是否喜欢此剧。不料这位妇女十分高傲地扬起头来，用流利的英语说："对不起，我只讲英语。"旋即走开。

芭列娃说："见鬼！这里的人没有不会讲俄语的！她是把你当成俄国人啦！"

我告诉她，在东欧我常常感到东欧人民对苏联的不满情绪，可像今天这样"代人受过"还是第一次。我俩都大笑起来。

戏散了，芭列娃母女一定要带我去后台看看。一路上她们和所有的人热情地招呼、拥抱、开玩笑。忽然，她对我说："看，我们的男主角走过来了！"她走上前去给我们介绍。男主角已卸了妆，已不像舞台上那样高大英伟。我用俄语向他说了一番赞扬与感谢的话，男主角诚恳地道了谢便分手了。芭列娃一直抱怨今天下班太晚，没有来得及买到鲜花献给她心爱的艺术家们。

莫斯科

谁都知道苏联国家大剧院的票难买，芭蕾舞更不要想。苏联作协在接待我期间根本买不到票，我正式访问期过了很久（感谢他们还记得我在东欧六国多次重复的一句话："希望在贵国看一场古典歌剧。"）作协外联部工作人员冬妮亚给我带来一张票。于是，一睹大剧院风采的梦终于在观看歌剧《金鸡》时实现了。

苏联国家大剧院果然气度不凡，比起东欧那些富丽堂皇、雄伟壮观、高雅肃穆的歌剧院来，从规模、气势、设备、豪华程度、精工建造等方面均更胜一筹。而且那十分讲究、漂亮的小吃部里出售的品种多样、造型美观的糕点，对于食品匮乏的莫斯科人来说，实在是非常诱人的奢侈。剧间，那些衣着考究、彬彬有礼的观众耐心地排着长队。

《金鸡》是普希金的童话作品，由苏联人民熟悉并热爱的里姆斯基-歌萨科夫谱写成歌剧，音乐明快，旋律优美。它描写了一个昏庸国王得到报应的故事，寓意深刻。整个演出过程中观众反响都很热烈，他们时而雀跃，时而嗟叹，感情投入之深令人惊奇。《金鸡》的导演是安西莫夫，他曾数次来华协助我国中央歌剧院排演歌剧《驯悍记》和《弄臣》。《金鸡》布景规模宏大、充满民族特色，色彩绚丽、图案复杂美丽，一道道幕、一层层帘，高高低低、长长短短，错落有致，且都是货真价实的丝绸锦缎。演员众多，个个服饰讲究、珠光宝气……我想若在咱们国家肯定是难以批准的一大笔开支。由于演员均为民族唱法，对于我这个古典歌剧迷来说，颇有些不甚满足。我邻座的观众问："您是专家？"我受宠若惊地否认了。她说："我们的歌剧《鲍里斯·戈都诺夫》声乐水平很高。"我说："下次一定争取看看。"于是我继续盼望着"下一次"。

  安西莫夫在我国中央歌剧院工作时，我跟他有过两次愉快的交谈。我大胆地提出了对他导演的歌剧《金鸡》的看法，他很高兴，表示什么时候我想去俄罗斯的话，他可以给我发邀请函。

  恰巧，正在莫斯科访问的韩国著名诗人许世旭教授对戏也像我一样执着。有一天他兴高采烈地举着票跑来，原来他用50美元买了两张芭蕾舞《天鹅湖》的票。我抱怨太贵，他却朗朗地说："向往苏联大剧院几十年，向往《天鹅湖》几十年！想想，此地，此时，此人，何处寻觅！"这张票使我激动良久。

  随着柴可夫斯基梦幻般的音乐来到透明的蔚蓝色的湖边，洁白的轻盈自在的天鹅翅翼微微地颤抖着。我的心也在颤抖。呵，原来人在极度感动的情况下，心真的会颤抖呀！这无懈可击的、隽永动人的《天鹅湖》呵，究竟是音乐给了舞蹈以永恒的生命呢，还是舞蹈给了音乐以永恒的生命？忽然，扮演王子的演员急速的大跳、旋转、飞跃等高难动作显示出精湛的技艺，人们屏住呼吸继而如梦初醒报以惊雷般的掌声……

  东欧六国留下了我深深浅浅的足迹，那儿的森林湖泊、人物房舍、艺术文化与我的300多个日日夜夜交织在一起，而在那5个国家大剧场的短暂驻足中，时间曾多次迷失，拥有过美，拥有过爱，在心灵中飘荡得最久远的，便是那永不能再有的遥远的异国歌声。

1990年夏于苏联莫斯科

56 圣彼得堡白夜梦呓

应该就是这座桥了。

我沿着圣彼得堡最长的运河——格利巴耶多夫运河已经往返许多次了。运河边上似乎没有看到一条供游人休息的长椅,但这座桥我认得。我在陀思妥耶夫斯基小说《白夜》里见过它,我在电影《白夜》里也见过它,我更在自己的梦里多次见过它。

已是22点多了,天空依然蔚蓝,阳光依然清亮而悠远,被太阳用玫瑰色涂抹的云彩还挂在西边,我一如既往地从丰坦河边走过来。阳光温柔又模糊地撩起河上的粼粼波光。白夜里再亮也有一种雾蒙蒙的感觉,河面上漂浮着孤单的白色帆影。如果莱蒙托夫的"帆"还在的话,这艘"孤帆"是要"到远处去寻找什么"了……

运河两岸屋宇和行人的模样清晰如白天。有些路灯亮了,好像显得朦胧又多余。岸边行人稀少,好像带着家人去乡下别墅的高潮已过,有几个闲人边眺望河水边抽烟喝酒,想着自己的心事。街角精致的咖啡屋里幽幽的灯光下,一对男女相对而坐,搅出淡淡的咖啡的清香飘到运河岸边。

应该就是这座桥了。

我认识它:既短又窄,桥面轻微上隆,黑铁栏杆,论桥龄,有些年头了。桥下河水依然混浊。河里行驶的船舶高度均不超过两米,它们静谧而安详地从桥下穿梭而过。

爱真诚

  这座桥承载过历史的宿命与忧伤，演绎过命运的遭际与沉浮，隐藏过神秘的喟叹与呼吸。

  这条古老的人工与岁月缔造的运河依旧如昨，河水两边的老砖缝里长满新陈代谢的青苔，岸边平铺着的大块石头都很窄，只能走一个人，谈恋爱的人想牵手而过都不行，河水无声地缓缓流淌。岸边的楼宇依然雄伟坚固。石块、房子、旧桥、长满树瘤的老树，都是一个世纪前的老样子，它们该见证过诸多五色斑斓的历史，有的该目睹过一些令人断肠的生离死别。

  这里没有名牌橱窗，没有高档饭店，没有卡拉OK，也没有高级轿车……现代物质文明的光芒离这条河很远。

  就是这座桥了。

  这座桥有了百年氤氲、大气熏陶、日月光华的滋养，才有了超凡脱俗的灵气与神韵。这座桥使我心房颤动，我的梦早就停泊在这里了。

  哦，那不是她吗？漂亮的大黑披肩裹着她曲线匀称的身躯，戴着黄帽子，一只手肘支撑在桥栏杆上。我从她身边缓缓而过，卷曲的黑发在微风里飘动，依稀可见她的长睫毛上有一颗晶莹的泪珠……

  "是您吗，纳斯金卡？"我轻声问。

  她惊恐地转过身来："啊……啊，是您呀……亲爱的朋友，您这些年到哪里去了？"

  我吻了吻她的手说："过得好吗？您的那位对您好吗？"

  "好。他很爱我。我们一直等着您来我们家呢，可您早已无影无踪了。我甚至尽量抽空来这个地方，希望有一天我们能够再相遇……唉！"她叹了一口气，妩媚地笑着，还是那么美丽动人。

  "我一直在等待一位遥远的朋友，那个使我'冬天里拥有春天，夏天里拥有鲜花的人'。不过，我病了很长时间……"

  "天哪！都是我的错，是我害的。"她紧蹙着眉，很担心的样子。

  "现在已经好了，没事，老毛病了。"

  "说说，结婚了吗？"

  "我嘛，老样子，单身，还是一个人常常在彼得堡的大街小巷漫无目的地游荡，还是常常跟在别人后面慢慢地走，孤独又忧伤。"

"是我无意中害了您,上帝啊,我该为您做些什么?您还没有'原谅我吧,是我欺骗了您和我自己',呵,多么不幸,这不过是一场梦,一个幻境呵!"

"您千万别那么想,善良的纳斯金卡,您不是故意的呀,是因为您太爱他了,才会如此绝望,两个孤寂的灵魂此时此刻相互有了慰藉,是自然的呵。是我不好,我乘虚而入欺骗了您的感情,该请求原谅的是我呵,您那么信任我,告诉了我您的一切,尽管我知道您的悲伤与热情都是为了他,可您还是在我醉生梦死的孤寂生活里燃起了烛光,您抚慰了一颗病态的、萎靡不振的、疲惫的心,您用高尚的痛苦与尊严挽救了一个空虚忧郁的灵魂。我们分手后,我脑海里时常复制着您美丽的倩影,呵,它曾经给过我多少欢乐与希望!"

"可我常想,您不会再理我了。"

"说什么哪,亲爱的纳斯金卡。我愿您的天空永远晴朗,我愿您的笑容永远甜美灿烂。是的,我不否认,在您挽着他的手臂离开我的那第四个白夜里,我几乎崩溃,几乎发疯,我甚至想狠狠地责备您、揉碎你们婚礼时戴在您鬓发上的鲜花……可是我不能,我对您只有爱和感激。您知道,我是个梦想者,我经常翻检自己的旧梦,在熄灭的灰烬中搜寻哪怕是一丁点儿的火花,把它扇旺,那重新燃烧的火焰会温暖我这颗冷却了的心……您知道和您相见的那四个美好的白夜,我是怎样度过的吗?我送您回家后便满大街不停地走,在运河边、在丰坦河边游荡,即使躺在床上也不舍得睡,我怕失去美好的记忆,我怕错过幸福的时刻……我深深地爱上了您,一想到这里我就热血沸腾,激动不已。"

纳斯金卡紧紧地拥抱了我一下。

"我记得您给我的信,我读了又读,吻了又吻,眼泪打湿了它们,我能背出每一个字。您说我们永远是朋友,我的兄长!我们见面的时候您会把手伸给我,对吗?您已经原谅了我,是吗?您会像以前那样爱我,对吧?"纳斯金卡颤抖着,把两只手同时都伸给了我,我把它们紧贴在唇上、贴在脸上,这双手湿了,沾满了我的泪水……

"啊,纳斯金卡,'精神上的贫困比物质上的痛苦更令人难以忍受'。您是认同我的。多年来，那痛苦的幸福与充满感激的心情一直陪伴着我，我凭着美好的记忆度过了每一个白天和夜晚。您的微笑点亮了悠远、空灵得宛若星辰般渺茫的前尘往事，它们熠熠发光。我喜欢在梦里等待着您，等落了灿烂的晚霞，等出了明亮的旭日，等走了一个又一个的白夜，我在心里呼唤着'纳斯金卡'……多想让岁月的车轮锁住您的名字，然而芳踪难寻。话说回来，我还需要什么呢？您给我的够多了！"

纳斯金卡眼里饱含热泪。我急忙说："别，别，别难过，纳斯金卡，您给了我'整整一段幸福的时光，难道这对于人的一生来说还嫌短吗'？"

时间久久地凝固了。四周静悄悄的，只有风传来教堂里《安魂曲》的歌声，应该是亚历山大·涅夫斯基大教堂的合唱团在轻轻地唱，那优美动人的旋律和嗓音勾人魂魄。心，随之飘荡起来。

眼前的整个世界，桥、白夜、纳斯金卡、我、《安魂曲》，光影交错，肃穆悲怆……

啊，我是谁？"我"是《白夜》里的"我"，还是现实里的"我"？是那个不懂社会、满腔仁爱，以感情直观为生活指向的"白痴"梅斯金公爵，是饱受上流社会侮辱与伤害的纳斯泰谢，是作者陀思妥耶夫斯基，还是一个拾捡历史碎片的呆子？这体验是小说里的体验还是现实里的体验，是生活与幻想的混合，还是梦境？久久地，久久地，我迷失在这座桥上……

17岁那年的我，捧着陀思妥耶夫斯基的《白夜》泪流满面；几十年后的我，在"白夜"里又泪湿衣衫。

突然，就在此刻，一辆重型摩托从临街马路轰然而过，沉重得像雷电轰鸣。现代化的工具击碎了这绵长无望的思念。

最亮的夜晚，最浓的渴望，最纯的爱情，最曲折的结尾，最断肠的思念，最"蓦然回首"谁也不"在灯火阑珊处"的酸楚……都在这座桥上。凄美。

圣彼得堡运河游船的导游说，不知道什么桥，"作家太久远了，没有读过他的书"。每天都来运河边散步的小伙子潇洒地玩着手机，他回答我的提问时说，不知道这本书，"哪里有时间去翻老古董"。

是啊，165年后充满现代文明的今天，难道还会有像我这样的"傻瓜"，难道还会诞生这样无望的、毫无收获的忘我爱情？

也许，对于一个人来说，一生只拥有一次真正的刻骨铭心的爱情，哪怕只是几天、几小时，它就够了，这爱情已经具有超越尘世的诗意升华，它与生命同在，它是永恒。

（引用小说《白夜》中的文字，为笔者所译。）

发表在 2014 年 8 月《中国作家》上

爱真诚

57 七月，在俄罗斯丢失了什么

去年六七月间，我与先生到俄罗斯自助游一个月。因为离开俄罗斯23年间一直没有再去过，所以出发之前咨询了很多朋友。他们意见大多相像，其中起码有三位资深的老翻译家正告我说："注意安全，把钱藏好。""问路要问60岁以上的。""那里的警察、执勤人员对中国人很凶。""小心把你当'黑'人抓起来。""拍照，只在人多的地方。"……于是在我的准备工作里增加了许多从未有的"防范"内容：每人缝上两件带内兜的衣裤装钱，集中背诵许多起码应对警察、法律等突然情况的俄文词汇……

飞机载着两颗忐忑不安的心，在艳阳高照下的广袤大地上降落了。

莫斯科变化很大，交通纷繁复杂了起来，到处都在翻修，道路、桥梁、博物馆、教堂，大楼修缮时都画有一张与大楼一模一样的"纸楼"挂在楼身上，大概是为了街面的形象吧……我不停地问路，正是在这不停地和普通俄国人（我完全忘了选择"60岁以上"的人了）的接触中，我的防范意识彻底崩溃了。

可以说我们得到120%（因为有许多主动"送上门"来的）的热情帮助。无论在行色匆匆的地铁里还是热闹繁华的街头，只要你向他们寻求帮助（主要是问路），他们都会放下正做的事，即使是在赶路、在思索，甚至是在和情人嬉戏……全都会停下来全神贯注地倾听，有的用手机定位为你查找路线，有的还会停下正做的事情，把你送到目的地，用他自己手机，帮你叫开主人的大门。

有一次为了找一个地方，问了许多过往行人，都不知道，于是我向路边的一位摊主求助，不料他马上转向我，时而查书，时而打电话问自己的熟人，并劝告我"不要打车，太贵"。一连半个小时他都为我服务了，我实在过意不去要给他钱，他坚决不收，并真诚地说："很抱歉，没能帮上你的忙。"我当时实在羞愧，手边没有一个中国纪念品。几天后我特意寻找这个摊主，想赠送他一件中国小礼品以致感激之情，可惜没有找到。在这段马路上留下了我对他的深深感激与怀念。

每一次向陌生人寻求帮助都会有不同的惊喜与感动。正是这些善良的人，这些不求回报、没有功利和私欲、没有冷漠和不耐烦，只有真诚的关心，一心助人的人，正是这样亲切的言谈话语，使我们生活得更加自信，使我们的旅行历程更加快乐与温馨。

宾馆里客人来自四面八方，来去匆匆，私人食物放在公用冰箱，集体宿舍不锁门，从来没有丢失过任何东西。有些大超市的某些商品由顾客自己上磅称重、贴价标，而收银员一律不需核实。

一开始我们住的房间没有锁头，我们提出换房，换了。后来发现完全是多虑了，十天后我们到圣彼得堡时，老板把我们的一个箱子放到没有锁头的公用餐厅里了，半个月后回来，一切安然无恙。特制的内衣口袋非但没有用上，钱，出门时竟大模大样地放在外衣口袋里了。

有一次去参观斯莫尔尼宫，我们毫无顾忌地闯进了院子，拿起相机就要拍照。一位"门卫"上前客气地说："您好！你们可以在这个院子外面的任何地方拍照、散步。这里是不便于进来的。"我们说："想跟列宁塑像拍个照可以吗？"门卫做了一个手势说："请吧！"我看他很礼貌和蔼便没有顾忌地问："这里是不是俄罗斯重要机关所在地？"他很坦诚地说："是的。""今天是不是有重要领导人出席重要会议？""是的。您若要参观教堂，出门后直走一段后，再向右拐，这边的路是不通行的。"连我自己都吃惊——问得如此直白却没有引来任何的麻烦和不快。

最让人难忘的是，有一种"怪"现象：你走在马路上，有时甚至是经常，迎面的人会对着你微笑，真切的、不是对他人的，恰恰就是对着你微笑，这微笑是那么无邪，充满善意，那么美，这绝不是那种规定了的"露出8颗牙齿"，或者马路上写的那种僵硬的"微笑是我们的语言"等口号，而是发自内心的友好可亲的笑容。当你还在疑惑这微笑是否对自己的时候，温暖已经在你的心里弥散开来，使你整天都是好心情。

那么，还有什么不放心的呢？有。

反倒是在你以为最不会出问题的地方。我们在圣彼得堡谢纳亚广场与萨多瓦雅街交会处的过街地道里，在火车飞机票售票处挨了"宰"。我们买了两张圣－莫火车包厢票，女售票员多收了我俩760卢布（合152元，巧立名目为卧具费、保险费）。出于信任我们没有怀疑，上车后才知道同包厢的另外两位是没有这两项费用的。意外的窝囊！突然想起艾青给我写的一句话："朝着太阳走，不要忘记身后有阴影。"绝对完美的事物是没有的。

当然，想起地铁或什么拐角处出现的零星乞丐，老人手持小纸片"为了面包（或治病）帮帮忙吧……"，老人无助又不失起码尊严地默默伫立着，令人不忍卒读。想上去和他们聊聊，但又惭愧自己拿不出真正有用数目的卢布……是啊，哪个社会能做到没有乞丐？

俄罗斯让人爱、让人敬、让人看不够，可也有让人烦、让人大跌眼镜的地方——摩托车风驰电掣地从人眼前飞过，傲慢地、旁若无人地穿梭于快速行驶的车辆间，像闪电一样稍纵即逝，它呼啸着、咆哮着，让人心惊肉跳、不寒而栗，夜晚不能入眠。另外，俄罗斯的许多地方，公园、绿地、河边、街道上都不同程度地扔着酒瓶，尤其烟蒂，我们到过叶卡捷琳娜花园，那里积累的烟头收起来足可装一大麻袋。俄罗斯清洁工罕见，拾荒者更是没有。多美的辽阔大地啊，遗憾！

一个月的游览美好又难忘。行程在不情愿中结束了，依恋中似乎又有些失落……

回到家里，扑入眼帘的是一封"获奖通知"：我"获一辆价值38万元的奥迪汽车"。我俩都大笑起来，依照"惯例"该去交一笔可观的"所得税"，接着对方就该"失踪"了……老手段了。

出国前一周的记忆与眼前对接了起来。在与50多年前的老同学谋面的前一天，老同学来电问我："先生是否在家？"她昨天接到我"先生"的电话，声称自己"前一天晚上去夜总会玩被派出所扣留",需交3万元"保释金",先生一出来便会还她,此事不光彩,不可告知家人等。此同学手边无钱,否则真会打给对方。后来越想越不对劲,老同学虽几十年不见,相信我先生不至于做那些事情呵,于是"违背叮嘱"打电话核实……相同的事情两个月前也发生在我的身上,当然编得也是有鼻子有眼,可惜也没成功。真不知道这种骗局成功率有多少。街坊邻里接到类似或翻新花样的诈骗电话太多太多,频率太高太高,几乎没有任何新闻效应了。

我俩感慨着,呆呆地站着。我们在哪里丢失了什么,我们还将丢失些什么……

也许,生命中常有这种"获得"或那般"丢失",使你感到欣喜或无奈。其实,获得与丢失本质上有相同之处。它们都可以让我们反思,都可以启迪我们的智慧,洗涤我们的心灵,可以让我们珍惜和每一寸山河联系起来的历史,珍惜美好的过往。也许,正是为了减少丢失,更需要学习许多东西……

58 瞬间华沙

周遭静寂如水。

阳光，从高耸如云的密集的树缝里艰难地挤下来，像加了弱音器的小提琴，轻轻地从遥远的穹顶飘落。

华沙，WAJINJI 公园里只有她一个人。她那长长的黑发在没有一丝尘埃的风里飘动。她微微扬起下颌，任清风抚摸她的颈和颊。

远处一两声鸟的啁啾像圆号的召唤。空气里似乎正小心翼翼地颤动着双簧管的协音，悠长而寂寞，像心灵的絮语。她觉得这是来自天国的声音，这种幻觉令她神往。

她颀长的身影像一尊塑像。淡青色的连衣裙融入这葱郁的绿色世界，随风飘舞着，十分协调。白色休闲鞋踏着新旧黄叶，间或也有绿色铺成的路，簌簌作响，像不规整的诗句。她迈步轻轻，生怕击碎这凝聚了一夜的静谧。

"啊，多美好！"她心里叹息道。在这悄无人声的世界里，她心里充满音乐，充满真诚，充满深深的感动。

忽然，周围响起清脆的"毕剥"声，这声音来自身边的参天大树。原来是一颗颗苦栗脱颖而出，落在绿茸茸带着晶莹露珠的草地上，惊动了她的惆怅。她一颗颗地捡起来，它们是那么光滑、圆润、洁净，那么美。她不忍丢弃它们。苦栗树像一张张大伞，枝干很粗，拔地而起，有的已有上百年。苦栗真漂亮，像是人们刻意雕琢的工艺品，又像童话世界的魔石……她不相信，真的在这美丽的外表里会包含着一颗苦的心！世上有多少表里不一的事，迷惑着多少天真的人！她愿意相信它是美的，她说，这也是一种信念。她始终不忍破坏它的完整，剥开来尝一尝。她不明白，为什么美的东西总容易被抛弃，遭摧残呢？她曾经看到，自己小区的汉白玉少女雕像，一夜间被挖去一只眼睛，加上两撇胡子……有一次，她穿着漂亮的衣裙在马路边等人，一辆汽车从她身边驶过，故意溅她一身污泥，司机歇斯底里地大笑，扬长而去……这些美丽的苦栗，一旦落入他们之手，怕也免不了遭到蹂躏……想到这些，她的心战栗了。

她在肖邦雕像前的一排长凳上坐下。她久久地仰望着他：肖邦高高地坐在池塘后边，背靠着苍茫的绿林，脚下是月季花丛。树木将无数只长长的手臂多情地伸向如毯的绿坪，草坪上开满鲜黄的野菊花，池塘里也是一汪碧绿，一对雪白的天鹅无声地划着池水，静静地漫游着。

朝晖吻着她的前额，给她的头发、衣裙都镶上了金边，透过阳光，洁白的衬裙隐约可见。鸽子在她足下伸长脆子逍遥地穿行……"哆，哆，哆，哆……"这声音像什么？鸽子单调的、反复的啄食声，像什么？雨声……肖邦！肖邦的《雨滴》前奏曲！思念的、悠长的伤感情调……眼前的这一切，多像一幅油画，一幅燃烧着生命与色彩的、美丽可爱的油画！她喜欢这幅画。

肖邦低垂着忧郁而深邃的眼睛，充满焦灼的双唇紧闭着，音乐的狂飙掀动着他的长发与披肩，额头张扬着音乐的力度，左手沉郁地放在膝头，右手刚离键盘，好像刚完成一组快速的几连音。他衣服的每个皱褶里都充满音乐的颤动，仿佛只要琴声一响就要飘扬起来。她觉得肖邦隽永的悲歌正在大地上飘散着，这用心、用灵魂、用热泪创作的音乐正和宇宙，和她的心融为一体，升华着，冲刷着她的灵魂。她想，这个早逝的、一生充满不幸的天才，即使在祖国危难、贫病交加、情爱失意中，也从没有悲观过，他的作品充满奋斗的激情……现在，他正坐在这里，和她一起聆听后人演奏他的作品……这隐约回旋着的音符恰恰敲击着她那份思乡的愁绪。

此刻她再也无须紧张，无须恐惧，无须防范他人，她可以自然而然地坐在这里，想坐多久就坐多久，想思索什么就思索什么，她是真正地属于她自己了。她舒展了一下身体，慢慢地搜索着记忆的键盘。

那天，就是在这儿。她优雅地起身迎接他，一个英俊少年，他像国内某位明星，然而不是。他更年轻，身材挺拔，仪表不凡，光洁的脸上一对明眸，透着聪慧与和善，他微笑着，右颊现出浅浅的笑靥，他说话时身体微微前倾，既有礼貌又不失庄重，姿态很潇洒。

"是方老师叫我到这儿来找你的，她说，公园里肯定只有你一个人，果然没错。"

"你是谁？找我有事？"她好奇地问。

"哦，我叫F，方老师让我明天代她陪你去看戏。好吗？"他望了望她的眼睛，这是一双美丽、深沉的大眼睛。这双眼睛给了他肯定的答复。

"我在华沙大学攻读英国文学，滑稽吧。"他笑了笑，眼睛弯弯的，淡淡的酒窝，很迷人，"这不过是因为我在国内学英国文学，出来学它，在语言上比较省力，可以用另一部分时间来打工、做生意。"

她捡起地上刚刚凋零的沾满露珠的花瓣，把它们轻轻地托在掌心，生怕碰碎这些娇嫩的花瓣。两个人慢慢地走着，谈话虽不热烈，但也不拘束，仿佛是一对相识已久的老朋友。

"我喜欢这儿。"她抚着手里的花瓣说。

"喜欢它什么？这儿不过是波兰最后一个国王波尼亚多夫斯基的夏宫，一个普通的公园，除了每周举办例行肖邦音乐会之外，它没有任何特别之处，是不？"

"我知道。虽然它的博物馆里陈列着古希腊、古罗马神话壁画，优美的浮雕、塑像，居室装饰非常漂亮，但作为王宫来说，确实并不特别。我喜欢它既不因为这点，也不因为它离我住处近，而是因为别的……"

"什么？"

"我喜欢它朦胧的晨雾，喜欢它柔美的恬静，喜欢肖邦那双忧郁深邃的眼睛，喜欢和他轻声叙谈，更喜欢坐在苦栗树下做自己的梦……知道吗，黎明时的梦幻有一种神秘与凄凉的韵味。"

F惊异地望着她。他显然被这聪明标致的女孩所感动。

"我太奇怪了吧？"她有些不大好意思地说。

"不，不，很浪漫，诗人气质。"他笑了笑，露出半排洁白的牙齿。

"我觉得，常在这优美的环境里漫步的人，不成为画家或诗人，简直对不起大自然的造化……我仔细观察过这里的云，发现它忽聚忽散，忽而又厚又重，忽而露出光的裂隙，真是变化多端……"

他慢慢地，像是在背诵："我是大地和水的女儿，我也是天空的养子，我往来于海洋、陆地上的一切空隙——我变化，但我不死……对不起，你的话使我立刻跳出了这几句诗。"

"看，三句话不离本行嘛！幸亏我读过雪莱，还记得《云》的这几句诗，否则，真要在你这个英国文学专家面前露怯了！"

"别逗了，你要讲一点专业的话，我才真露怯呢，何况我也不是专家，只不过是在异国漂泊，苦苦为生存而奋斗的流浪人罢了。"他把"苦苦"说得很重。接着他讲了自己如何给人当男保姆，给人送报，当家庭教师，如何四处查询广告，寻找新的工作……

"还不算异国人投来的怀疑与鄙夷的眼光，不算夜夜乡愁的煎熬……是啊，'苦苦'是说得轻松了！"

"的确，远不止这些，甚至还有家庭的烦恼。比如说，我和我的波兰妻子就因文化差异太大，难以沟通而分居了。"

"相爱就包括了相互容忍和谅解么。"

"很难。谁不想婚姻一步到位，白头偕老？如果是那样勉强自己，生活也太累、太不自然了。"

"举个例子看！"

"太多了！他们喜欢绝对由着孩子，不提要求，孩子想穿着皮鞋上床就上床，孩子想不做功课去踢球，就让他去踢。中国人不行，不准孩子穿着鞋上床，不准不做作业先玩。这就会互不满意……"

"他们的孩子长大了不是也挺好的吗？"

"那是另一回事。他们喜欢在床上吃早餐，而你喜欢在餐桌旁，谁勉强谁，都会食欲大减。你喜欢把你与别人，包括异性交往的一切细节告诉她，可她却说你出卖了别人的隐私，不道德，她决不会如此……你看，这就够'打'的啦……于是还是分开轻松。"

"这真是鞋子穿在谁脚上，谁才知道合适不合适。"

爱真诚

他长长的睫毛垂落下来，说："是这样。当你感到彼此的心已很遥远，过去那些花草芳菲的日子，就像隔着山和水，不会再出现，也不再盼望它出现时，一切美丽都消失殆尽。现在，即使连失落的痛苦都不复存在了。"

"有的爱情是件漂亮的衣服，随着时间的推移，是会破碎的。其实，爱情应当是匹不倦的骆驼，要用全部生命去求索，而且它将永远在追求里跋涉。对吗？"

"我想，有一天上帝能允许我这样做。"他用深沉又似乎带着挑衅的目光望着她。

她的心一震，旋即若无其事地笑了笑，向花丛走去。

公园的路已经走到了尽头。"路太短了！"他叹息道。

是啊，所有的路都太短，所有逝去的故事都太短。

她无声地笑起来，原来她是在做白日梦。

公园里只有她一人。眼前的那个声音，那个形象忽然消失了。她醒了。四周静寂如水。

她在一个天使塑像前停下。青春的休止符打在那个长满青苔的、健美的裸体上，古老而凝重，肌肤的颜色像泥土一样。似乎他已经沉默了几百年……这儿，在这空旷沉寂的世界里，不再有人间的浮浮沉沉，不再有扶摇于生死、荣辱、富贵之间的那层权势，不再有关照人灵魂、游戏人灵魂的那串臭铜钱！这儿只有这孩子，冷眼旁观着历史，目睹着树木草地、游人过客的一代代更迭。这儿只有他永存。

她明白，今日的、昨日的遭际，都是她内心世界诗意的栖息地，是她灵魂里的一道风景，是不会忘却的、永恒的瞬间。每当她默默忆起这一美丽静谧的生命路段，忆起人生的这一圣洁瞬间，她仿佛又看到这几许如茵草地，几许伞一般的苦栗树，几许掷在异乡收不回来的梦幻，还有漂泊在彼地的朋友，以及那肖邦眼里的忧郁。

发表在1996年8月31日《青岛日报》上

59 在那高高的白桦树下
——在莫斯科大剧院看意大利歌剧《梦游女》

在俄罗斯最迷人的、每天都是白夜的美妙季节里,我们又一次徘徊在莫斯科大剧院广场……是啊,都一个月了,从6月中旬开始,我和先生以完全自助的方式畅游了圣彼得堡和莫斯科,饱享俄罗斯的文化品位,尽览俄罗斯的秀丽风光。正因如此,若不在莫斯科大剧院看一场歌剧,肯定遗憾终生。

傍晚的天色依旧很蓝,大朵大朵的白云飘浮在建筑群后面,阳光辉映着教堂尖顶的金光,大剧院前喷泉的细雾,裹挟着树叶的清香,悠悠地飘洒过来,令人陶醉。

今晚,莫斯科大剧院新剧场上演意大利天才作曲家贝利尼的歌剧《梦游女》。在售票厅我们遇到一批俄国老年人,他们是大剧院的粉丝。"我已经盼望好久了。美啊!看看我们俄罗斯版的《梦游女》吧!现在建议你们提前入场参观一下,挺漂亮的。里面还有许多好吃的哩……"一位年迈的金发妇女深情地对我说,嘴角翘翘的,她笑得很甜。

新剧场坐落在老剧院西侧的高坡上,走上层层台阶,只见白夜特有的亮色把这座富丽堂皇、精致小巧的剧院,衬托得更加璀璨辉煌。剧场内的长廊十几米宽,墙壁灯具都是古典式的,壁上挂满人民喜爱的艺术家的照片与简历。一层的餐饮厅设施讲究、舒适。

观众席有三层,大约890个座位,似乎只有老剧院的一半,是专为歌剧演出而建的，观众无论坐在哪一个角落，面对舞台的感觉都非常舒适，音响更是清晰震撼。

帷幕拉开，顿觉眼前一亮。《梦游女》讲的是瑞士农村的故事，舞台上呈现的却不是瑞士静谧的苏黎世湖、不是缭绕在阿尔卑斯山的淡烟薄雾，不是翠绿草坡上的红顶小屋。舞台上赫然挺立着的，是生机盎然、秀美挺拔的桦树林。在高高的白桦树下，一群欢快活泼的人纵情舞蹈。村民衣着朴素，色彩简洁大方，色调协调美丽，构成一幅幅优雅抒情、赏心悦目的大自然画面。观众仿佛一下子走进了俄罗斯的村庄。故事随着音乐徐徐展开……

美丽村姑阿米娜与农夫埃里维诺相爱并订婚，由于她身患梦游症，有一夜不知不觉地走进伯爵的房间，引起了一场误会，未婚夫和她解除婚约并同意与女店主莉萨结婚，阿米娜醒来陷入深深的痛苦之中，后来真相大白误会解除，有情人和好如初。没想到，一个170年前普普通通的毫无大起大落的爱情故事，点燃了大厅里所有人的激情。贝利尼充分地调动了歌者的声音技巧与表现张力，使得歌剧咏叹调段段精彩，合唱间奏都十分优美抒情，动人心弦。

女高音阿米娜"村中人真让我高兴""我的心在跳动"，都是非常难唱的动人唱段，声音既要柔美又要有节制。两个主人公决裂时男高音的唱段难度很高，并非所有男高音都能胜任，当年帕瓦罗蒂曾经扮演过这个角色。之后两人冰释前嫌再度和好如初，阿米娜"我心中充满喜悦"的华丽结尾唱段，技巧要求很高，牵动着听众敏感的神经。男女主人公的二重唱如优雅的和弦，揉在一起天衣无缝，十分好听。整部歌剧的旋律都非常美，高贵典雅而又朴实明快。还有令人陶醉的大自然画面，都给观众以最好的艺术享受。

今天扮演女主人公的是青年演员维聂拉·玛季耶娃。她是首次登台，她的演唱与表演都十分出色，其歌唱技巧和艺术功底可谓一流。给我们留下更为深刻印象的是男主角扮演者科林·李，他已是扮演过许多歌剧重要角色的著名演员，一开始似乎并不觉得他特别出色，可是当听完第二幕高难度的花腔男高音唱段，他以纯熟的技巧完美诠释了贝利尼的很少有人能完成的声乐唱段后，你不能不震惊，不能不佩服他，这是一位多么难得的、善于诠释古典歌剧的男高音演员呵！整个演员阵容优秀整齐，合唱水平很高。

休息时，在观众里再次遇到那位金发妇人，她笑着问："怎样？我们版的《梦游女》？"她带着自豪又强调了一句，"我们版的啊！"这话让人心中一震。是呀，意大利作曲家写的是瑞士农村的故事，可这位意大利著名导演、白须银髯、目光炯炯的老头——彼尔·鲁意木·比茨却用自己的方式，把《梦游女》搬上了莫斯科大剧院的舞台。比茨生于意大利米兰，在米兰工艺学院雕塑系毕业。1951年开始剧院艺术生涯，现在他已是世界著名的歌剧、电影导演，同时兼为舞台美术与服装艺术大师。他曾获得法国文学艺术勋章、意大利国家贡献勋章等荣誉。

我们在刚刚买到的俄文资料中，看到对他的"访谈录"，从中可以清晰地了解到他制作这部戏的主导思想。比茨说："《梦游女》是美声歌剧极好的范例。它完全建立在人声的音色与技巧基础上。为此它经常与伟大的歌唱家联系在一起，如帕斯达，20世纪的卡拉斯、萨瑟兰、列娜达、杰维阿和我们这个时代的娜达丽·杰塞楚。阿米娜这个声部要求扮演者不仅具有卓越的歌唱技巧，还要求具有不同凡响的演员素质。"

他在谈到自己的艺术追求时说："我放弃了强调瑞士的审美观，决定建立对于俄罗斯观众比较亲切的视觉形象。我的《梦游女》的主要舞美设计形象是白桦树——俄罗斯大自然的符号。俄罗斯的风景画非常有诗意。这些透明的白桦林是明净的。记得我早在20世纪60年代第一次在俄罗斯看到过它，这些白桦树非常清晰地创造出质朴的、纯净的形象。它正是意大利歌剧《梦游女》所需要的，因此我没有做特殊的俄罗斯戏剧处理……我想给它带来俄罗斯轻快的色调、淡淡的馨香，以及鲜花与光明的感觉……我需要的是普通的、细腻的、唯一的风格，是契诃夫式的风格。"

也许，下面的一些话更能进一步解释我们看到的"俄罗斯版《梦游女》"如此动人、如此不同凡响的原因。比茨说："我很懂得契诃夫的作品，我不止一次地排演过他的戏剧。我个人非常接近他那充满忧郁与讥讽的世界。这个世界渗透着逃避了的不可捉摸的感觉，一种独特的感觉。"

散场时又遇到了那位金发老妇人，她和一群老年观众兴奋地簇拥在一起，看到我们立即热情地过来告别，同时也不忘送上好心的劝告："别忘了啊，过几天在这里上演施特劳斯的歌剧《玫瑰骑士》，还有几场比才的《卡门》，

爱真诚

芭蕾舞《天鹅湖》在老剧场演到 8 月底呢……都很美啊！"她又笑了，一位俄罗斯最最普通的古典音乐爱好者，文雅真诚又甜甜地笑着。

"可惜我们后天就要回国了。"我遗憾地说。

"那就明年再来，为了享受'美'，说不定我们还能相遇呢。"

是呵，"美"！美是音乐经历了岁月风雨淘洗过的，没有国界的永恒。人生天地间，忽如远行客。无论你走在哪里，音乐永远是一本拂去世俗尘埃的大书，是生命中最不容侵犯的一片圣土。

贝利尼曼妙的音乐，和这位普通又热心的金发俄罗斯老妇人动情的笑容与声音一起，融入这柔美明亮的白夜里，融入我们阳光明媚的记忆里，融入我们匆匆归国的行程中，温暖着我们未来的漫漫人生。

发表在 2015 年 10 月《中国百老汇》上

60 从《日出》到《马路天使》
——小记作曲家金复载的音乐剧历程

好多年前，不少中小学生常兴致勃勃地高唱着："鞋儿破，帽儿破，身上的袈裟破……"电视剧《济公》的作曲家是谁？是金复载！于是，人们记住了他。他现在是上海音乐学院音乐戏剧系主任，中国音乐剧研究会副会长。

他先后参与创作了美术片《三个和尚》《哪吒闹海》《金猴降妖》《宝莲灯》，电影《鸦片战争》《最后的贵族》《清凉寺的钟声》《风雨故园》《红河谷》《努尔哈赤》《济公》《裤裆巷风流记》等一系列作品，获得了很多音乐方面的奖项。

可是，后来的金复载偏要另辟蹊径去搞什么音乐剧。他笑道："简单地说，就是喜欢。"

"我1957年考入上海音乐学院附中，1966年从上音作曲系毕业。我从小就对舞台艺术感兴趣。'文化大革命'后我被分配到电影厂，电影是一种综合艺术，音乐剧也是。1992年我在美国百老汇看了音乐剧《猫》，看到各种综合因素在《猫》中体现得很集中、很好，就想，音乐剧一定会有发展，自己是不是可以做点事情。我和吴贻弓等出钱买来《日出》的版权，创作了原创音乐剧。搞全剧舞台演出有困难，就和交响乐团先搞了个'《日出》音乐会版'。2002年5月上海之春时，在大剧院演出了。2003年年初在北京保利剧院演出，接着遇到了'非典'，没有再演下去。"

就是这个简单的"喜欢",金复载背上沉重的行囊,迈上一条崭新又陌生的长途。

耳顺之年"华丽转身"

2002年,上海音乐学院正在搭班子,筹备成立音乐剧系。一天,金复载跟同班同学林华老师说,想跟他们借一些演员。不料老同学却说:"哪儿来的演员?音乐剧系刚刚招生,还没有培养出来呢。现在倒是缺一个系主任,你来做好不好?"

金复载一听就笑了:"开玩笑!我从来连小组长都没做过。大学毕业后到电影厂就是干作曲。"

林老师说,没开玩笑,他是认真的。

金复载仗着老同学讲话比较随便,就嘻嘻哈哈地说:"好啊,你让我做系主任那咱们就做吧!"

2002年,金复载正好60岁,退休了。

"天下谁人不识君?"上海音乐学院上上下下全知道他。大家一致表示,系主任"就是他"!

这下金复载认真了:"那我来参加一些工作,我来当老师,可以教乐理,教音乐基础的东西。"

音乐学院的领导坚定不移地说:"不行,你要么不来,要来就是系主任。教乐理、教视唱练耳有的是人,要你干吗?"对方大笑,金复载也大笑起来,真有点喜剧的味道。

没想到,履道坦坦、一路顺风的金复载,却在耳顺之年来了一个"华丽的转身",一头扎进了音乐剧的怀抱。

他深知音乐剧的"水"有多深。他当了系主任之后,对学生们说:"你们来上音做音乐剧系的学生,我到上音来做音乐剧教育,你们是第一届,我也是第一届。我们是在一起学习,区别就是:你们交钱,我拿钱。"

金老师说话有时也很"雷"人的,学生们都叫他"老顽童"!

捧着一颗心来,不带半根草去

在教学上,他绝对是与时俱进的,他说:"如果我当一天主任的话,我就改革一天。"

2003年，金老师在美国听了美国最著名的女高音歌唱家弗莱明的音乐会。他描述道："她唱艺术歌曲、歌剧绝对不拿话筒，可她唱音乐剧绝对拿话筒，不是她没有嗓子，是'风格'！"

不料，一位音乐剧专家却说："她在音乐会上可以，在戏里这样唱不行的。不然整个戏的节奏就没了。声音也不对，而且这个风格跟讲话是不统一的。"对他很有启发。

一位声乐专家的一番话，对他又有启发。他说："他跟我们声乐的观点有很大的不同。外国专家都是强调语言的重要性。的确如此，你唱歌的时候是要把语言传达到观众那里，不是为声音而声音的。"

就在这短短的7年里，他们排演了百老汇经典音乐剧《旋转木马》《伙伴》，创作排演了原创音乐剧《我为歌狂》《六祖惠能》，还创新研究生毕业考试形式，为研究生李奇"量身定做"了一个单人独幕音乐剧《最后的瞬间》，金老师亲自作曲。

几年来的高考招生，金老师都坚持请校外专家学者来评定，杜绝了教育"潜规则"与"腐败"的根子。

对于音乐剧的人才来源，金复载认为是有的，每年招20个学生，还有一些研究生。4年是基础训练，最后的培养还要在舞台上。明星主要在舞台上培养。

让金复载自豪的是，第四届学生已经毕业了。在全国的音乐剧舞台上，他们培养的演员，有业内人士评说"是最符合音乐剧演员标准的"。国内有许多音乐剧，像《星》《一路寻找》《云冈》《白头叶猴》《再见飞碟》《马路天使》等剧的主要演员都是他们系的毕业生。

金复载在音乐剧系这片新开垦的处女地上，已经耕耘了七八个春秋。大教育家陶行知的那句名言"捧着一颗心来，不带半根草去"送给金老师恰如其分。

一种宽容的态度，可能对发展比较有利

20年来，有许多自称为"音乐剧"又被许多人否定是"音乐剧"的舞

台剧:有追求歌剧式的"一唱到底"的,有"话剧加唱"的,有流行歌舞大串联、戏剧情节"丫丫乎"的……谁都可以宣布他搞出了什么音乐剧,谁也都可以反驳"你那也算音乐剧"。

人们很想搞清楚,究竟什么是音乐剧?

金复载认为,我们中国原创音乐剧是有不少的,有很多原创,据说有几百部。一开始自己也不太懂得,究竟什么是音乐剧?什么不是音乐剧?比如说《猫》到上海演出后,音乐学院的反应是"好!这个戏音乐写得非常好,考究",但戏剧学院某些老师则说"不灵!没有戏"。

他觉得并不奇怪,从美国音乐剧的历史来看,它是一个自下而上的运动,就像中国的戏曲一样,它有一个最草根的发展过程,逐渐加入了各种专业人员,加入了各个艺术门类。一开始就是几段唱,几段舞蹈,几段滑稽戏,慢慢地发展成一个大型的歌舞秀,后来加入戏剧因素,把它们完整地统一在一个戏剧框架里面。再慢慢地随着音乐的、舞蹈的、戏剧的发展进程,就有了各种完全不同的结合方式。另外一个来源是欧洲轻歌剧,那是比较专业的,比较古典的。这两种形式慢慢结合就成了音乐剧,其实音乐剧不像歌剧或者中国的戏曲那么规范,它在历史发展过程中呈现出非常开放的形态,它的种类、风格也是随着历史而发展的,也是随着参与者文化背景的不同,而呈现出各式各样的形式,所以我们对音乐剧的理解,不能用一种固定的模式。我们对音乐剧的评价要抱着一种宽容的态度。我们中国音乐剧的发展没有草根时期。改革开放以后,专业人员和政府部门的官员在美国看了音乐剧后,产生了很大兴趣,在国内开始实验。这里面就有问题了:第一,我们看到的是人家现成的、成熟的东西。第二,我们每个人看到的是根据每个人不同的文化背景去理解,搞作曲的就看到他的音乐如何,搞戏剧的就看到它的戏剧如何,搞舞蹈的就看到舞蹈如何,搞舞美的看到舞美……出发点不一样,所以我们实际上对原创音乐剧的要求不可能有统一的观点。

金复载也反对一味地用百老汇的模式来衡量我们的作品,我们可以借鉴,可以学习,但不能照搬,要学一些规律性的东西,比如开放的态度,以观众的审美来指引制作的思想,创新地吸收每个时期的音乐文化、戏剧文化、舞美技术等各方面的最新成果,和把它们融合在音乐剧里面的精神。

他说："究竟什么是音乐剧，在我们中国初创的时期，要保持一种比较宽容的态度，可能对发展比较有利。"

音乐剧的定义

第一是戏剧，第二是用音乐来表现的戏剧。

有一段有意思的对话记录如下。

中国音乐剧研究会副会长兼秘书长沈振翱问："那么你是否同意'音乐剧的定义就是无定义'的观点呢？"

金复载答："如果是那样，就等于否定这一特定的艺术形式了。音乐剧应该是有定义的，我认为就是两点，第一点它是戏剧，第二点它是主要用音乐来表现的戏剧。"

"我们要总体把它定位在戏剧上，它的形式是一个戏剧的样式，音乐剧是一种戏剧，它有许多戏剧的元素，如人物塑造、规定情景、矛盾冲突，没有这些就不是戏剧，这是其一。至于怎么来完成这个基本规律，方法可以多种多样。第二，既然叫音乐剧，主要要由音乐的手段来完成。比如塑造人物，要用音乐去塑造。好听的音乐不等于能完成戏剧任务。音乐剧的音乐应该具有不可替代性。舞蹈虽然经常成为音乐剧的重要表现手段，但它并不是必需的。当舞蹈进入音乐剧里，它也要和戏剧结合，而不是单纯的舞蹈'秀'。音乐剧可以没有舞蹈，但不可以没有音乐，不可以没有戏剧。音乐剧里的音乐也不等于就是唱。唱段是音乐剧里的一种重要表现手段，也有一些音乐剧从头到尾是有音乐而没有唱段，如百老汇音乐剧《接触》就没有唱段。加拿大多媒体音乐剧《震撼》，从头到尾是一个人声'啊……'等于是一个乐器，不是唱段。还有以那些已经在社会上很流行的歌曲为基础写成的音乐剧，如《妈妈咪呀》《杰西男孩》，他们下了很多功夫在如何把它们串成一个好看的戏。我认为，创作音乐剧的原始'出发点'完全可以不同：我们一般的'出发点'往往就是从剧本开始，有了剧本后来讨论音乐怎么写，然后去排练，像歌剧创作一样；还有一种'出发点'：先有音乐，后有戏剧；另外还需要先有一种舞蹈风格，然后把戏剧内容、音乐和这种舞蹈风格结合在一起。刚刚说的几个不同的方法都是可以的，当然都要围绕着戏剧的框架。没有这个框架，再好听的音乐、再好看的舞蹈也是不行的。"

沈："有一些音乐剧里舞蹈的成分很多，如《猫》《接触》，当然舞蹈离不开音乐，但它主要是通过舞蹈来演绎剧情的，这样的音乐剧，就不符合你说的第二条了。"

金："你把这个舞蹈的音乐拿掉行不行？"

沈："当然不行。"

金："并不一定要舞蹈，但是你不能想象音乐剧里没有音乐。音乐剧里的两样东西不能少：戏剧和音乐。舞蹈可以有很大的成分，但它必然是伴随着音乐而来的，像《猫》，它里面的音乐是最重要的。我们如何宽泛地看待边缘性的音乐话剧和音乐剧，这个很难界定。这个时候我们要稍微宽泛一点。在美国有的人认为格什温的《波姬与贝斯》是音乐剧，有的人认为是歌剧。我认为是一种中间状态，一种过渡状态。理论当然要规范。说'没有规律就是音乐剧的规律'，就等于说什么都是音乐剧，歌剧也是音乐剧，戏曲也是音乐剧，话剧也是音乐剧，都是音乐剧，那也就是否定了音乐剧本身。但界定一个具体作品的时候，还是要保持比较宽容的态度才好，不要说得太死。"

沈："那你同不同意音乐剧就是歌舞剧的说法呢？"

金："歌舞剧是音乐剧的一种类型。但是不能说音乐剧就是歌舞剧。没有舞蹈的音乐剧就不是音乐剧啦？没有舞蹈的音乐剧多的是，《悲惨世界》《剧院魅影》都是没有舞蹈的，美国有很多音乐剧没有舞蹈。"

沈："那你说的音乐剧的定义也完全可以用到歌剧上，这两者又如何区别呢？"

金："音乐剧是音乐戏剧的一种样式，歌剧也是音乐戏剧的一个样式，区别在于它们历史的渊源。西方经典歌剧是一个历史时期的产物，19世纪发展到最高峰。歌剧，从我们现在来看，就像中国的戏曲一样形成了它的一套程式，有一套写作的方法、表演的方法，比如一定要美声演唱，音乐结构要求必须有交响性和连贯性。但音乐剧在其发展的过程中已经打破了这套程式。它的音乐可以不连贯，可以有许多讲话对白。音乐也不必一定具有交响性，并且可以用很多其他的方法演唱。所以我说不要把歌剧和音乐剧截然分开，因为在'是戏剧'和'用音乐表现的戏剧'的观念上是一致的。但是也不要混为一谈，因为这是两个不同历史时期产生的音乐戏剧，在表现的手法上有非常不一样的地方。音乐剧发展到现在，有些作品和歌剧的区别已经不是很明显了。现在有人以演出的场所来区分：在大都会演出的是歌剧，在百老汇演出的是音乐剧。歌剧向音乐剧大量地借鉴了很多观念，它要打破自己的程式、框框，必须向音乐剧靠拢，而音乐剧也大量借鉴歌剧，现在是相互融合时期，我赞成对于原创的（经典的除外）不要定位。严格的定位会把路子封起来。"

我宁愿模仿别人，不愿重复自己

可能因为性格上的原因，金复载不太喜欢重复自己，他老是喜欢搞点新东西。他说自己"宁愿模仿别人，不愿重复自己"。"我最感兴趣的音乐是我不会的音乐、我不能写的音乐，我不懂得这种风格或这种技巧，我就学。"

目前国内已有不少人效仿西方音乐剧"大制作"的样子，结果是钱没少花，收效甚微。金复载认为我国目前的音乐剧应以"中小型为主"。他主张的"模仿"，是那种"取别人之长"来超越自己的"模仿"。

自1998年开始，金复载已经搞了几部原创音乐剧：《日出》《我为歌狂》《六祖慧能》《马路天使》。

金复载坦言自己一开始对音乐剧还不太懂。搞《日出》时刚刚接触音乐剧，完全是从音乐的角度和以前对音乐剧的认识来做的，有很多不符合音乐剧规律和操作规律，这是第一个阶段。第二个阶段，他不写音乐剧，就是当了系主任之后，把学习音乐剧当成了第一要务。

先做小型、中型的，再做大型的音乐剧

许多人都认为音乐剧的主要问题是剧本，是演员。金复载体会最深的是"从整体来说，更缺乏的是制作人"。

金复载以"制作人"的身份，"做"了一些戏。他悟出："做出的东西一定要有出路。做出的东西要对口，而不是完全从我个人出发，不符合音乐剧的创作规律，必将被淘汰。"

他看到有些制作人为了保险去找名家搞，往往不能成功。应该找有做

音乐剧经验的团队，哪怕是无名小卒，一点关系都没有。一定要考虑作品将来怎么上演，舞台如何呈现，用哪些演员，搞得多大，什么风格，在哪里演出……都应该知道。现在真正能够掌握全盘的，从创作理念到制作流程再到宣传、市场营销等的合格的制作人还非常少。

最近金老师组成了以年轻人为主的自己的"团队"，一起做了一个与一般音乐剧不同的、实验性的单人音乐剧《最后的瞬间》。从选材到剧本改编，再到音乐创作和排练，都是大家在一起磨合完成的。此剧演出后反响很好。他说："我们做这个剧至少说明了：第一，我们可以培养出唱、跳、演俱佳的演员。第二，我们可以做到跳、唱、演融合的创作，而不是分离的创作。第三，我们是可以用很少的钱来制作音乐剧的。这三点就是我们的目的。"

他坚持制作人一定要参与题材的筛选。来看戏的大部分都是白领，喜欢看的是跟他们生活有关的戏。他不太赞成搞民间故事题材的音乐剧，因为"白领们不关心像《白蛇传》这样的戏，认为和他们没关系"。

金老师说："要从小的音乐剧慢慢发展起来，最后形成音乐剧市场。先做小型的、中型的，再做大型的，这也是美国音乐剧发展的过程，制作的经验。"

原创音乐剧《马路天使》的启示

中国有一个令人痛苦的现状：许多音乐剧毕业生离校后找不到对口单位，毕业后没有出路。金老师四处呼吁，取得上海市委的同情与支持，特拨了一笔专款。于是，上海音乐学院和上海市话剧中心联手搞了一个音乐剧《马路天使》，为的是给毕业生踏入社会再创造一个良好的平台。

金老师无奈地说："系里的经费少得可怜。有时是要自己出一点钱的，像《马路天使》是话剧中心出的钱，许多工作人员也不拿钱，我帮他们作曲是一分钱都不拿的。如果我和编剧都拿钱，这个戏就做不了啦。"

原创音乐剧《马路天使》是根据同名电影改编的。

两对天涯沦落人的不幸遭遇，凄美的爱情，扣动观众的心弦。

演员是优秀的，他们的表演、歌唱都很到位，很好地完成了角色的塑造。

音乐非常成功，他给如何写戏剧音乐做出了成功的榜样。音乐在塑造人物、在推动剧情发展、在营造戏剧高潮等方面，有个性、有新意。

　　但是，《马路天使》在戏剧结构、人物安排、舞美造型诸方面都还有提升和商榷的余地。

　　无论怎样，有一个实际上已是"音乐剧领军人物之一"的，名叫金复载的卓尔不凡的作曲家，让我们充满了信心与希望。

　　　　　　　发表在2010年3月、4月、5月《中国百老汇》上（连载）

61 音乐剧《英雄》出手不凡

记得小时候，一遇上高兴的事，就和同学一边说笑一边胡乱地朝前走，结果常常会"找不着北"。

那晚，从剧场出来，我们热议着戏，走了好远才发现早该打车了。是谁让我们迷失了，在这月白风清的夜晚？

这个古老而又通俗的故事感动了剧场里的许多人。

一个彪悍的、桀骜不驯的男人，用原始的、蒙昧的方式，把一柄长剑刺入自己的身体，一个深爱他的女人，用同样的方式和男人嵌到了一起。身后的高墙汩汩地流下殷红的鲜血……他们站着，站成顽强不屈的身影，站成一杆血色的旗帜，站成一对固守着信仰的雕像。这时，经不起视觉力量冲击的观众，在悲怆音乐的促动下，热泪在眼眶中战栗……

主人公用生命的代价换取的"民族和睦""和平安定"，构筑了一个神圣崇高的境界，敲开了观众的心灵之门，这一主题凝聚着深刻的喻义，有一种哲思与人性的交融，有一种思想重金属的分量贯穿全剧，它以自己独有的风情与诗意，反复吟唱着，避免了故事简单幼稚化，避免了审美的单一化。

这就是舞蹈学院的艺术家们带给观众的原创音乐剧《英雄》。

把一部脍炙人口的武侠小说浓缩、改编成音乐剧，这个大胆的创意是成功的，而且似乎是"首创"。总体创意的智慧引领着全剧创作走向成功。"沧海横流，方显英雄本色"，此《英雄》果然是"出手不凡"！

首先,《英雄》的音乐给人留下了非常深刻的印象,它既有蒙古族的大气,金属般的质感和撼天动地的气势,又有汉族戏曲的音韵风味。舞蹈有神韵,有张力,灵动美丽。音乐与舞蹈融合得很好。刀光剑影、腥风血雨表现得比较充分。原始的、粗犷的、古朴的、武侠的、民族的、地域的风俗画也都有着较清晰的展现。一个鲜明、简单、人性化的主旨,一曲强烈民族化的、粗犷好听的音乐,一段多姿多彩、动人的、好看的舞蹈……有了起码的这些,这部音乐剧就算"立"起来了,具备了很好的基础。

更可喜的是,《英雄》的主要演员均能歌善舞,这是许多音乐剧的演出均未能做到,或做得不够的。舞蹈学院不仅充分发挥了肢体语言这一得天独厚的优势,更令人感到意外的是主要演员的演唱也都有很强的功力,在唱法上还融入了许多或蒙古族或汉族戏曲的技法,男声尤为突出,令人耳目一新。

观看《英雄》受到震撼的同时,不免又有些遗憾。没想到,这位创造了众多纵横开阖、奇谲瑰丽武侠名场面并因此彪炳后世的作家,他的一部以武打与剧情引人入胜的《天龙八部》,被改编之后,竟"抹去"了所有的武打场面,连"英雄对决"一节都没有动一剑一刃,没有"开打",不禁令人深感失望。它失去了许多看点,失去了欣赏那种叱咤风云、飞檐走壁、呼风唤雨、力拔千斤、刚柔相济的优美武功,同时也减弱了金庸作品的魅力。编导者所说"探索东方审美价值"的愿望,恰恰也是少不了这点的。这是《英雄》不可忽视的软肋。我想在"舞蹈"和舞美的创意上,还有许多发挥编导者创造力的余地。可否向动作片——《功夫》靠拢一些,值得商榷。当然这对演员会有很大的难度。

《英雄》有意避免了"字幕",这种做法值得提倡,应当让观众集中精力去欣赏音乐舞蹈的剧情嘛。欧洲的音乐剧在英语国家是不用字幕的,日本引进外国音乐剧的本土化演出也是不用字幕的。为什么我们原创音乐剧演出就非要字幕不可呢?不用字幕是勇敢的!但问题是这必须以全体演员有传送力的清晰咬字为保障。而目前的现状是:演员的功夫尚未达到可以取消字幕的水平。因此观众不熟悉剧情,听不清歌词,其欣赏程度就打了折扣。这需要演员台词与演唱的"咬字"功力,而这种高超的功夫绝非"一蹴而就"的。

多年来,我国音乐剧人一直在努力探索着、奋进着,原创音乐剧也有着明显的进步与发展。近几年，我们看过许多比较好的原创音乐剧，它们都有自己的长处与特点。

想到我国的音乐剧人，山一程、水一程地一路跋涉而来，筚路蓝缕，颇为不易，怎么看怎么像今晚这初冬的月色，透着生命的清凉与苦寒。好在春天已不再遥远。

诚然，中国的音乐剧决不是艳阳高照的正午，当然更不是夕阳西下的黄昏。音乐剧在中国是曙光初露的清晨，我们刚刚开始上路，我们要相互扶持。我们将收获越来越成熟的、经得起历史与审美检验的果实。我们期待着《英雄》在不断的改进和演出中百炼成钢！

我们深信，终有一天，我国的原创音乐剧将会成为中华民族文化的亮丽名片，雄踞于世界文化之林。

就是那个夜晚，天空清澈，月光温情地伴着我们到了家。感谢音乐剧《英雄》，因为有了它，使那晚的月色更加清澈明朗。

发表在 2009 年 12 月《中国百老汇》上（署名莎芪）

62 一个老帕迷的回忆

算起来已是 38 年前的事了，如今想起来依旧历历在目。

1986 年夏天，世界三大歌王之一的帕瓦罗蒂率先来到中国。他带了意大利热那亚歌剧院来北京演出歌剧《艺术家的生涯》。这个消息对于刚刚开放不久的中国文艺界是一个不小的震动。那时候，中国人对于这位留着大胡子、充满神秘感的超级男高音无比崇拜，毫不犹豫地向他张开了热情的臂膀。文艺爱好者们热烈地议论着，争购着歌剧票，都希望一睹歌王的风采。剧场门口站满了等退票的人。刚出版的《帕瓦罗蒂》一书很快销售一空，不少人托人找路子求老帕签名。舞台上的老帕、生活中的老帕，都是他的崇拜者们谈论与关注的中心……一时间京城刮起了老帕热。

幸运的是我先生是中央歌剧院演员，他们应邀在歌剧《艺术家的生涯》中担任群众演员，为老帕跑龙套。这可把他们高兴坏了。他们非常珍视这一难得的学习机会。

老帕有一头浓密的黑色长发，长到和黑色的大胡子连到了一起。浓眉下有一双聪明又充满稚气的眼睛。这双眼睛里总露出厚道、天真甚至有点淘气的笑意，像个孩子。这个人很可爱，平易近人，没有一点大明星的架子。可是也有那么一次，我先生亲见老帕发脾气，不知是舞美什么地方没做好，让他在演出中感到不舒服。第二幕大幕刚落，他就一下子把餐桌掀翻在地，搞得满地狼藉乱七八糟的。中国演员与此事无关也都没有在意。此后再也没见

爱真诚

他发过脾气。他热情坦率、乐观纯朴、胸无城府。这大概和他的成长道路有关,他是在农村长大的,有一个温馨的家,他的性格中憨厚、纯真的一面都源自他的家庭。他到中国后,大家都亲切地叫他"老帕"。不论谁求他签名、拍照,他都有求必应。他很能体谅理解别人。每次演出他都要为自己的歌迷付出许多时间。当然那个名签得也很滑稽——不过是用他那支咖啡色的粗笔"划拉"一个长波浪而已。他签不过来呀,大家都理解他,就算是"划拉"一个长波浪,人们还是愿意让他给自己"划"。大家都听过他的唱片——在歌剧《军中女郎》中那段著名的咏叹调,那段连续唱出 9 个"高音 c",着实"绕梁三日"呢。当今世界能有几人?他无愧于"High C 之王"!

6 月的北京,被碧树、青草、一派生机覆盖着的大街小巷,涌动着熙熙攘攘的人群。那天,老帕在天桥剧场演出《艺术家的生涯》。我在演出前两个小时,就随丈夫一起来到了天桥剧场后台,当然一般人是不允许去那里的,剧场把守得很严。我带着相机等候在后台门外,目不转睛地盯着那个入口处。从后台门里飘来间断的琴声、歌声,那是演员、演奏员们在活动声音……不一会儿,一辆高级轿车开了过来。我先生眼尖,立即向它奔过去,车门开了,出来的果然是老帕!只见我先生同翻译说了什么,老帕便笑盈盈地跟我先生一起向后台门口走了过来。

老帕穿了一件蓝底大紫花长衫,披了一个大花围巾——谁都知道老帕是离不开大围巾的。他几乎每次上场都要披围巾,围巾对于他来说很重要,有时是汗巾,有时是道具,有时是装饰,像现在,朱红基调围巾配上他的蓝紫衬衫,就很协调、潇洒、漂亮,那就是最好的装饰。

老帕微笑着面对我的镜头,一只手轻轻地搭在我先生的肩上,非常亲热,松弛自然。一缕斜阳淡淡地抹在他们的身上,这是一种抒情音乐的情调,让人陶醉。我先生瘦小的身躯贴着老帕宽阔的胸膛,笑得嘴都合不拢了,这情绪再好不过,他就像老帕的小兄弟那样亲密无间。我忙按下快门,留下了这永远难忘的瞬间。本来还想再拍一张,可惜后面有好多人正"虎视眈眈"地等着"前仆后继"呢,只好作罢。

现在,这张珍贵的照片就挂在我们家的墙上,老帕每天都在望着我,用他那略带顽皮的微笑望着我,还有那斜阳下我先生发自内心的笑容,都令人想起那天拍照时的情景，真让人开心。

演出开始了，大幕在活泼欢快的乐声中急启。巴黎拉丁区寒冷的冬天。年轻的诗人鲁道夫在写作。美丽的姑娘咪咪来借火。风把屋里的蜡烛和咪咪刚点着的蜡烛都吹灭了，两个人摸黑在地上找钥匙。老帕虽然很胖，扮演的鲁道夫下蹲有些困难，可他却演得非常认真，他在地上摸索着，把钥匙偷偷装进了口袋。鲁道夫抓住咪咪的手温柔地唱起著名的咏叹调《冰凉的小手》："你的小手这样冰冷，让我来把它温暖。何必再寻找？在暗中不会找到……"人们屏住了呼吸，这年轻的、富有激情的，充满希望、爱情和幻想的声音，像金属般具有喷射力与穿透力的声音，这完美无瑕的声音，多么令人心魄荡漾、如醉如痴！听众受到深深的震撼，真是名不虚传哪！那时候还不兴叫"好"，尤其用外文叫好。大厅里只有掌声，那万马奔腾似的、万箭齐发般的疯狂的掌声啊！大家都拼命地鼓掌，我的手都拍痛了。鲁道夫拉着咪咪的手走向侧幕，台下疯狂的掌声还在继续。

第二幕是欢快的。广场上是川流不息的人群，歌剧院的群众演员淋漓尽致地发挥着他们的演技。老帕微笑着上场，他的歌声在整个剧场的穹顶飘扬着，在每个人的耳畔回荡着。老帕的动作也轻松起来。观众发出会心的笑。突然在侧幕边上，我看到我先生所扮演的那个群众角色正坐在巴黎的一个小饭馆里，神情专注，一脸陶醉。他完全沉醉在浦契尼的音乐里，沉醉在老帕的歌声里，沉醉在意大利的"红酒"里了。他悠闲地喝着酒，仔细地听着，好像每一个音符都不肯放过。这个角色真让人羡慕死了！事后我老公兴奋地说："没有比这一幕更让我开心的了。我坐在与老帕近在咫尺的小餐桌旁，喝着从意大利运来的可乐，静静地品味着老帕的歌声，这是多么求之不得的享受啊！老帕的声音真是无懈可击。其实他的表演也是非常真挚、投入的，不像有的歌唱家只管唱不管演。"

第三幕，冰冷、寂静的音乐缓缓响起。当鲁道夫和咪咪唱起悲切的离别之歌时，老帕那凄楚的歌声以及那谐和的四重唱响起时，人们的心被揪紧了，台上台下，演员和观众一起都陷入深深的哀伤之中……他的那支咏叹调《咪咪是轻浮的姑娘》唱得实在太动人了，他那无与伦比的歌声细致入微地传达了主人公的复杂感情。

第四幕是悲剧的高潮。鲁道夫和咪咪回忆往昔的二重唱催人泪下。咪咪终于离开了这个美丽的世界，离开了心爱的鲁道夫。最后，在老帕撕心裂肺的呼喊声中落下帷幕。老帕的"叫喊"也充满美声技巧。

没有人能够真切地描绘帕瓦罗蒂的威力，许久许久我都没能从他的歌声中走出来。若说是"余音绕梁"，那"不绝"怕不知是多少个"三日"了！

老帕震撼了北京舞台，震撼了全北京城。老帕继征服英国、美国、法国、意大利等国观众之后，又征服了世界上人口最多、幅员最辽阔的国家——中国的观众。

老帕这次带了他亲爱的老爸一同来华。父子俩很像，老人也有些胖，但个子稍矮，到儿子眉骨处。他戴了一副黑边眼镜，人很和善。也许因为过去是面包师的关系，他唇红齿白、气色很好，显得很年轻。每次老帕演出，他总是默默地坐在侧幕条后，仔细聆听。大概演毕他会告诉儿子如何如何吧。据说父亲也有一副漂亮的好嗓子，也是男高音。有时他会在面包店里应邀高歌一曲，赢得满堂喝彩。他收藏有许多著名男高音歌唱家的唱片，如吉利、卡罗索、斯吉帕等。老帕说："他总是没完没了地听，直到听坏为止，我就是在这种熏陶中长大的。"

老帕出生在意大利摩德纳，那里冬天寒冷潮湿、夏天酷热难当。可老帕却始终如一地眷恋着自己的家乡。闻名全球的老帕无论走到哪里，或金碧辉煌的大剧场，或华丽舒适的庄园牧场，他都忘不了引领他走向未来的这片土地。他爱它巍然屹立的钟楼，爱它每一条街巷，爱它和每一块古老石头联系在一起的历史，爱这里的每一个人，爱自己的家庭……直至今天，每当他从国外演出归来，总要抽空来此，重温童年时的足迹和旧梦。

这里的人天生具有歌唱素质，老帕说："什么小贩啦、职员啦、锅炉工啦——许多普通人都喜欢歌剧，能用美声唱法唱一些咏叹调、合唱、重唱什么的。所有的人都是声乐家，我父亲、外祖父、理发师……每个人对声乐都有自己的见解。"有时在公交车上，只要有人带头唱歌剧，就会有人附和。歌剧的大合唱、重唱、独唱……都会有人自觉担当，无须商量。然而，并不是每个意大利人都能成为大歌唱家的。事实证明了这一点。

老帕的确具有得天独厚的条件。有人说："上帝吻了老帕的声带。"那是在他成名之后。假如他没有今天的成就，大概"上帝"也不会去"吻"他的"声带"，就像对他的父亲、外祖父或其他人那样。可见上帝也是"追星族"，等人家有了名气才去凑热闹的吧。

事实上，他的成长道路并非一帆风顺。少年时他在唱诗班里，高音很吃力。成年后他还不止一次地做过别人演出的替补。后来，他经过了刻苦的7年正规学习。他长期一丝不苟地进行练习与技巧训练，为自己的未来，打下了扎实深厚的基本功。后来，他又经过多年舞台磨砺，才逐渐成熟。他的老师、著名声乐教育家波拉说："他不仅勤奋，而且聪明过人……从一开始，我就断定他会成为一个杰出的男高音，不仅因为他有理想的声音素质，而且还有一种专心致志、顽强、刻苦、好学的精神……他如饥似渴地努力使自己的声音变得更完美。"

老帕后来又来过几次北京，有时是和另外两大男高音多明戈、卡雷拉斯同时演出的。老帕总是面对着明天的舞台。但是无论他在世界的哪个角落，我为他拍的那张与我先生唯一的合影，却总会挂在我家的墙上，那一如既往、和蔼亲切的微笑，留在我们家里陪伴着我们，给我们带来快乐。老帕的歌声也总会穿过万水与千山、穿过时光的隧道，飞向我们，滋润着我们的美好生活。

发表在 2007 年 9 月《音乐生活报》上

63 我给歌剧《维特》跑龙套

爱真诚

20世纪末,我有一段美好且好玩儿的经历,很难忘。

一天晚上,我在儿艺剧场门前偶遇中央歌剧院导演陈大林女士。我跟她不熟,因为我爱人是她麾下的演员,我俩才相识的。没想到她突然问我,愿不愿意在北京国际音乐节即将上演的歌剧《维特》中,担任一个群众哑剧演员角色。对于一个爱好文艺的业余人士来说,能够有机会真正地、近距离地欣赏这个歌剧,并且是为国内外高水平的专业演员作陪衬,在正经舞台上"票"一把、跑一次龙套、玩玩儿,当然不错,也很难得。我不假思索地立即欣然应允,因为我作为业余演员在舞台上已早有历练。于是,这次短暂的"演艺生涯"就轻松地开始了。

歌剧《维特》是20世纪法国浪漫主义作曲家马斯奈根据歌德的小说《少年维特的烦恼》而写的。它似乎名气不大,远不如他的歌剧《黛依丝》那么招人喜爱。起码该剧中那首脍炙人口的间奏曲《冥想曲》是百听不厌的。埃及名妓黛依丝厌倦了人间的醉生梦死、虚荣浮华之后,希望摆脱罪恶与堕落,祈求安宁、纯净的生活。弦乐的那段忧郁委婉的心理表现得非常凄美感人。这个《维特》会不会也有一些好听的音乐呢?我满心期待着。

《维特》在北京保利剧院演了两场,票卖得很火。饰演"维特"的是英国歌剧演员,饰演"夏洛特"的是著名女中音歌唱家梁宁。我这个龙套每场亮相四次,比他们专业群众演员每场还多出现两次呢!其中"额外"的两次是荣幸地被梁宁亲自选中,陪她边聊边上场的。群众演员除我一人是"社会闲杂人员"之外,其余都是本行专业人士:音乐学院在校学生和歌剧院老演员。到现在我还不明白,选我跑龙套,这个不着边际的荒唐念头是怎么在这位著名导演的脑子里突然冒出来的?

排练前,不知怎的,梁宁用犀利的目光在这些群众演员中偏偏挑中了唯一的"假演员"——冒充"真演员"的我,来陪她出场。她不认识我,我也只是以前看过她的演出而已。

排练时,她同我漫步上场,她只跟我作"闲聊"状,动动嘴巴出点声音,然后走到固定的位置唱自己的咏叹调。我觉得不怎么好,于是在正式演出时我开始跟她"没话找话"。

我随她一走上舞台,就对她说:"你比当年在国内演《卡门》时更成熟、更年轻、更漂亮了。真话,事实如此。"

她脸上立刻现出灿烂的微笑说:"谢谢、谢谢!不过不可能的,人总是要老的哦。"

梁宁显然非常高兴,她轻松地走到那个固定位置,唱起自己的咏叹调。

第二场时,她先问我:"你是歌剧院的?"

"不,我是搞文学的。"

"是吗?太有意思了。"

"不过我是个音乐爱好者,你每次回国演出我都看,很喜欢。"

"谢谢你!"梁宁又是高高兴兴地走到那里,开始了那段咏唱。

我想我这个龙套还算称职吧,起码我自编的台词长短合适,又恰恰能使她在开始唱咏叹调时和我说完话,并且心情愉悦。

演出结束后,我问陈大林导演:"我还行吧?"

导演笑着说:"很好啦,非常好,很有风度啦。"

就这样,两场正式演出既轻松又快乐。遗憾的是,出乎我的愿望与意料之外的事情还有。

我原以为可以更多地听到音乐的伴奏、演员的表演和歌唱,然而不仅这些都看不到、听不到,相反,上场时需要专心于避免误场,排练时需要安于单调重复,候场时则要求十二分的耐心,因为它实在是太漫长了……

爱真诚

舞台上，正翻动着那页尘封已久的历史、展现着催人泪下的爱情故事，而你却站在昏暗的走廊里等待，在黑黢黢的后台等待，在边幕条外等待，等待上场，而更多的时间是在等待排练、等待导演随时召唤……为了拥抱一个美丽的梦，等待出长长的身影，不能读书、不能看报，甚至连聊天也找不到人。有时你会感到乏味，感到无聊，感到时间在一分一秒地流逝，感到等待之长，仿佛是人的一生。

老演员说，这就是绝大多数演员的演艺生涯。台上也许只有几分钟，台下往往要等待数小时或者更久、更长。原来当演员一点也不轻松、不好玩儿呵！

说来也怪，这次龙套经历没有给我应有的艺术享受，却在等待中顿悟了一点人生。

是啊，人是一定要学会等待的，等待毕业、等待就业、等待排练、等待上场、等待解决恼人的问题、等待辉煌、等待心爱的人……也许，等待长成一圈圈艰辛与多彩的年轮，从童年到老年，从缕缕青丝到白发丛生。也许，等待击碎了儿时的幻想，等待也许实现不了青年时代的梦，等待也许是幸福，也许是痛苦。

等待是一段长长的值得回味的历史，是点点行行散发墨香的诗文，是落叶飘洒湖畔的小路，是年深日久的陈年故事，是悠久苍凉的长城老墙，是寒山寺沉重大钟的鸣响，是暮年阳光下的瞌睡，是葡萄架下对辛酸岁月的回味……等待也许仅仅是一种使命，一种没有鲜花、没有谢幕、没有喝彩的戏剧，就像我这次一样。等待是人们在命运规定的台词中匆匆行走……等待是一次次灵魂的洗涤。

当你在纷乱的、交通堵塞的大街上动弹不得时，不要轻易放弃等待。当等待使你疲惫、厌倦、绝望，甚至感到上当受骗时，也不要放弃等待。因为等待可能就是机遇，就是希望。

等待中的年华是成熟的年华，所有不懂得等待的日子都太年轻。古今中外的历次浩劫中，许多善感、脆弱的灵魂不堪蒙冤受辱，以死抗争，一念之差踩响了错误的地雷，就因为他们太不善于等待，就像少年维特一样。

"等着我吧，我会回来的……我之所以能活下来，因为世界上没有任何人，像你这样善于等待。"俄国诗人西蒙诺夫早就揭示了等待的伟大意义。

有意思的是，后来无论我再看什么演出，似乎对所有的群众演员都多了一分关心、一分感激和一分敬意。正是因为我有了这样一段难忘的经历，我才开始懂得了他们事业的神圣意义。

将来，我会把《维特》的光盘买来细细欣赏，弥补不曾欣赏全剧的这一遗憾。至于由于跑龙套所引出的人生感悟，大概今生只此一次。感谢陈大林导演和歌唱家梁宁女士的错爱。我会时常怀念这段难得的演出，历久弥新，终生不忘。

64 莫斯科郊外的婚礼

那是一个夏日的清晨。

卡佳约我相伴去莫斯科郊外采蘑菇。一早,我们带着两只空包就上路了。40 分钟后,汽车把我们撂在一个人烟稀少的小站。乡路弯弯,道路两旁是浓密的森林。

好大一片沉寂的绿色海洋,苍翠蓊郁、邃密幽深、层层叠叠、枝叶交错。钻进去翘首仰望,看不到明丽的蓝天,偶有阳光漏进来,也显得苍白无力,随风飘荡着。

忽然,一阵阵嘈杂的人声从村子里隐隐约约地传来,那声音欢快、喧闹,其中还夹杂着歌声、笑声和尖叫声。我们的神思一下子被它摄走,放弃了眼前可爱的蘑菇,不约而同地朝那个声音走去。

我们快步走出森林,穿过一片空旷的草地,踏上一条石渣铺设的大路。

氤氲如烟的万绿丛中现出一座五层老式居民楼。楼前拥着许多衣着鲜艳的男男女女,他们个个神采飞扬、喜笑颜开。近处还停着三辆轿车、一辆面包车,车上装饰着彩带、鲜花,车前安放着一对塑料娃娃。看起来有些像我国的婚车。原来这是一个迎娶新人的车队。

那位英气勃勃、棕红色头发的青年是新郎。他身着蓝灰色西装、淡蓝色衬衫、花领带,西服领子上插了一朵鲜花。他青春的脸上露出抑制不住幸福的表情,他跑前跑后与人群寒暄着。他的幸福感染着大家。

正当新郎、伴郎和男方亲友朝大门走去时，忽然，谈笑风生、等候已久的一二十个老头老太太，带着满脸狡黠调侃的表情，出其不意地"唰"的一声，横陈在门前，不肯让出进门的路。他们好像事先排练过似的，目的明确、动作整齐。不一会儿，这些老人扯着嗓子高唱起来，幸好卡佳带着纸笔，我匆匆地把歌词记了下来，译成中文如下：

姑娘贤惠又美丽，算你今生有福气，

要想进门也不难，送些礼品表心意。

歌曲的旋律简单、欢快，很有民歌风格，颇像一首老歌《红梅花儿开》，用老百姓的"大本嗓"唱，声部高低错落，听起来自然和谐，十分亲切。

新郎慷慨又大方，留下礼品再迎娶。

就这样，新郎再施礼，老人再歌唱。双方"僵持"了好一会儿，新郎和伴郎们开始"让步"，他们从汽车里拿出早已准备好的伏特加、香槟、巧克力、糖果、手帕、胸针、头饰等多种崭新的礼品分送给邻人，连我们这些看热闹的，也都得到了糖果。所有的人都为他们鼓掌、祝福。

这时，新郎把新娘从楼上抱了下来。新娘果然是光彩照人，雪白的长长的婚纱在风中飘曳着，淡黄色的头发、粉红色的笑脸，一对美丽的蓝色大眼睛好像会说话。她望着前来祝贺的人群，向他们报以感激与幸福的微笑。

食物很丰盛，饭厅里热气腾腾，人们尽情地吃着、喝着、闹着。忽然有人大叫起来："谢廖沙，不好啦，你夫人的鞋子被人偷了！快去找找！"

叫谢廖沙的新郎趴在桌下看了看，果然新娘漂亮的新鞋没了，找去吧。他东看西看，最后从别的房间里拎回了那双新鞋，正要去给新娘穿的那一刻，他发现心爱的人被人"偷"走了。原来正在他找鞋的时候，来了一个体魄健壮的小伙子，一下子就抱走了新娘。新娘也不"奋力挣扎"，笑嘻嘻地搂住小伙子的脖子，随之"消失"了。这戏剧性的全过程都是在满屋歌声、笑声、闹声中进行的。

"可了不得了，谢廖沙，你的新娘被坏人抢走了，快找啊！""找哇找哇！"人们怂恿着，快乐地叫喊着。

就在新郎满世界找新娘的时候，又发生了精彩的一幕。

一位漂亮的女子领来了两个美丽的小孩，一男一女，都是七八岁的样子，非常可爱。有趣的是男孩打扮得和新郎一模一样，女孩打扮得和新娘完全相同。他们被抱到那对新人的位置上。两个孩子大大方方地唱起歌来。看来他们是村里挑选出的、最富表演才能的孩子了。大家欢呼叫好，有的大人跑过来亲吻他们，往他们手里、口袋里放糖果。这时新郎抱着"失踪的"新娘回来了，人们欢呼鼓掌，群情振奋地进入高潮，整个大厅被热烈的、欢快的喧闹所覆盖……慢慢地人们有些累了，喧嚣逐渐平息，人们开始进入正式的吃的程序，我们也该走了。

　　汽车在通往莫斯科的大路上颠簸着。窗外的绿叶随着村民的歌声一起飘远了。这些可爱的、纯朴的人民就是在这个村落里进进出出、繁衍生息的。他们平凡得像星星月亮，他们不断地用双手描绘着一幅幅充满生活气息的、色彩绚丽的民间风俗画。如果没有这场婚礼，这个村落也许像其他的村落那样，是静谧的、安详的，甚至是人烟稀少的。这种生命力一旦爆发，它们竟是如此之巨大、如此之引人入胜、如此之绚丽夺目！

　　快乐的人群，有趣的婚礼，纯朴的歌声，都渐渐消失在迷蒙的烟尘中，我的心却久久地留在这个充满活力与希冀的地方，留在莫斯科郊外的那个小村落中。任何时候回想起来都是那样快乐，那样充满生命的张力。

发表在 2003 年第 4 期《博爱》上

65 《国际歌》歌词的汉译始末

这首气壮山河的不朽之歌,在人类历史长河的上空回荡了一个多世纪。列宁曾精辟地概括了《国际歌》奇迹般的力量:"一个有觉悟的工人,不管他来到哪个国家,不管命运把他抛到哪里,不管他怎样感到自己是异邦人,言语不通,举目无亲,远离祖国,而他可以凭《国际歌》的熟悉曲调,给自己找到同志和朋友。"

如今的中国同胞,无论何时,依旧会用这首歌曲充分地表达他们高昂的爱国激情和团结奋进的力量。

1871年6月,巴黎公社遭到残酷镇压后不久,硝烟还没有散尽,伟大的巴黎公社诗人欧仁·鲍狄埃在市郊一间冷僻的小屋里,写下了《国际工人联盟》一诗。17年过去了,在诗人逝世7个月后,法国工人狄盖特读到了这一激动人心的诗篇,立即用三天时间为它谱了曲。这就是被列宁称为"全世界无产阶级的歌"的《国际歌》。

1919年五四运动以后,《国际歌》也在我国传播开来。

它在我国最早的译文,刊登在1920年10月10日出版的广东共产主义小组的周刊《劳动者》第2号上,题为《劳动歌》,译者署名列悲,译自法文。歌词中"L'INTERNATIONALE"一词(意为"国际"),译者没有采用音译,而是意译为"人类全体"。该期仅刊载了第一段的译文:

（一）

起来，现在世上受了饥寒困苦的奴仆。

管治将来世界的理性渐渐强起来了。

做奴仆的人呀！起来！快起来！

不要固执古人的谬说！

世界的基础快改变了；无产者将成为万有者！

最后的奋斗！快联合，将来之世界只有人类全体！

最后的奋斗！快联合，将来之世界只有人类全体！

同年10月24日出版的《劳动者》第4号又刊登了第2段和第3段的译文。

（二）

君主，上帝，空论家，是不能拯救人类的。

工人呀：我们要拯救自己！以谋公众的幸福。

解放精神以脱离掠夺的生活，

这是工人唯一的事业。

（副歌同前，略，下同）

（三）

国家压制我们，法律欺骗我们，租税困苦我们！

富贵者则受保护，贫贱者则没有发言权。

法律平等是假的：

天下断没有无权利的义务。

10月31日出版的《劳动者》第5号续登了第4段的译文：

（四）

哦，铁路大王呀！煤矿（原文知此）大王呀：

是否除扑灭工党外便没事情可干呢？

平民创造万物，什么是属于你们的呢？

你们应该把所有的财产，给回原有的主人。

12月5日出版的《劳动者》第6号才把全部译文登完：

(五)
和平是对我们自己说的！对待敌人要奋斗！
罢工是我们反对军备最好的武器。
吃人肉的人呀！你们想做新伟人吗？
我们的枪弹是向我们的长空发的。

(六)
城市的及乡村的工党呀！土地是属于我们的。
坐食的人呀！请他走！
你们用我们的血汗养活你，犹如掠夺鸟一样！
你们终有一日灭亡，太阳照耀此光明的世界。

1920年11月，留法勤工俭学学生主办的《华工旬刊》第5号上发表了张逃狱的译文，题为《劳动国际歌》。最近张允侯同志告诉我：据当时与张逃狱同志在法国一起做工的陈书乐同志回忆，他在法国见过逃狱译的《国际歌》全文。遗憾的是，这里只找到第1、3、6段，而非全文。

张逃狱译的第一段与副歌如下：

起！起！起！满地狱的囚犯。
起！起！起！受饥饿的工人。
公理当头一棒，末劫齐喷火星。
把过去的一扫平，众奴隶快起身。
世界基础要更新，我们合起做一人。
是最后一战争，团结我们。
明朝的国际，才是人群。

爱真诚

　　1921年9月，商务印书馆印行的《小说月报》第12卷号外《俄国文学研究专号》，刊登了耿济之、郑振铎合译自海参崴"全俄劳工党"第14种出版物《赤色的诗歌》的《国际歌》歌词，题为《第三国际党的颂歌》。译文如下：

　　　　起来罢，被咒骂跟着的，
　　　　全世界的恶人与奴隶；
　　　　我们被扰乱的理性将要沸腾了！
　　　　预备着去打死战吧！
　　　　我们破坏了全世界的强权，
　　　　连根的把他破坏了。
　　　　我们将看见新的世界了！
　　　　只要他是什么都没有的人，他就是完全的人。
　　　　这是最末次的，
　　　　最坚决的战争！
　　　　人类都将同着第三国际党，
　　　　一块儿奋起！
　　　　谁都不给我们救助，
　　　　也不是上帝，也不是帝王，也不是英雄！
　　　　我们就用自己原来的手，
　　　　达到赦免的地位。
　　　　因为要用勇敢的手，推翻担负，
　　　　因为要打死自己的善。
　　　　吹起筘来，勇勇敢敢地打铁，
　　　　在铁还红热的时候！
　　　　　　　（副歌同前，略，下同）
　　　　我们不过是
　　　　全世界大劳动军队里的工人。
　　　　用公理的名，管理土地，

268

永远没有失败的时候！

如果很大的雷声，

在猎狗和刽子手的绳上响起来，

那么，太阳对于我们总是一样的。

我们还能用我们自己的光的火焰来照耀的。

萧三同志1939年1月15日在《中国青年》第2卷第3期的《国际歌歌词修改说明》一文中特别提道："伟大的十月社会主义革命成功后，(《国际歌》)曾由李大钊同志及瞿秋白同志先后译成中文。"可惜，李大钊同志的译词迄今未查到。

《国际歌》歌词的以上几种中译文，都未配曲歌唱。根据现已查到的史料，国内最早配曲歌唱的《国际歌》译词，是1923年由瞿秋白同志以及萧三、陈乔年同志分别在国内和莫斯科完成的。瞿秋白同志的译词，发表在1923年6月15日出版的《新青年》季刊第1期《共产国际》号上：

G调　　国际歌4/4

一

起来，受污辱咒骂的！

起来，天下饥寒的奴隶！

满腔热血沸腾，拼死一战决矣。

旧世界破坏得彻底，

新社会创造得光华。

莫道我们一钱不值，

从今要普有天下。

(副歌) 如下：

这就是我们的

最后决定争，

英德纳雄纳尔
人类方重兴。
这就是我们的
最后决定争,
英德纳雄纳尔
人类方重兴。

二

不论是英雄,
不论是天皇老帝,
谁也解放不得我们。
只靠我们自己。
要扫净万重的压迫,
争取自由的权利。
趁这洪炉火热,
正好发奋锤砺。

(副歌同前,略,下同)

三

只有伟大的劳动军,
只有我世界的劳工,
有这权利享用大地;
那里容得寄生虫。
霹雳声巨雷忽震,
残暴贼灭迹销声。
看,光华万丈,照耀我红日一轮。

据萧三同志分析,这个译词"完全是根据俄译再意译为汉文的"。

至于萧三同志以及陈乔年同志译配《国际歌》的情况,我从萧老本人那里了解到一些,简述如下。

1920年上半年,萧三同志在法国勤工俭学时,在法国工人阶级的集会上和游行队伍里,已学会唱《国际歌》。有一个叫西居列的法国青年,常到中国旅欧共产主义青年团所在地戈德弗鲁瓦街17号拜访萧三同志和其他中国朋友。有一天,他带来一份油印的法文《国际歌》。这是萧三同志最早看到的《国际歌》全文。萧三同志非常喜欢这首歌曲,并产生将它译成中文的想法,但未成。

1922年冬,萧三来到莫斯科东方劳动者共产主义大学学习。1923年夏,他和"东大"的中国同学到距莫斯科70公里的瓦西钦诺村苏维埃农场度假,和陈乔年同志一起,根据法文并参照俄译文把《国际歌》译成中文。他们一面翻译,一面教同学们唱。曲调大家早已熟悉,译词又尽量做到通俗易懂、押韵上口,很快就都会唱了。同年,"东大"归国学生把译词带回国,从此就在国内流传开来。1925年3月出版的《工人读本》第36~38课,刊载了他们译配的词曲。其中第一段是:

> 起来!饥寒迫的奴隶,
> 起来!全世界的罪人。
> 满腔的热血沸腾起来了!
> 拼命作一最后的战争。
> 旧世界破坏一个彻底,
> 新社会创造得光明。
> 我们一钱不值,
> 我们要做天下的主人。

同年,省港大罢工旬刊《工人之路》转载了这段译词。9月,安源工人在保卫安源路矿工人俱乐部的斗争中,就是高唱萧、陈合译的《国际歌》昂首前进的。

萧三在回忆他翻译《国际歌》所遵循的原则时说过:"每一国的文字都有它自己的特点,因此翻译别国文字成本国文字的时候,既要忠实于原文,又要符合本国文字的特点和习惯,才能为本国人民所接受。"萧老以《国际歌》第2段头4句为例,据法文直译则是:

没有（什么）最高的拯救者！

非上帝、非罗马皇帝，亦非护民官。

生产者们，我们自己救自己！

我们创造公共的幸福！

这四句的俄译文直译为中文是：

谁也不会把我们拯救，

无论是上帝，无论是沙皇，还是英雄，

我们争取解放要用自己的手。

萧三、陈乔年把这四句译为：

从来就没有什么救世主，

不是神仙，不是皇帝，

更不是那些英雄豪杰，

全靠自己救自己！

萧老说："因为欧洲人信'上帝'，中国人信'神仙'，欧洲人有过'罗马皇帝'（Cesar）或'沙皇'（Tsar），中国人有过'皇帝'。至于'护民官'或'保民官'（Tribun），则是古罗马时代的官职，欧洲人懂，中国人不懂，所以我们就把俄译的'英雄'用上了，但也加了两字，成为'英雄豪杰'。"萧老又说，"可是这四句把'我们创造人类幸福'那层意思抹去了，这是原译的缺憾。"（以上引文摘自1965年1月萧三同志手稿）

1982年4月27日，我把这篇文章送请卧病中的萧三同志审阅。萧老再次指出，1962年修改后的译词中仍有不妥之处。第6段（中译第三段）这两句的法文是：

Ouvriers, paysans, nous sommes

Le grand parti des travailleurs；

这两句直译为："工人，农民，我们是劳动者的宏伟队伍。"在这里，欧仁·鲍狄埃特别强调了"工人、农民"，而不是一般地泛称"劳动者"。现在中文《国际歌》第三段歌词的前两句为："是谁创造了人类世界？是我们劳动群众。"萧三同志认为，不如仍译为"是谁创造了人类世界？是我们工农群众"更切合原意。这样处理，也可避免和下一句的"劳动者"以及歌词第二段中的"劳动果实"重复。

1939年，萧三同志在吕骥、冼星海等同志的帮助下，按照原文对译词进行了修改。其后，萧老又做过几次修改，他一生都在追求文字的准确与优美。萧三晚年常说："发表时，没有写上陈乔年，是我们的缺点，无论如何，他最初还是参加了翻译的。署上他的名字也有纪念他的意思，这样做才好。"流传到20世纪60年代初的那个译词，只署有萧三而没有署陈乔年的名字。萧老说，"我对不起乔年……"现在，我们将这个流传了30多年由萧、陈二人翻译的歌词公布于下，以示纪念：

起来，饥寒交迫的奴隶，
起来，全世界的罪人！
满腔的热血已经沸腾，
做一次最后的斗争！
粉碎那旧世界的锁链，
奴隶们起来，起来！
莫要说我们一钱不值，
我们是新社会的主人。

（副歌）

这是最后的斗争，
团结起来到明天，
因特那雄那尔就一定要实现！
这是最后的斗争，
团结起来到明天，
因特那雄那尔就一定要实现！

散文篇

从来就没有什么救世主，
不是神仙，不是皇帝，
更不是那些英雄豪杰，
全靠自己救自己！
要争取和平、自由、幸福，
要消灭剥削、压迫！
快把那炉火烧得通红，
你要打铁就得趁热！

（副歌同）

我们是世界的创造者，
劳动的工农群众！
一切是生产者所有，
哪能容得寄生虫！
我们的血汗不知流了多少，
和那些强盗们战斗！
一旦把它们消灭干净，
鲜红的太阳照遍全球！

（副歌同）

1962年，鲍狄埃逝世75周年、狄盖特逝世30周年纪念大会前夕，重新发表了新译词与曲谱，主歌译词稍有变动，副歌则完全照旧。中国音乐家协会、中央人民广播电台在发表《国际歌》时，附加按语中说："歌词中有些字句，原来翻译得不够妥帖，现在由有关专家加以修改和订正。"所以，印出的《国际歌》便只有词曲作者而没有译者姓名了。此歌词一直延唱至今。1996年11月开始署明：萧三译配。歌词如下：

起来，饥寒交迫的奴隶，
起来，全世界受苦的人！
满腔的热血已经沸腾，

要为真理而斗争！
旧世界打个落花流水，
奴隶们起来，起来！
不要说我们一无所有，
我们要做天下的主人。

（副歌）

这是最后的斗争，
团结起来到明天，
因特那雄那尔就一定要实现！
这是最后的斗争，
团结起来到明天，
因特那雄那尔就一定要实现！

从来就没有什么救世主，
不是神仙，不是皇帝，
要创造人类的幸福，
全靠我们自己！
我们要夺回劳动果实，
让思想冲破牢笼！
快把那炉火烧得通红，
趁热打铁才得成功！

（副歌同）

是谁创造了人类世界，
是我们劳动群众！
一切归劳动者所有，
哪能容得寄生虫！
最可恨那些毒蛇猛兽，
吃尽了我们的血肉！
一旦把它们消灭干净，

鲜红的太阳照遍全球！

（副歌同）

伟大的无产者之歌《国际歌》是不朽的。它在全体进步人类的心上矗立了一座非人工的纪念碑。中国人民将永远感谢把《国际歌》传播到我国的前辈们的卓越贡献！

发表在 1981 年第 11 期《新时期》上

1982 年 6 月 9 日《天津日报》上

1983 年第 2 期《翻译通讯》上

66 上海人，请接受一个北京人的敬意！

3月28日至5月30日，我应上海同济大学之邀去他们学校写作。在两个月"非典"疫情的高峰乃至缓解期中，亲眼目睹了上海人"防非"工作的细致认真、严谨周到，深刻地体验了每个普通居民防范意识之强、社区管理网络交织之密，实在令我感慨万端、钦佩不已。

4月下旬，宾馆里客户已经走空，食堂停伙。为方便生活与工作，学校为我在附近居民区租了个一居室。5月8日，房东帮我搬进"新居"时，就顺便给周围邻居打了招呼："从专家楼搬过来的，已经来了一个多月了。"房东刚走，过了一个多小时，我的门前便出现几位手持大喇叭的妇女，高声朗读着"防非"及外来人员注意事项的文件，开始我没太注意，后来见她们只在我的门前往返走动、反复宣讲，才明白这是针对我的。我把大门打开，她们见我戴着大学校徽（那是学校为了我进出工作方便，特借给我的），问我"有没有外人"后，便离去了。

不一会儿，我走出电梯，见新出的黑板报上赫然用红笔写着"凡谎报、瞒报者追究法律责任……"，显然也是为我写的。想到我校徽是借来的，也算"谎、瞒"之列，不禁心惊肉跳起来。回到房间，电话铃响了，声音低沉而神秘："侬啥人？"由于心情紧张也没听清他说些什么，好像是附近居民，大有劝我去"自首"的意思。惊魂未定时，突然传来"哆哆哆"的敲门声——递进来一张纸片，仍然是"正告"我这个"外来人"的。晚上，我刚躺下，楼道"小组长"开完居委会召集的"紧急会议"后来找我，我只好再次如实"交代"。

第二天，我的门口又响起大喇叭与妇女的朗读声，这次我早已心领神会，没有开门。

下午，我刚下楼，就被一位戴红袖章的守门人拦住："请带上身份证到居委会登记！"

到了校办公室，秘书说已接到我所住的大楼居委会电话，说那个楼的居民对北京来的我"反应很大，特来核实情况的"。我叹了口气说："工作做得够到家的，只是我太累了，怎么想怎么觉得自己是个'逃犯'。"校办主任也笑起来，说："明天我亲自打电话去，放心吧！"

果然后来相安无事，电梯员也收回了狐疑警惕的目光，邻居对我也友好起来。

我向房东倾诉了我的"遭遇"。房东笑道："他们大概还有些不放心。上海人就是这样'顶真'，横的竖的网，上上下下的线，人自为战，滴水不漏，你体会到了吧！现在无论你走到哪个路口报告疫情，保证5分钟内车子就到。"我说："看来我这个来自'北方某个疫区'的人，休想蒙混过关，真是插翅难逃啊！上海人，我真是服了你了！"

我一位老同学的儿子是派出所的，每天从早忙到深夜，主要是对付"非典"。一有情况立即出动，先将"疑点"隔离起来，并层层上报，"指示"也会飞快地层层下达，一竿子插到底。有时"疑点"不配合，会千方百计地逃走，他儿子便要千方百计地把他"抓"回来，直到弄清事实才罢休。同学心痛地说，"抗非"以来，儿子瘦了许多。

直至5月30日我离开上海时，所有的单位、学校、居民小区都依然是由专人把守，出租车与来路"不明"者是免进的。所有的出租车司机都必须戴口罩，若遇不戴而被投诉者，罚款不殆，毫不留情。

回到北京，感觉大不相同。公共场合戴口罩的人很少，司机大多不戴。小区无人看管，往来如入无人之境。仍有不理睬"规定"者、聚众购物买菜者依旧不少……作为一个"重灾区"，北京人是不是太"潇洒"了点？

看来上海疫情控制得比较好不是没原因的，上海人为此下了大功夫，它的组织系统、治理观念、工作方法等，都太值得全国人民，尤其是北京人学习并深思了。

上海人，请接受一个北京人的敬意吧！

发表在 2003 年 6 月 28 日《健康报》上，获该报"优秀作品奖"后收入 2003 年 9 月由《健康报》编选出版的《非常历程》一书中

67 死的体验

那年冬天,我在上海国泰电影院门前因急剧胃痛颓然倒下。

"哪位同志帮帮忙,给我拦一辆车子呀!什么车子都行,快点!谢谢啦!"郭佐明,我的同窗好友,急切地喘着气,用声嘶力竭的哭腔在我耳边喊着,我被这喊声唤醒了。

太阳破了,四处流溢,眼前洒满金星。车辆在空中浮动、人群嚅动着嘴巴……荒漠、混沌、一片蒙眬、小提琴战栗、单簧管、长笛。呵,苦痛、呻吟!我怎么了?难道我死了吗?刚才我不是和郭佐明在国泰电影院门前相见了吗?大学毕业后各奔东西、劳燕分飞,一直没有重逢过。如荼的岁月、沧海桑田的27年,需要多少时间去追忆那个一去不复返的时代呀!"欢笑情如旧,萧疏鬓已斑。"我们的白发和皱纹都书写着自己漫长又曲折的故事。

"今天要聊个痛快!"我默默地思忖着。佐明额上深深的皱纹掩不住当年的诚挚与天真。我早就胃痛了,但我不愿与她就此分手,一直忍着,可怎么就昏倒在马路上了呢?

一切又静止了,我失去了我。没有了阳光、人影、车辆和音乐……

"请帮帮忙拦个车子呀!快呀!"佐明又在火急火燎地喊。定音鼓、强烈的管乐在咆哮……我又醒来,整个身体和灵魂都在颤抖。我怕,我真切地感觉到这生命原来是一根如此纤细、如此脆弱的线,千万莫去触动它,一触即断。又觉得生命像空气里看不清的一缕游丝,一转眼便飘逝得无影无踪。抓不住，心空荡荡的。我冷，希望妈妈（她已仙逝了 30 年）用温暖的怀抱裹着我。我小，像刚出襁褓的幼儿，盼望着一双温暖的大手……奇怪，这是我从来没有体验过的一种自我爱怜的软弱！是啊，我虚脱了……我依稀感到自己的双手正紧紧钩住佐明的颈子，沉重躯体的大半重量都坠在她的身上。可怜的"豆腐花"姐姐！（大学时，佐明比我大几岁，身体又娇弱，我一直都这样叫她。）

还是那令人目眩的阳光、朦胧的人影、混乱的车流、低声的私语……

一位朋友的话跳进脑海："在上海，要是有人摔倒在地上，只会有人看热闹，绝不会有人去拉一把的。外地人更受歧视……"难为佐明了！颓丧啊，倒在繁华闹市的一汪污水旁，斯文何在？管乐依旧悲戚地唱着，幽灵缠绕，我这个北国游子，魂向何处归呢？又是一片骚动："外地人！"不知怎的，一种异样的孤独与悲凉袭上了心头，一阵酸楚，眼眶里涌满了泪水……

再次苏醒，发现自己躺在医院的病床上，和谐而沉静，窗外天空清澄。可我脑海里悲怆的音响总不愿停止。当然我不会死，也绝不愿去死。一旦我不得不离开这个世界，那就请尊重我的意愿吧。其一，不要遗体告别。尽管整容师煞费苦心给我涂脂抹粉，梳妆打扮得比我生前妖艳，用给所有死者、无论是部长还是平民都用的同一个夹子，夹着泡沫塑料塞进嘴里，好让萎缩的肌肉丰满点，让亲友们看着好受些，但那毕竟不是我。我愿意亲人记住我少女时代、青年时代以及中年时代最美好的形象。其二，不要开追悼会。在这个世界上，起码我的自我感觉是：爱我者多，恨我者少，妒我者亦少，两个少加起来，在地球上仍然是沧海一粟，何必"打肿脸充胖子"（对不起，到那时我已无"脸"可打），硬要发讣告求人来为我这不存在的灵魂，到八宝山那间无益于人们健康的房子里去受累、受晦呢？那些长远见不到面的朋友，会在我的"尊容"面前快活而又故作节制地握手寒暄，畅谈阔别后的种种。他们会说："呀，要不是高某……咱们还不知什么时候才能见面呢！"言下之意得感谢我的谢世。当然，无论深沉的悲痛或同情的叹息或随意抛洒的眼泪，极少的幸灾乐祸的斜睨，对于我又有什么相干！我自然不会因此到另一个世界里受到尊敬、重用和提拔。我不久将理所当然地被人遗忘，仿佛这个世界不曾存在过我一样。其三，把我的骨灰放在一只小盒子里，不要买那

爱真诚

千篇一律的、令人望而生畏的，家人把它放在哪儿都不合适的小黑匣子。我爱美，愿意自己亲手做一只漂亮的盒子，自己画上画儿，然后包一点象征性的骨灰，放进去（注意，不要吓着幼小的孩子）。不要去八宝山争夺那一小块拥挤的"卧室"了，也免去亲友们每逢清明的奔波……只可惜这只小盒子还没有做，如果这次小灾难不死，一定要抓紧时间做一只，就像过去许多老人生前把自己的棺材做好，摆在堂屋里天天看它一样……门"吱"的一声打开了。悲哀的遐思中断。

佐明告诉我，行人帮她把我抱上一辆"黄鱼车"。一位师傅飞快地把我送到徐汇中心医院。在急诊室门口，一位小伙子把我抱上了这张病床。佐明打电话去了。这时我才注意到在我床边伫立着一位老同志，好像站了很久了。他手里攥着一把化验单，显然是我的。他走近我，操着浓重的广东口音问："你们在上海有家吗？"我回答："有。"他松了一口气："那就好了！"

佐明是老上海了，不知怎的，今天她一着急，竟然完全喊起了普通话，使得路人误以为她是外地人了。

佐明打电话回来，这位广东朋友已经代我办好了许多手续。佐明说他是从我昏倒的地方一直护送我们进来，特为助"外地人"一臂之力的。后来，我才知道他是上海教育学院的温应时老师。

喉咙里梗塞着什么东西，眼睛里湿湿的。我想张嘴安慰佐明，想向温老师致谢，可是嘴巴好像打不开。佐明由于劳累和惊吓开始头痛起来。

我无力地吁了一口气。往事的帆仿佛越漂越近，把我带回孩提时代。那时我十来岁，一位陌生的阿姨看到我，便惊呼起来："哎呀！这女孩子多漂亮，真该去拍电影呀！"不一会儿，这阿姨又摇摇头，叹了口气说，"不过这孩子的耳垂儿太薄、太小，不是福相，怕是红颜命薄吧！"那时我寄养在姑姑家，姑姑一家都是知识分子，对此一笑了之，早已忘却。只有我，即使是容颜衰老的我，几十年后忆起关于我"薄命"的话来，总不免有些怅然。

就在那位阿姨见到我后不久，我差一点被人贩子拐走。那是个饥馑、愚昧、民不聊生的苦难年代。家乡河南遭到大水，时常听到关于谁家孩子失踪或被卖到异乡或被做成包子馅的流言，使人心惊肉跳。有一天，我放学回家，正一蹦一跳地走在马路上，突然一个大汉从我身后走来，向我耳边猛力一吹。

不知是像人们说的吹了蒙汗药还是怎的，我竟然跟着他走去。忽然一阵冷风袭来，点点雨滴落下，我蓦地清醒过来，惊恐地向路边店中伙计呼救："他吹我！他吹我！"伙计喊道："那是拐小孩子的，快跑回家吧！"那大汉见此情景，立即加快脚步，望风而逃。此后，我每天上下学必结伴而行。小时候的这一段悲剧性插曲大人们早已忘却，只有我至今依然清晰地记得那天的情景。今天想起，仍然毛骨悚然。

长大后，似乎总是"时运不济，命途多舛"。职业呀、事业呀、孩子啊、老人啊，无一不是催人华发早生、肌肉松弛的。另外，不是腿摔坏，就是手骨折；不是休克，就是烫伤。眼睛因看书过多成了高度近视。坐在公共汽车上由于无端的急刹车撞了个眼底黄斑出血；在大海里游泳偏偏我遇上海蜇，中毒很深送去急救，颇惊险……亲友们总觉得我身上有一种不安定、不愉快因素，好像随时随地都可能遇难或遭到不测，为此常劳他们牵肠挂肚。

突然感到有点冷，我蜷缩了一下。护士走过来给我盖上一条雪白的被单。我看见温老师正站在床边，关切地注视着我。除了温老师，那些好心人的面孔我都没有看见，更不要说去问问他们的姓名了。他们安顿好我之后，都悄悄离开，忙他们该忙的事情去了。帮助我，好像是他们上班前早已安排好的一件事。谁也没有说话，悄悄地来，又悄悄地走。一切都是那么单纯、自然、朴素，就像一杯没有杂质的清水，注入了丰富而深邃的内涵。短短的一两小时之中，我仿佛做了一个悠长的梦。我又邂逅了热，邂逅了光，邂逅了美。

我十分感动，觉得自己没有理由去死。虽然人海浮沉，往事堪悲，然而活着并不都是"秋凉"，有这璀璨的阳光，有这洁白的云朵，有这许多温馨的事，有这许多可亲可敬的人……想到此，我格外珍惜生命，珍惜那不可胜数的分分秒秒。我愿意活，而且准备好好地活下去。

1987 年 2 月于新源里

补记：几十年恍然又过去了，我又经历了许多事，感受过许多病痛和苦难，写作出版了许多文字，感受到人们真挚的爱和帮助，接触了许多异样的人……总结为一句话：我爱这个世界，爱一切有生命的事物和人！我已经给

> 爱
> 真
> 诚

自己做好了未来的"栖息地"：自己亲手捏了个泥人头像，躺在爱人亲手制作的用来放首饰类的小盒子里，头像周围尽是鲜花。头发和两粒用来纪念俄国手术的"胆结石"都是自己的，墓志铭是："一个爱读书远没有读好、爱写书还没有写完的人，她的灵魂安息在这里。不和大家玩儿了，再见吧，人们，我爱你们！"我想，这大概是可以概括我一生的最后一段话了。

2023 年 11 月 16 日

68 水之恋

我的欢乐来自水,我的健康来自水,就连最美好的记忆也和水联系在一起,我爱水。

小时候,大人把我搁在一盆水前,任我去抓弄,结果我总是搞得衣裙湿透,满地是水。可大人反倒放心,因为有了这盆水,我便不会到处乱跑,到处闯祸了。那盆水对于我来说,简直就是大海,是一个奇异的世界,一个既神秘又温暖的地方。

但是,我很晚才学游泳。记得 1962 年在北戴河初遇诗人萧三时,他曾赠我一诗,批评我"住在海边上,从不下浴场。岂不太辜负,海水和阳光"。后来,在那个大字报满天飞,高音喇叭声嘶力竭"炮轰""油炸"的时代,闲暇多起来,值得庆幸的是"红色风暴"并没有席卷到水里。北京陶然亭游泳池里人不多,水很干净。深水池墨绿,浅水池碧绿,蘑菇池浅绿,澄澈见底,真是可爱极了。我在这里遇到一位肤色黝黑、身体匀称、小巧玲珑,看起来四五十岁的妇女,我们是邻居,很面熟。她向我投来热情的外国味道的北京话:"你 h-a-o(好)吗?我来 ji-a-o(教)你 h-a-o 吗?"于是她就成了我的第一个也是唯一的游泳老师。她就是大名鼎鼎的舞蹈家戴爱莲。因为我在大学时跳过她编的《荷花舞》中的领舞,所以彼此更感亲切。那时,她已"靠边站",白天无事可做,天天去游泳。她收了我这个在水里手舞足蹈的学生。

爱真诚

"你学得真快呀！"她操着半生不熟的普通话认真地说，不时地舞动着她那优美的姿势。她夸我游姿一丝不苟，我赞她如此年龄仍然身段楚楚。她诡秘地说，"我还甜甜（天天）练共（功）呢，在自己家里。"我们互相鼓励着，她教游泳的态度绝不亚于教芭蕾。

我永远感谢戴爱莲。如果没有她的教授，我游泳可能不会学得那么快，不会达到今天这样的水平，更不会在某一个夏天去救一个女孩！她偷偷练功没有白练，"文化大革命"后期，我和戴爱莲都先后搬进各自的新居，一个住在东郊，一个住在西郊。她很快官复原职，搞上了业务。从此，我们便中断了联系。我偶尔能在报上看到她的动态，但她肯定不会注意到我发表的那些小文章。

后来，我跑到大海里游泳，和一个十七八岁的女孩子结伴，游得很远很远，穿过石头山，穿过轮船经过的深深航道，游到无人敢去的地方，游到中途，上不着天，下不着地，周遭一片汪洋。突然，她的腿抽筋了。我一边踩水一边为她搓揉，心里还真有点担心，万一她越抽越厉害怎么办？幸好她的痉挛很快过去了，我们终于到达了仰望已久数千米远的彼岸。站在岸上，抹去脸上的水，深深地喘口气，遥望远处浅滩上点点的苍茫人影，内心充满胜利者的喜悦与骄傲。

真有这样的奇事：当你身体不舒服时，当你心情烦躁时，只要一跳进水里，不适之感顿消，心头一切郁结全被浪花冲掉。水能够荡涤一切渣滓，使你摆脱世俗间的七情六欲，忘却红尘的烦扰，使整个灵魂充满爱、充满温柔与和谐。它还能给你以智慧，使你思索，使你彻悟那令人惆怅的人生。水对我的诱惑超过了一切。我游泳从不受人多人少、男女老幼、围观者何人等左右，见水便往里跳，急不可耐。游泳的人越少，属于我的世界越大，所以我特别喜欢傍晚下水，当落日沉入绿荫，黄昏薄暮时分，天边那一抹余晕渐渐消失时，岸边的房舍开始模糊起来，两岸长长的林带逐渐变成一片黑色。间或从枝叶中滤过点点亮光，于是水上也相应地摇曳着细碎的光斑。该是居民们全家欢聚的时刻了，铁栅栏旁的人影晃动，岸上传来幽幽的说话声、蒲扇拍打蚊子声，远处还有吉他的弹奏和流行歌曲的口哨声。没有比仰卧水面翩然浮游更自由、更惬意的时刻了。天像一片蓝色的轻纱盖着我，纯净无比，而且很近、很近，好像伸手就能摸得到。有时候，云像一块多彩的画板，一块蓝、一块红、一块灰、一块白、一块黄……而且有的地方彼此覆盖着、渗透着。我想即使印象派大师梵高也未必画得出这样动人的景色来。偶尔有三两只蜻蜓翩翩飞来，又掠水而过，消失在微茫烟波之中，那情景充满美。有时，我会突然在云隙中找到身着宽大袍子的福楼拜，银髯白发的托尔斯泰，甚至左拉臂上挽着一位体态轻盈的少女……有时，我还会目不旁瞬地盯着属于我的那颗星辰，它一直在我头上温柔地闪烁。不论我游到哪里，它总是默默地伴随着我，快活地向我眨眼睛。这时，只有水，拥抱着我的温情的水，只有天，覆盖着我的温柔的天。天也是水，宽宏大量地随着我流淌……试想，这是多么幸福的时刻呵！

朋友说我是两栖动物，我自称人鱼，爱我的人则在前面冠一"美"字，以示其多情。我很得意，我有了一位由一个氧原子、两个氢原子紧密结合起来的、终生不渝的朋友。我希望每天24小时一半在水里一半在陆上生活。这样还有一个好处：安全系数起码多了一倍，不仅不必担心车祸，也无须争夺什么住房与座位。一般情况下也不会有人成心把你按到水里溺死。

我和戴爱莲有十五六年没有见面了。虽然我很留恋那段水上之交和师生情谊，但目前各人正沿着各人的生活轨迹匆匆忙忙地走着，我不愿打扰她。而且我还想，如果一旦相遇，大概不会再有昔日的天真了。天真已经深深地埋进了水底。从这个意义上说，重逢也许会破坏那一段记忆中的美。

历史正是在这不舍昼夜的水流里逝去的。煌煌日光，淡淡月夜，终使英雄美人化为尘土。岁月逼人，岸边林木越来越高，海里渔船由小变大。船上歌人代代更迭，声声悲壮豪迈。每每在江河湖泊里徜徉，总不免浩叹我这个游泳者的谦卑和渺小，更常常以水的纯洁、水的自强、水的韧性、水的胸怀、水的气度自勉。

1986年11月于新源里

69 对不起，亲爱的冰心先生！

我们无比尊敬、无比热爱的文坛"祖母"冰心先生已离我们远去，可她的精神、她的一举一动、她亲切的音容笑貌，依然和我们同在。尤其对于我来讲，我应该深深地鞠躬说："对不起，亲爱的先生，原谅我！"

有两件事情，我早该向她老人家坦白，但我没有做，总觉得怕过度干扰她……偶尔想起，充满自责。

第一件事，发生在20世纪90年代初。出版社编辑老徐拿来一份创建"世界妇女文化交流组织"的"章程"，我粗略一看，觉得写得还比较全面。老徐说是什么总政文化部部长牵的头，现已退休，想再做些事，她聘请我俩参与工作。我看了"章程"，觉得有许多有意义的事情可做，就答应了。老徐说，部长请你做的第一件事，是邀请冰心做"顾问"。

第二天我去了冰心家里。老人家端坐在写字台前，微笑地仔细倾听着，又用那悦耳的声音娓娓而谈。她看了"章程"，同意了担任"顾问"。很快，这位部长已经疏通了民政部相关领导，要我和老徐办理相关手续。

部长派了她的司机来接我们。司机万万没有想到的是，他无意中说的一句话，把相关人员的心血、劳动和美丽的梦想，立即全部毁于一旦！司机说："部长特高兴，说从今天起，这个'组织'就成她自己家里的了！"

我和老徐面面相觑：原来她是给自己注册了一个私人社团啊！我受了骗，又骗了善良的冰心先生！

民政部让我和老徐在"秘书长、副秘书长"栏签字，我拒签。老徐说："我也不签！"民政部那位同志说："那，这个'社团'成立不了啦！"

后来的事情我就不知道了。我蔑视它！

事后，我不知道该怎样向冰心先生汇报，我怕污秽肮脏的勾当，再次伤害这位善良纯洁的老人，我没有向她汇报……总之，我对不起她！

第二件事，是香港回归前夕，江西高校出版社邀我主编《近看香港》一书。

我既不是研究香港问题的学者，也没有到过香港，心中很是忐忑。后来我在出版赘言中，将编纂动因、过程，做了这样的交代：

小时候，从地理书上知道了一个叫香港的充满诱惑又充满屈辱的地方，很遥远，远到目力不及的南国地平线上。

后来，听说那是个楼山烟海令人眼花缭乱的繁华世界，和我们同在一片蓝天下，有些迷惘和困惑。

再后来，她猛然从书本里、从银幕上飘落，连同那片片浮动的白云和随风飘曳的橄榄树，灿烂、诡异、满眼灯红酒绿的诗画，缤纷多姿的风景，不禁神思荡漾起来。

拨开心中长年的雾障，走近她，你会发现她的千种风情、万种神韵，已不再是雾里看花，你会发现，她那风剥雨蚀的每一寸土地，都浓缩着凝重的历史和令人动情的故事。

倘若在飞机上，倘若在北纬22.9°—22.37°，东经113.52°—114.30°的碧空中向下俯瞰，你会在烟波浩渺的海面上，清晰地看到一片宛如枫叶状的苍茫的陆地，岩石与丘陵缓缓起伏着。夜晚，上面缀满了五彩斑斓的星。在这蜿蜒曲折的海岸线上，漂浮着由大自然神工雕琢而成的135个千姿百态、大小不等的小岛，像一支燃烧着的蜡烛，把点点烛泪悠悠地洒落在万顷碧波之上。这就是被人称为"东方明珠"的香港吗？

她究竟是个什么样的世界？短短的篇幅怎能包容她的全部凄凉与美丽？这里，不可能剥离岁月的层层封裹认真地追溯往昔，追溯她是怎样由一个寂寞无闻的小渔村变成一颗流光溢彩的"明珠"，变成亚太地区最有吸引力的金融、贸易、航运、旅游及新兴信息中心的。也不可能历数她是如何经营资金、使用人才的经验，甚至也不可能粗略地揭示港人纷繁的心理历程……我们只是站在近处，用深情的目光投向她，投向这个和我们心灵并不陌生的兄弟。

　　编辑说，这本书要赶在香港回归之前面世！也许是它具有挑战性？也许是自己头脑一时发热？我接受了"主编"的任务！但我真怕唱不好香港这首歌。有人说她太奢华、太发达，有人说她太浅薄、太妖媚，在这里，不同的人，不同的生活方式，不同的价值观念，东方的、西方的、传统的、古典的、现代的、外来的、自己的……这相互渗透、包容杂陈的多元文化，交织成一张光怪陆离的网。就在这无比光彩夺目、九曲回廊看不尽的风景里，也有工业污染、残旧破败，也有色情暴力、人欲横流，也有呻吟在人生重荷之下的乞儿，也有忙于资本积累的游民，他们正在饥肠辘辘地寻找着属于自己的漂流的床……这就是香港！有人称她为天使，有人叫她作魔鬼，有人说她是一部尘封已久、枯燥的书，有人讲她是中西合璧的宠儿……仁者见人，智者见智。

　　我请了包括研究香港问题的学者，也包括熟悉香港的作家一起来撰写。前者用准确、翔实的资料和数字，描述了香港的一个或几个方面，告诉你香港的内蕴与实质；后者则用敏锐善感的触角切摸了香港的脉搏，他们将给你一个比较生动、比较真切的香港。

　　有一点可以相信，一百多年的屈辱、沧桑与枯荣，一百多年血、火、泪写下文章的历史即将结束。香港将迈出狭窄的长廊，随着1997年7月1日的到来，已汇入恢宏、雄壮的大合唱，继续走向她新的辉煌。

　　当然，这段文字连同这本书都已成为历史。据说，美国的媒体提到了这本书。但是，凡属历史中珍贵的东西是不该忘却的。

　　编这本书时，出版社希望请一位德高望重的长者，为本书题名，我们都希望冰心老人能赐予此光荣。鉴于她年事已高，体弱多病，当时正在医院治疗，本不忍心打扰，但犹豫再三，我还是鼓足勇气给她写了一封信，引用了一些我文章里写的话。她博学多才的女婿陈恕先生在电话里说，不日即可寄来，我高兴极了。

几天后，"近看香港"几个大字、"冰心"的题名和她的名章，果然展现在我眼前。捧着这珍贵的墨宝，心里好不快活。她老人家的声音依稀回响在耳畔，柔和又略带些福建口音，非常好听，她总是有求必应的。

遗憾的是，在出版社寄来我主编的《近看香港》一书时，封面上竟然没有出现冰心的大名及印章。这是大煞风景的事，同时也不尊重题名者！"冰心题"及名章只出现在扉页上。事先没有提醒，这是我的粗心。我应该向冰心先生道歉！

香江水滚滚向前，不舍昼夜，百年光阴亦是如此。"近看"香港，将越来越"远"。《近看香港》一书已成为历史的陈迹。

然而所有的这一切，对于我来说都弥足珍贵。

怀念冰心先生，怀念那双温暖又慈祥的手，怀念那甜美的声音，甚至连她的那只波斯白猫，那只一个眼睛深蓝、一个眼睛浅蓝的美丽的猫咪，它温柔且忠实地偎依在自己的主人冰心身旁，即使是在镁光灯下合影，它也密切地配合。这是多么温馨的场面！

今天，我站在2024年暑热的北京大地上，向您鞠躬。愿在天国里的"祖母"快乐安详，请宽恕我吧！

爱真诚

70 高峥，你是怎样的一支歌？

窗外，雨声淅沥，风吹树摇。桌上，电脑键盘沉重，写字人涕泗滂沱。思君如流水，何有穷已时。想你，亲爱的小弟！

2021年10月25日，高峥这棵大树上落下了最后的一片叶子！敏于思考又善于思考的那颗智慧的大脑终止了思索，正在写作的书稿永远停留在那个字上……就这样，壮年的你永远离开了自己心爱的世界、事业和亲人，给后人留下撕心裂肺、刻骨铭心的痛……"泣尽继以血，心摧两无声！"

遥想当年，你一岁丧父，十岁丧母，你的童年没有一般孩子的轻松和乐趣。但是，伟大的母亲在贫瘠与羸弱多病的有限岁月里，用自己的全部生命和爱塑造了三个孩子的坚韧、奋进、乐观、正直和坚强。母亲离世时年仅48岁。

我和你相聚的时日太短，往事虽成空，恍如在梦中。1951—1954年我在徐州二中就读。我一生中最珍贵最快乐的时光，就是我与你和母亲在一起生活的那三年！那时候哥哥已经参军，闲暇时，十五六岁的我拉着你的小手四处游玩，人们无数次地笑说你是我的"小妹妹和影子"，我无数次地笑答："是我弟弟，峥峥。"那时候你我性格相似，面貌相像，就连鼻子上长的一颗痣也一模一样（后来先后都除去了）。无论走到哪里，你一分钟，不，一秒钟也不停地要求我给你讲小动物、小孩子等各种故事。你的求知欲望和那双天真无邪的充满好奇心的美丽大眼睛，让人无法拒绝……无数次即兴编故事的过程，开启了我的想象力，锻炼了我生动简练的语言表达能力，而且，你总是表扬我:"姐姐我真佩服你!我想听的故事,你立马就讲,一边讲一边想,神速呀!哈哈!"知道吗,小弟,你才是引导我迈向写作之途的第一个老师,能不感谢你么!

幼小调皮的你总是蹦蹦跳跳,说来唱去,问这问那。你绝顶聪明,也绝顶淘气。每当忆及你在徐州大马路小学创建的"光辉业绩",总不免哑然失笑。那时母亲在该校任教,四五岁的你常在校园里玩耍。一年级教室里常发生一些意想不到的事情,让人恼,让人急。一天,教室里算术老师问全班学生:"我买了18只鸡蛋,吃掉了6只,我又去买了10只,现在还有几只鸡蛋?算出来的请……"老师话音未落,教室窗外迅速出现一只小脑袋,同时响起了明亮稚气的幼儿腔:"还有22只鸡蛋!"教室里顿时哗然,目光立刻转过来,小脑袋瞬间消失。"哪儿来的野孩子,去去去,一边玩儿去!"老师生气了,但找不到人影。此后还有多次"抢答"事件发生……语文老师也不能幸免。有一次,语文老师对全班学生说:"请用下面三个字造句。"老师在黑板上用粉笔写下"中国人"三个字,刚转过身来,从教室窗外伸进一只小脑袋,清脆明亮的声音响起来:"我是中国人!"老师和学生全都大惊失色……后来类似事情屡屡发生……高峥,你忘了吧,你忘了由于你的调皮捣蛋给学校带来的麻烦了吧?校领导对这个漂亮聪明的小男孩更多的是关心与喜爱,决定让这个虽不到上学年龄,但什么都懂、智力超群的孩子提前入校,也免除了他"捣乱"的机会……日子像溪水般活泼地流去,你幼年给我们唱的歌儿,是一支充满幻想、快乐、幽默的"谐谑曲"。如今这些旷日持久的可笑的镜头依稀还在眼前,灵动的音乐依稀还在耳边跳跃。

你轻松地读完小学,几年后,又以优异成绩从上海北虹中学毕业。你聪明淘气,偶有些桀骜不驯,但不过分。那年北外高考时曾有一个花絮被传为佳话:考北外口试时你以松弛的姿态、流畅的语音,声情并茂地大声背诵了一篇俄语文章,致使在场其他考官惊诧无比,他们暂停了自己正进行的考试,都过来观看这个显然年龄最小的男孩子的自信"表演"……你在北外俄语系学习了两年,由于国家对亚非拉开展外交的需要,你便改学了非洲南部的祖鲁语。毕业时因受"文化大革命"的影响,被分配到浙江台州汽车厂做修理工人,但是你没有灰心,你的理想与激情仍在熊熊燃烧,你开始了英语和法语的自修。

爱真诚

改革开放的春风吹绿了广袤的原野，祖国大地充满勃勃生机。1980 年你考入北大国政系研究生班，师从赵宝煦教授。1983 年硕士毕业，你留在北大亚非研究所做研究工作并兼国政系教师。你的同窗同事兼好友丁建是这样评价你的："高峥的研究能力和中外文功力都广受认可。他在改革开放后的年轻一辈当中，可以说是出类拔萃⋯⋯他一边写论文一边协助所长工作，接待来访的国外学者，组织学术研讨会。我开玩笑说他是亚非所不在编的助理所长。"古人云："智者贵于乘时，时不可失。"才华加机遇加努力，将产生不可估量的能量，你机敏地抓住了这个机遇。

1985 年，你从北大到加州大学伯克利分校做访问学者，次年考取耶鲁大学，1994 年，获取历史学博士学位。1992 年，你受聘于 CNU 大学任助理教授。1998 年，你在 CNU 大学以及马里兰大学先后开始了"长聘副教授"的教学生涯至今。你授课语言生动、幽默风趣、挥洒自如，给学生们留下一串串惊喜和感叹。你一边教学一边写作，发表了许多用中英文写作的学术研究文章，还有三本英文专著、一本中文专著，填补了学术领域里的某些空白⋯⋯在时间的黑白键上，在学术研究的大乐队里，你参与演奏了雄伟的"协奏曲"。

人的生命由一段段岁月、一支支歌曲组成。即使你到了陌生的异国他乡，进入了难以穷尽的人生走廊，无论身边的风景是否倾斜，都改变不了你对美好事物的追求，改变不了你灵魂里的伟大祖国，那辽阔无垠的皇天后土，那鸡犬相闻的世俗生活，都刻进你亘古不变的深情里。在美国工作几十年，你教授的知识、你拥有的资料、你写出的文章、你接受的采访、你谈论的工作，你沟通中美之间的友谊⋯⋯都离不开你骨子里的祖国，血脉里的故乡！有一年你回国讲学，路见"不平"，竟像当地百姓那样去"拔刀相助"！令在场同胞唏嘘不已！

你热烈奔放，你真实坦荡。我俩有说不完的心里话，当然有时也会高高兴兴地"吵"起来，真实又意趣横生。你可以打起快乐的手鼓，驱走我心头的阴霾，你可以敲起心灵的节奏，给我带来创作的灵感和动力。

不久前，我看到你被重症折磨得身形瘦削、面容枯槁，心痛如刀绞。可你却微笑着面对恶疾，从容不迫、风轻云淡，有一种超然世俗之外的飘逸与豁达。你在生命最痛苦难熬的日子里，让我们体味到了人间少有的勇敢、无畏、坚定和沉着。那正是母亲伟大高尚人格对你的最后一次测试!你交出了完美的答卷!

你最喜欢德沃夏克的《第九交响曲》,它伴随了你大半生,并陪着你走完通往天堂的路……这不仅仅因为它那动人的旋律、那热烈的情感、那明快的节奏和宏大的气势,更是因为它的第二乐章!当第二乐章动人的慢板在美丽的旋律中进行时,任何一个海外游子都不能不被它的浓浓乡愁、念国的情怀所深深地震撼!正是这第二乐章,被许多国家拿出来单独演奏,有人还填了"念乡"的歌词演唱……而在你自己的"第二乐章"里填写的是北京的香山、南京的中山陵、杭州的西子湖,是滚滚的黄河,是雄伟的长城,是台湾美丽的日月潭……它是温柔地擦拭旅人乡愁的一方手帕,是你灵魂深处永不会忘怀的歌,是动人心魄、缠绵迂回的"思乡曲"……

你在美国的岁月,那交织着古老与现代、历史与现实、艰难与跋涉、成就与愉悦的时光,就是一部你为自己谱写的内涵丰富、激动人心的"第九交响曲"!它是一部未完的鸿篇巨制,是卓越心灵相通的佳作!

你自己更是那样平凡又那样非凡的一支歌,顽皮时放浪形骸,做学问时谦虚敬业,或悠闲或浪漫,或激越或散淡,或朦胧或鲜艳,时而风流笃厚,宽厚端庄,时而意趣横生,虽不纵酒仍可狂呼与高唱……这一切,都离不开真性情和好教养!

你是一支美丽隽永、记录着你73年跌宕的经历,记录着悲欢、艰辛、奋斗、顽强生命的歌。你重病前,不停地奔波于国内外许多资料室、档案馆,收集了大量珍贵的资料,撰写了许多有意义的书籍、文章。你耗尽心血,筚路蓝缕,勇往直前,脚步掷地有声!你将现实和历史对接,你正视人类未来的严峻目光,大多留在了你的文字里!然而你还有许多话要对这个世界说,还有许多字,正准备写下来……当你花了十几年心血将丰厚的资料集存在心,正欲走笔成龙的时候,当你计划好下一部、再下一部写作内容的时候……你却倒在了你奔波一生的路途上,你停止了歌唱!而那些深藏在你历史书页里的歌(比如你耗时三年编写的英文版工具书《中国近代史辞典》以及那些鲜为人知的有关中国革命一些历史事件等的著作),还会不时地撞响时近时远岁月的钟声……你没能实现与家人、好友们快乐聚会的梦想……你壮志未酬,

爱真诚

柔情未了，你留下了没有尾声的"交响曲"……

你走了，在太阳从苍茫厚重的土地上刚刚升起的时刻，在为你歌声伴奏的琴簧还在颤抖的时刻，当你忠实的读者正在翘首盼望的时刻，当你众多的朋友和亲人为使你康复，不惜受苦受累奋力奔走的时刻……你却走了！歌德说过："生命是自然之神最美好的发明，而死亡则是她的手腕，为了让生命多次重现。"是的，你的歌神韵悠长，是永远跳动在我们生命里形式各异的华彩乐章，并且它们肯定会"多次重现"……

你遗落在时光隧道里的乳名"峥峥"和大名，连同你的诗句，你的哲学，你的思想，你的灵魂，你优美的歌声……都在你亲人们的心里横亘千古，得以永生！

是啊，你太累了！现在，灿烂的旭日在陪着你，滔滔的黄河在陪着你，参天的胡杨在陪着你，更有你忠实可爱的妻子刘鲁平，在日日夜夜地陪伴着你！她对你的爱之深沉无与伦比，是那种"一层相思一层泪""滴不尽相思血泪抛红豆""春蚕到死丝方尽，蜡炬成灰泪始干"……所有凄美的中国名诗句中均无法表达的、可以"动天地""泣鬼神"的伟大爱情！我向她致以深深的感谢与崇高的敬意！

高峥，当你宝贵的生命被恶疾撕碎的同时，你收获了人间最厚重最珍贵的感情。友人们极尽自己的所能，疼爱你，帮助你……高峥，我记下了，情亲千里近，生死见交情！请允许我们记住这些亲切又高尚的名字：赵全胜、董九九、丁建、徐晓光、梁侃、李莉、王希……我在遥远的北京向他们深深地鞠躬，请接受我永不消逝的爱戴敬意与感恩之情！

高峥，我亲爱的小弟，还记得我俩都熟悉的那首俄文歌吗？"我将日日夜夜地盼望，盼望远方的亲人，寄来珍贵信息！"高峥，魂去来兮，快来到我们的梦境中相聚吧！

愿你在天堂里不再辛劳，安然休憩！

请记住，我们永远爱你！

姐姐高陶（中国作家）

2022年7月在北京的一个落日夕照里泣书

发表在《缅怀高峥》一书中"序二"

71 我是谁？

我讨厌说假话，喜欢真诚。我是谁？在一两个人的眼里，我有些搞不清或"政治上不可靠"……我一笑了之！说我"冒傻气"者较多，我认为这个"定位"比较真实。无论怎样，我都可以向世人坦白自己的一切，写文章或说话都不掺假。

我是一个不起眼的人，生活的道路平平常常，既没有什么值得炫耀的光荣历史，也没有什么催人泪下的动人故事。但是有一点是可以肯定的，我走过的路，世界上绝无第二人跟我相同，为此，我还可以发一点议论。

记得自己五六岁的时候，和一个小朋友打架，一连几个星期互不理睬。一天，老师，我的第一个老师，一手拉着我，一手拉着我的"对头"说："走，去城外！"

忽然，老师清脆悦耳的声音响起来：

"小路，漫长的小路，神秘的人生之途……"

她手里捧着一大把野花野草。微风吹拂着她的黑发，太阳映红了她秀丽的脸颊。她美极了，简直像一个天使。

"想爬山吗？想看看山那边吗？"老师说，"山那边大着呢，有高楼、有湖，还有火车、轮船……可是要走到这条小路的尽头，还需要两天。要爬山还要等几年，得等你们都长大……"

我和我的"对头"不约而同地相视而笑。我们和好了，都盼着快快长大。

我朦胧的憧憬、理想、希望，仿佛都是从这条小路上开始，并扩展开来的。

但是，没等我长大，我便随着父母远离故乡，离开了时刻牵动我梦魂的那条小路，而且一去永不复返了。

童年并没有给我留下什么辉煌与甜蜜的记忆。战祸与动乱摧毁了儿时的欢乐。小学时代，我随父母迁徙、辗转南北，路途迢迢。有时是自己走，有时是车马驮着我走。小学没怎么读就过去了。初中干脆没读，先是"流亡学生"一年多，回老家后又沉浸在国家新生的狂欢之中，整日被唤出去排练舞蹈、演戏、唱歌、打腰鼓。初中功课的缺失，正是我学业上"先天不足"的主要病根。

解放前，父亲在河南某县做县长，解放前夕猝亡。有说是"中流弹而亡"，而此"流弹"自然是"解放军发过来的"啰……后来得知我的"档案"中有"杀父之仇"之说，不知这是不是外联部的两位领导说我"政治上不可靠"，而抵制我应邀出国的缘由？这点，总的说我不大在意。因为，在此前此后的工作中，领导该重用我的照样重用。信任或不信任，我也不大在意。

有意思的是，在我退休之后，我收到自己哥哥寄给我的"新疆中共塔城地委"发给他的关于我父亲"死亡原因调查报告"的复印件，结论是：父亲因亲共"被国民党特务暗害"。我觉得这结论对我也没有什么意义，我一如既往坦然。至今20多年了，我还没有将此件上交组织，但我会在"临走"之前交上去，或者交给后代保存。

父亲亡故后，母亲在南京地政部里任小职，薪俸微薄，无力抚养三个孩子，只带着幼小的弟弟。我和哥哥便随校南下，开始了"流亡"的生活。我去的是镇江盛泽镇。因为食不果腹，许多男同学跑到农民的地里偷萝卜吃。好几次我看见他们夜晚走过田埂消失在菜畦里，然后口袋鼓鼓地跑回来，急不可耐地把带泥的萝卜塞到嘴里。我胆子小，终不敢随他们踏上这条田埂，也就总是挨饿。我清楚地记得一位大姐姐就因饥寒交迫一病不起。我每天硬着头皮听着她凄惨的呻吟。不久，她便夭折，被拉去埋了。埋她的人就是穿过这条田埂走上大路，又走上荒野地的。不承想，这条细瘦的田埂竟承担了流浪儿们这么多的痛苦与不幸！写到这里，心头又涌起阵阵苦涩与酸楚。

这种生活延续了一年，当960万平方公里的土地上开始了翻天覆地的变化时，我又恢复了快乐的天性。我爱哭更爱笑，常常是腮边挂着眼泪咯咯地笑着。人家说，我走路总是跳跳蹦蹦地，所以少年时期得一雅号——"弹簧"。当时部队文工团经过考核，要我去跳舞，母亲不同意，执意要我读书，为此我跟母亲闹了好长时间别扭。

1958年大学毕业后，我自愿到西北边陲荒凉的小城里当中学教员，在那里我结识了一片贫瘠的土地和那儿朴实的人民。工作单位和张掖专区地委鼓励我，评我为张掖地区的"红勤巧俭三八红旗手"，学校称我为"教学上的三面红旗"，曾担任过甘肃省小学俄语教材编制的工作……在这里我经历了第一次"提薪"，我上无老下无小，要那么多钱干什么？就主动放弃了。后来辗转到渤海湾任教，丈夫在北京工作，我俩隔海遥望了20年。"文化大革命"后期，我家搬到东直门外一幢新楼里，那时候雪白的墙壁上还赫然写着漆黑的"打倒""火烧""油炸"之类的大字。房子里虽然有些火辣辣的味道，可户外的自然景色却无比引人入胜。马路两旁有两排几十里长的树林带，茂密的松林和傲然挺立的杨树和睦地分享着空气和阳光。偶尔我带着重病中的小儿子到林子里去拣蘑菇、采野花，或者带小板凳去那儿给他讲故事。那是多么忧郁又短暂温暖的时光！然而，当我想到小儿子的两种重病能否治好，自己不知什么时候才能去上班、去干点正经事儿，拾回做人的尊严、拣回逝去的年华时，想到不知何时才能结束20年的牛郎织女的生活时，脚步不由得沉重起来。

"文化大革命"初期我患急性青光眼疾，尚未诊好，1971年小儿又查出"网状内皮细胞增多症"——国内罕见的"血癌"，不久又被医院"护工"注射致残，从此落下终身残疾……我自己与儿子重病期间，经领导同意，几年没有去外地上班。此前，我是中学俄语教研组组长，观摩教学频频，第二次"提薪"（"文化大革命"前几年）当然也没有问题。但是我看到许多同事在急迫地盼望着涨工资，而我们当时还没有孩子，两次都以自己"没有家庭负担"为由主动放弃了，是真诚地主动放弃！到中国作家协会后遇到评定职称时，我刚从外联部调入研究部不久，当领导带着歉意试探地说："大家

爱真诚

都等了十几年了……以后每年都评，就正常了！"我立即说："我不申请，我放弃！"没想到此后我没有遇到再次"评定职称"的机会就退休了。我没有后悔自己这三次的"放弃行为"，可是到了近几年，每次遇到"提薪"之类，总是要和现在工资"挂钩"时……我一看，我先生是高级职称，每次都要比我多不少，这下，我开始有点"不平衡"了……但，总的来说，也没有什么，不算啥。

流年似水。当我真正懂得脚下道路的艰难与严峻时，已经是许多年之后了。那时我已经调入北京，在中国大百科全书出版社任编辑。此刻，年迈多病的国际著名诗人萧三需要撰写文章，需要翻译数十万字丢失了中文的俄文文章、诗歌，需要编辑并出版他的书籍……于是萧老以需要"得力的文字助手"为由，一再向出版社请求调我去作协，协助他的工作。当时萧老身边已经有一个秘书，可以帮助他看病取药等。而大百科则以我是"骨干力量"为由不肯放我，经过一年半的磋商，才如萧老之愿，把我调入中国作协外联部兼任他的助手，后来我调到研究部任职。不幸我到作协两年后，萧老便撒手人寰，他的一切未完之事，我全部利用业余及退休后的时间，完成了他的嘱托……我决定不再回大百科工作的主要原因是听了传言："为什么离开大百科的人一律不准回大百科，只有高陶可以回来？"我不愿给大百科带来不和，忍痛放弃回去的念头。当我告知姜老：答应过萧老"一定要把他的事情做完，这是诚信问题"时，尽管姜老当时已经安排好我回大百科的程序，但他还是理解地说："那是，那是！"我听了既矛盾又感动，心里很难过。

我在退休的前两年间，曾先后接受了新加坡、俄罗斯、波兰、德国、捷克、保加利亚、匈牙利、美国的邀请去开会、访问、交流和采访。这个过程也很奇怪，在我国出席"中国文学研讨会"的一二百位代表和几位工作人员，都未受到邀请，有位领导说："我们还没有去过新加坡呢！"是的，她未被邀，单单邀请了我一人。我好奇地问邀请方：何以不邀请他人，偏偏是我？回答很简单：你热情、能干、真诚！也有的更干脆：我们喜欢你！一次，季红真对我说："看得出，这些苏联代表都喜欢你，因为你真诚！"

在苏联受访时也很奇怪。还是这次"中国文学研讨会"后，苏联作协仅邀请我一人访苏，他们在"文化大革命"后第一次邀请中国作家，竟然是我！结果被外联部两位领导拒绝。苏联作协很固执，他们第二次邀请我，直接发函给我个人，并事先沟通了苏联驻华使馆，很快我便得以顺利成行，对方正式邀请来访者的时间一般为半个月，而我，却待了一年……在这一年里，我时刻得到苏联作协无微不至的关心和照顾。如安排我与苏联同行单位或个别知名作家聚会，苏联作协直接给苏联卫生部去函，请求为我安排最好的眼科医生治疗眼疾，安排我在十月革命节登上观礼台，邀请我观看大剧院的经典歌剧，听音乐会，特地为我制作了萧三当年在苏联时期革命及文学活动时的数十米长胶卷……后来，经苏联作家及高层人士推荐，我有机会去莫大应聘，通过了俄语面试、口试，在莫斯科大学高年级讲授"中国文学的解析与翻译"课程，获得较高评价以及两次电台采访……

我一向认为，一个接受了别人深深关爱与精心照顾的人，不懂得感恩与珍惜的人，还是人吗？！

我去过一些风光旖旎的国家，咀嚼过乡愁的苦味，领略过别样的天地、别样的艰辛。如今，我回首自己在浮萍浪迹、漂泊东西之中所走过的每一条路，心中总是充满不绝如缕的感恩与骄傲。值得欣慰的是，我一直在走，无论是稚弱无力地、迂回徘徊地、艰难受阻地，还是坚定不移地、老弱病残地……凡是所到之处，除有极少数的干扰外，大多是辛劳之后的赞扬和肯定，包括我撰写、整理、翻译并出版有关萧三的著作，目前在国内外，大概我算是"成果"最多的了。

我不顺利的事情大小都有。那些花了许多心血、永不能复原的文字，比如我写的电视剧本《阿尔巴特街53号》，北影做好了一切准备，并在电视台某节目中展示了我的剧本原稿，后因故没有拍成……另一部电视剧本《洛阳大火》正在准备开拍时，也因故"泡了汤"，我翻译的《切尔诺贝利核爆炸真相》一书被西安出版社丢失（我没留底稿）……想起来都满是遗憾！我谢绝接受徐迟主编的《成功启示录》的副主编荣誉，也不大好……

但让我"一路高歌，勇往直前"的机遇也不少。我撰写国家卓越的科学家、院士、外交家们的不平凡的经历、无私的奉献、高尚的情怀……使我从中不仅受到优秀的人格熏陶，同时也学到不少新知识，我原来是一点也不懂、一点也不喜欢理工科学知识的，比如汽车、桥梁、建筑、大飞机、芯片、轻轨车辆、平底船、煤制油、移动通信、聚焦光热发电……当然也有喜欢但不懂专业的音乐、舞蹈、美术类……我都写过。感谢生活！实事求是地说，我并没有真的"学到"这些知识。但是书一旦出版，我都很开心，毕竟给社会带来了美好的东西。有的书被"盗版"，有的书在网上"炒"到3800元一本（原价68元）。更令人欣慰的是，一个外行人写的书，竟然没有出现专业性的错误。那是接受过我采访的几百位"无名奉献者"的功劳，他们的真诚帮助没有白费。这些表达了宣扬科学知识，表达了真善美的感情，表达了社会"正能量"的书，得到了读者们的认可与肯定，这是我毕生最大的快乐！

应该道歉的是，有一位成功企业家，等了我三年，请我写他的传记，并"让我发财"，我一直没有答应。几年后，他送了我一本刚出版的他的传记，他不满意，仍希望我为他立传，并允诺我"发大财"，我又拒绝了。我感谢他的信任。但是，对于我来说，金钱并不是最大，更不是唯一。类似的事情还有两三次。为此"冒傻气"的"外号"再次响起。在我出版的书中有被盗版的、被侵权的、被部分转载、被整本书几处转载的，甚至谷歌还"侵权"了我两本书……我都没有过问过。我历来认为：读者第一，读者能读到我的作品，是我的荣幸，稿费是次要的。我从未因别人"盗版"我的作品而起诉对方。说我是"冒傻气"，我不介意。

有两个有趣的小故事，再次确认了我的外号。我救过两条人命。一次是在北戴河深水区游泳，四顾无人，我忽然看到有一个起伏的脑袋，听到断断续续的"救命！"的呼叫声。我尽快游到她身边，拖住她一只手臂往浅滩游，不料她双臂抱紧我一起下沉，我喝了几口水，心里有些紧张，最后我还是拉着她的一只手臂，吃力地游到了浅滩……事后我先生直骂我："找死啊，救人要有专门技术的！多危险！往死里奔吧，冒傻气！"

另一次是我和朋友老李出门办事，走到社科院附近的人行道旁，看到路边围拢了许多人，走近一看，原来地上躺着一个昏死过去的人。老李赶快拉我离开："传染病！快走！"我坚定地到病人身边，蹲下，见病人嘴角有些白沫，有呼吸，我断定该唤醒他。老李在不远处一直叫我离开，我不管三七二十一，立即给病人狠掐"人中"穴，咦，他睁开眼了，我又反复掐了"合谷""内关"等穴……他彻底醒了，过了一会儿，他慢慢坐起来，靠在电线杆上："谢谢，谢谢！我家不远，待会儿自己能回去！"……老李好一通数落："我说'冒儿'姐，他要不是这个病，你把人家折腾死了怎么办？"我无言以对："我、我、我不知道，我只知道不能'见死不救'！"老李狠狠地说："冒傻气！"

事后一想，两个人的批评都是对的，万一事情都不像我想的那么简单，出了大事怎么办？这"冒傻气"的称号，我能不接么！

我想，我大概就是这么"傻"得活到今天的。

我接受了朋友给我"冒傻气"的评价，为此起了个笔名"莎芪"（很少用）。此"高评"起因由来已久，主要是我主动地放弃一些可以获得"名与利"的机会，尤不善处理与领导的关系。首先，大多数跟我相关的领导我不认识，面对面也不认识。当然让我这个"半盲人"（过去"大近视"，现在一只眼睛视力 0.7，一只眼睛视力仅 0.02）去识别面容已非常困难，主要是自己不关心领导，另外也"不识抬举"。曾有领导正式谈话："首长看上你了！"我回答："我有男朋友了。"曾有领导在住处单独相约，被我婉拒。领导便不再理我。也有国家的领导人三番五次地动员我做政治、俄语要求极高的工作，被我谢绝了。刚调入作协时，领导以"副处级"待遇多次相许，我竟然真的不当回事儿，全然忘记。萧老的另一位秘书调来后立即升为处长，我也没有在意……直至萧老去世多年后，为了写作，查阅日记时，才看到有领导有这种"允诺"的记载，自己禁不住哈哈大笑起来。当然婉拒"署名"的事更多了……早知如此，何劳两位善良正直的朋友为我打报告，呼吁解决我的"低待遇"问题呢？当然，我将永远、永远地为她们的善良、正直、无私、关爱所动，并深深地向她们鞠躬，致谢、致敬！

我的启蒙老师歌唱中的"漫长的、神秘的人生之途"我大概也已走过一些，而且还在走……

如今年迈的我，知道自己患有多种重病。而我想得最多的就是那位"首先感动了我，而后又感动了别人"的拙著《中国芯》中主人公江上舟说的那句话："活着干，死了算！"它也就是我的生命理念，也是我目前的生活状态。

感谢世界上所有关心、帮助过我的人！我深信，未来的没有我的世界，会更美好、更璀璨，这就够了！

2024 年元旦于翰乐斋

后 记

我真开心并感到荣耀。我热爱的出版社，在疫情之后的三年里，给我编辑了三本一套的"爱"的丛书：书画随笔《爱玩儿——献给我永远感恩的岁月和人》、长篇小说《爱锁桥》、散文集《爱真诚》。前两本上市后（第三本正在付印中），笔者收到许多热情的赞扬与鼓励，对编辑、出版、印刷亦是赞不绝口……出版社、编辑部慧眼，编辑出版了这一系列。三本书实际上写的就是爱——爱祖国、爱事业、爱友人、爱亲人、爱善良、爱忠诚！人类崇高的感情连系着生命、联系着你和我。

在世纪的长河里，三年倏忽而过。我能在华文出版社的帮助下，给社会留下一点有益的东西，实在是太幸福了！在写作出版的整个过程中，我深深地体会到出版社从责编到各级编审、其他相关工作人员认真负责的态度和一丝不苟的敬业精神。为了保证文字的准确性，责编不惜花费大量劳动，核实、查证、校对相关资料……若说要"献给我永远感恩的岁月和人"的话，应当正经有一篇文字是献给华文出版社的！

迄今为止，还没有接到读者对已经面世的前两本书的指正意见，也没有收到对错别字的校正文字。但是，由于我的粗心大意，把《爱玩儿——献给我永远感恩的岁月和人》一书第136页中的画作作者"程立生"写成了"陈立生"！实在是对不起事业上成绩卓著的大专家、多年好友程教授！同时，也对不起读者们！在这里，请接受我由衷地深深地道歉！

2024年10月